MARIA PUBLIG

Waldviertelfluch

CHAOS IM PARADIES Wein und Design – die neuen Hobbys der Wiener PR-Lady Walli Winzer. Mit ihrer Agentur soll sie in der City die Vernissage einer russischen Galerie organisieren. Dafür kommt die Weinverkostung im Waldviertler Kamptal genau recht. Der Riesling belebt nicht nur die Sinne, sondern fördert einige aggressive Winzer zutage. Diese bereiten Walli genauso Sorgen wie ein rigider Männerclub, der die taffen Studentinnen Lisa und Sandra seit einiger Zeit auf die Palme bringt. Bald liegt der Verbandsvorsitzende tot hinterm Presshaus. Ein Brüderpaar zankt ums Erbe, alte Familienwunden reißen auf. Um den Toten scheint niemand zu trauern, nicht einmal seine Ehefrau. Walli ist verwirrt. Auch wegen des feschen Polizeioberst aus Krems, der am Weinfest mit ihr flirtet. Er ersucht sie, Dorfpolizist Grubinger inoffiziell bei den Ermittlungen zu unterstützen. Der ist sauer! Gärtner Florian Wagner ist dieses Geplänkel ebenso ein Dorn im Auge. Bald stößt er unerwartet auf eine Spur. Wird sie jene Wallis kreuzen?

Maria Publig wurde in Wien geboren und verbrachte mit ihrer Familie viele Sommer im südlichen Waldviertel. Nach ihrem Studium arbeitete sie als Journalistin für Tages- und Wochenzeitungen. Später wechselte sie als Moderatorin und als Redakteurin in den ORF. Bevor sie sich dem Krimischreiben zuwandte, schrieb sie Kultursachbücher, die international ausgezeichnet wurden. Wovon sie überzeugt ist: Für gute Gedanken und Kreativität muss man sich Zeit nehmen. Die gönnt sie sich zwischendurch – ziemlich oft im Waldviertel.

Bisherige Veröffentlichungen im Gmeiner-Verlag:
Killerkarpfen (2019)
Waldviertelmorde (2018)

MARIA PUBLIG

Waldviertelfluch

Kriminalroman

GMEINER

Personen und Handlung sind frei erfunden.
Ähnlichkeiten mit lebenden oder toten Personen
sind rein zufällig und nicht beabsichtigt.

Immer informiert

NEWSLETTER

Spannung pur – mit unserem Newsletter informieren wir Sie
regelmäßig über Wissenswertes aus unserer Bücherwelt.

Gefällt mir!

Facebook: @Gmeiner.Verlag
Instagram: @gmeinerverlag
Twitter: @GmeinerVerlag

FSC
www.fsc.org
MIX
Papier aus verantwortungsvollen Quellen
FSC® C083411

Besuchen Sie uns im Internet:
www.gmeiner-verlag.de

Im Ehnried 5, 88605 Meßkirch
Telefon 07575/2095-0
info@gmeiner-verlag.de

1. Auflage 2020

Lektorat: Teresa Storkenmaier
Herstellung: Mirjam Hecht
Umschlaggestaltung: U.O.R.G. Lutz Eberle, Stuttgart
unter Verwendung eines Fotos von: © Wolfgang / stock.adobe.com
Druck: CPI books GmbH, Leck
Printed in Germany
ISBN 978-3-8392-2601-8

Das Buch ist Dir, liebe Gabi Schilda-Brachetka,
gewidmet. Du hättest es gemocht.

1. KAPITEL

Ursprünglich hatte er sich alles ganz anders vorgestellt.

Er hustete, hielt sich dabei am Geländer fest und lief die Treppe hinunter. Nach wenigen Stufen blieb er stehen. Atmete hastig und schnell. Schloss dabei die Augen. Mit der linken Hand griff er sich mit gespreizten Fingern an die Brust. Als könnte er sich durch diese Geste beruhigen. Doch es half nicht.

Er atmete stoßweise. Kurz darauf sammelte er sich.

Dunkelheit.

Er senkte die Schultern. Sein Kopf fiel leicht nach vorne. Instinktiv balancierte er seinen Körper, um den Halt nicht zu verlieren. Seine Beine sollten ihn tragen. Noch. Bläute er sich ein. Nicht stürzen! Nicht schlappmachen! Zumindest so lange, bis er auf dem Lehmboden unten ankäme. *Sicher* ankäme.

Dem feuchten. Dem kalten.

Dann würde er sich an einem der umstehenden Eichenfässer abstützen. Festhalten. Sanft auf den Boden gleiten lassen.

Das Brennen wurde stärker, breitete sich ringförmig an seiner Seite aus. Er seufzte. Stöhnte.

Der mittelgroße Mann stand gekrümmt da. Wie verwundet. Er versuchte, sich zu konzentrieren. Langsamer einzuatmen. Ruhiger zu werden.

Irgendwie gelang ihm das. Zumindest hatte er den Eindruck, dass es ihm guttat. Als er die Augen wieder öffnete, war es jedoch anders. Nichts hatte sich verändert. Nichts, was ihn vorher aufgewühlt hatte, hatte an Bedeutung verloren.

Aber das steht doch nicht dafür!, durchbohrte es seine Gedanken. Vor allem nicht nach diesen vielen Jahren. Als sie da plötzlich alle vor ihm standen, kehrte sie zurück: diese Sprachlosigkeit, diese Gelähmtheit, diese Angst vor ihnen.

»Das war einmal! Jetzt nicht mehr!«, raunte er beschwörend vor sich hin.

Der Raum um ihn herum wirkte düster. Seine Augen hatten sich noch nicht an das Dunkel im Weinkeller gewöhnt. So wie seine Seele sich nie an sie alle gewöhnen würde. »Nie!«, stöhnte er leise vor sich hin.

Hierher war er geflüchtet. Vor ihnen. Wie früher. Da war der Keller noch nicht abgesperrt gewesen. Hatten nicht so kostbare Weine hier drin gelagert. Doch heute war er offen.

Heute am Tag des Weins. Der Weinprämierung. An dem Tag, der auch den Auftakt zur kommenden Weinlese darstellte. Mit allen, die hierhergekommen waren und mitfeiern wollten.

Das waren aber vor allem – sie.

Als er nach einer Weile wieder heraufkam, blickte er in eine bestens gelaunte Gesellschaft. Sie prosteten einander zu und warfen mit losen Trinksprüchen um sich. Niemand ahnte, wie ihm zumute war. Niemand wusste, dass er unten gewesen war. Niemand beachtete ihn. Er gehörte zwar zu ihnen, doch als wirklich zugehörig betrachtete er sich nie.

Er fühlte sich noch immer schwummerig. Die regelmäßigen Aufregungen hatten ihm auch diesmal zugesetzt. Irgendwann würde das ein Ende haben. Das schwor er sich. Bei diesem Gedanken wurde ihm leichter. Er blickte zurück. Danach begann er, sich langsam unter die Leute zu mischen.

»Ja, ist das eine Überraschung! Sigi, komm her zu uns!«

Ein schlanker grau melierter Mann mit attraktiver Begleitung an seiner Seite wandte den Kopf in jene Richtung, aus der jemand seinen Namen gerufen hatte. Sigis Blick fiel auf einen korpulenten Mann, der ihm heftig gestikulierend zuwinkte. Da er mit seiner Begleitung gerade erst gekommen war und keinen ihm sonst Bekannten ausgemacht hatte, steuerte er die kleine Gruppe um jenen Mann an. Auch die Übrigen hatten inzwischen aufgehört zu sprechen und wandten sich interessiert dem Herbeigerufenen zu.

»Grüß dich, Alfi! Hab mir fast gedacht, dass ich dich hier treffen würde!« Sigi war seiner Begleitung vorausgegangen und hatte sich durch die Menge der umstehenden Gäste des bekannten Weinguts durchgearbeitet. Während des letzten Schritts hielt er seinem Bekannten bereits die ausgestreckte Hand zum Gruß hin und legte die andere zugleich jovial auf dessen Oberarm. »Na sowieso bei so einem Ereignis!«, grinste er bestätigend.

»Darf ich bekannt machen: Martina, meine Frau.« Alfi präsentierte eine Frau mit frisch vom Friseur geföhnter Lockenpracht, die elegant ihre Hand hob und die blonde

Mähne verwegen zurückwarf. Sigi verneigte sich vor ihr und deutete einen Handkuss an.

Danach drehte er sich zur Seite, um endlich seine Begleitung neben sich zu platzieren. »Darf ich vorstellen: Frau Karnikoff. Und das ist Alfi Schlieringer, Spitzenfunktionär des niederösterreichischen Weinbauverbunds.«

»Olga Karnikoff«, vervollständigte die eben Vorgestellte ihren Namen. Sie war eine schlanke, groß gewachsene Frau mit geglätteten und blond gesträhnten Haaren. Alle nickten freundlich.

»Ich freue mich, Sie kennen zu lernen. Einiges habe ich ja bereits über Sie gehört. Dass Sie jetzt ein halbes Jahr hier sind und beruflich schon viel erreicht haben.« Alfi drückte ihre Hand und nickte anerkennend, fast salutierend. Beide Frauen begrüßten einander verspätet ebenfalls per Handschlag und mit einem breiten Lächeln. Die ausgiebigen Höflichkeitsfloskeln und Vorstellungsrituale der Männer amüsierten sie sichtlich.

Ein junger Kellner vom Catering-Service ging mit einem Tablett an ihnen vorbei, was Alfi Schlieringer dazu nützte, vier Weingläser untereinander aufzuteilen. »Herrlich, so ein kalter Riesling!«

»Es ist aber noch nicht der heute prämierte Kamptal DAC Riesling Reserve 2017. Der kommt später, nach der Prädikatsverteilung!«, flüsterte Alfi Sigi lächelnd zu.

»Da kommt Freude auf! Dank des Erfolgs vom Loisl.« Alfi Schlieringer hob das Glas und prostete seinen Geschäftspartnern zu.

»Es ist nicht nur ein erfolgreiches, sondern auch ein ansehnliches Weingut«, stellte Olga Karnikoff nach dem ersten genussvollen Schluck fest.

Mit einem Blick musterte sie den großen Innenhof

mit mehreren prächtigen Holztoren, die alle geschlossen waren. Nur eines davon stand offen und führte in eine Halle, wo man von außen bereits riesige Stahltanks sehen konnte.

»Ja, der Hof ist so schön, weil die Frau vom Loisl, also dem Alois, dem Besitzer vom Hof, einen grünen Daumen hat. Ihr seht's ja die Blumenrabatten an der Fassade des alten Weinbauernhofs und dort die Blüteneinfassung.« Martina wies in die Mitte der Anlage. Sehen konnte man fast nichts, da viele Gäste davorstanden.

»Ich wundere mich sowieso, dass die Arbeiter vom Weingarten mit den großen Maschinen nicht schon hineingetuscht sind«, ergänzte die Ehefrau eines anderen Weinbauers.

»Geh, was sagst denn da! Das schaut sich doch jeder gerne an. Die passen auf, dass nix passiert«, quietschte die Blondine mit Mickey-Mouse-ähnlicher Stimme.

Ein schrilles Lachen konterte von der schräg gegenüberliegenden Seite des Hofs. Ein Teil der Gäste blickte in die Richtung, wo die Stimmungskanone zu stehen schien. Eine auffällig gekleidete Frau mittleren Alters zog offenbar als Alleinunterhalterin eine ganze Runde in ihren Bann. Nicht nur sie, auch die Übrigen bogen sich vor Lachen. Die gute Stimmung übertrug sich bald auf alle Umstehenden und der Geräuschpegel im Hof schwoll beträchtlich an.

»Also Walli, was du immer siehst und wie du die Leute nachahmen kannst, das ist schon sehr böse!«

Die Genannte musste sich selbst erst die Tränen vom Lachen aus den Augen streichen. Sie machte das gekonnt mit der Rückseite des Zeigefingers. Dabei gab sie acht, das kunstvoll aufgelegte Make-up nicht zu verwischen, was ihr routiniert gelang. »Na, und wenn ich euch sage, genau so war's?«

Der Lachorkan schwoll nochmals an.

»Die Karner, meine Nachbarin, und Gott sei Dank gibt's nur eine neben mir, steht doch tatsächlich direkt am Zaun und schaut durch ihre schütteren Thujen zu mir herüber. Dabei glaubt sie, ich sehe sie nicht. Ich hab nach fünf Minuten so getan, als wäre irgendein Maulwurf am Werk. Bin dann von meiner Terrasse direkt zum Zaun gestürmt und habe geschrien: ›Husch, husch‹, dabei auf den Boden gesehen und mit den Händen Richtung Sybille Karner gewachelt. Daraufhin hat sie sich so erschreckt, dass sie quietschend über ihre eigenen Bodendecker gestolpert ist.« Eine Frau gleichen Alters sah zwar belustigt, aber doch etwas genervt aus. Walli bemerkte ihr Gegenüber: »Lena, es ist ihr eh nix passiert! Aber merken wird sie sich ihre ständige Indiskretion so vielleicht schon.«

»Geh, tu dir nix an. Die wirst du nicht ändern. Übrigens ist sie genauso neugierig wie du!«, grinste Lena Breitenecker amüsiert. »Du weißt eh, dass nur die ewig miteinander streiten, die einander ähnlich sind. Andere stehen nämlich darüber. Also, ich mein: über den Dingen, du unduldsame Walli Winzer!«

Walli verdrehte verschmitzt die Augen und musste nochmals lachen. »Wenn ich daran denke, dass ich in den kommenden Wochen öfter in Wien sein werde als in Großlichten, leidet sie vielleicht schon an Entzugserscheinungen.«

»Wir werd'n uns hoit a bissl um sie kümmern, solang du weg bist«, meldete sich Mizzi Troger, die Obfrau des Dorfverschönerungsvereins von Großlichten, die heute mit ihrer Tochter Sandra gekommen war.

»Bitte auch noch, wenn ich wieder da bin! Da bleibt sie dann vielleicht nicht mehr so fixiert auf mich.«

»Du bist halt ihre direkte Umgebung. Eure Häuser stehen beide in der Seitengasse von der Hauptstraße und sind von den anderen Richtungen her ausschließlich von Äckern, Wanderwegen und Wäldern umgeben.«

»Na bitte! Schaut's, wer da kommt!«, amüsierte sich Lisa, Lenas Tochter, und rempelte ihre beste Freundin Sandra leicht am Oberarm. Beide kicherten.

Sybille Karner schlängelte sich mit ihrer Nichte Anna Szabo, einer attraktiven jungen Frau, durch die inzwischen noch dichter gewordene Menschenansammlung. Nach einem kleinen Blick in die Runde redete sie mit Anna, und sie steuerten direkt die Clique vom Reiterhof an.

Walli Winzer sah inzwischen, dass Großlichtens Bürgermeister Josef Brunner mit seinem Amtskollegen aus dem hiesigen Plankenstein und dem in Kürze auszuzeichnenden Besitzer des Weinguts und Vorsitzenden des DAC-Winzerverbands Kamptal, Alois Steinrieder, im Gespräch war. Ein stattlicher Herr mit angegrautem Haar in Galauniform gesellte sich zu ihnen. Alle verneigten sich vor ihm, schienen von seiner Anwesenheit angetan zu sein. Er sah gut aus, wie Walli gleich feststellte. Mit einem Blick erkannte sie sofort, dass er ohne weibliche Begleitung erschienen war. Bevor also noch eine andere auf die Idee kommen konnte, seine Aufmerksamkeit auf sich zu ziehen, und da Walli sowieso Alois Steinrieder persönlich vorgestellt werden wollte, stapfte sie auf der Stelle los und drängte sich gekonnt in die Gruppe. Der Ring öffnete sich widerstandslos und Walli stand mitten unter einigen der wichtigsten Honoratioren des Waldviertels.

»Grüß Sie Gott, Herr Bürgermeister!«, unterbrach sie das Gespräch und streckte Josef Brunner entschlossen ihre Hand entgegen. Verdutzt ob Walli Winzers Vertraulichkeit, zeigte Brunner sich kurzerhand als Politprofi und versierter Vertreter der Gemeinde Großlichten, die 20 Kilometer weit entfernt lag, indem er Wallis Gruß aufmerksam erwiderte.

Sonst ließ sie ja kein gutes Haar an ihm. Aber auch dem Bürgermeister war die oft mehr als distanzlose und lästige Wienerin ein Dorn im Auge. Doch in der Ferne machte man eben gute Miene zum bösen Spiel.

Es war immer das Gleiche: Walli Winzer hielt sich in vielem einfach nicht an die Gepflogenheiten des örtlichen Lebens. Ja, hintertrieb sie sogar, hatte er nahezu den Eindruck! Er erinnerte sich immer noch verärgert an ein von ihr gekipptes Gemeindeprojekt. Er hatte es mit einem befreundeten Immobilientycoon erarbeitet. Dann kam sie – und weg war's! Alle Mühe umsonst gewesen. So ein Pech und vor allem – Ärger! Ihm schwoll jetzt noch der Hals vor Zorn, wenn er daran dachte.

Dass diese Winzer dann noch die Unverfrorenheit besessen hatte, den Reiterhof zu kaufen, war für ihn nur noch die Spitze der Frechheit gewesen. Große Gewinne waren so für den Ort, anders als er es vorgehabt hatte, wirklich nicht zu erwarten. Die paar Reiter und Reiterinnen machten das Kraut finanziell absolut nicht fett. Das Mega-Wellnesshotel, das er hingegen an dessen Stelle geplant und infolge des Baus mehrerer Industrieanlagen in die Umgebung integriert hätte, wäre seiner Meinung nach die Aufwertung der Region gewesen. Seiner Region. Ebenso hätte sich die Gemeindekasse gefüllt, die nach der

Wirtschaftskrise noch immer leer geblieben war. Daher unterstützte Bürgermeister Brunner selbstverständlich auch den geplanten Kraftwerksbau im Kamptal. Denn ohne Strom ging heute ja rein gar nix mehr.

Doch von all dem Groll wollte sich Peppi Brunner, wie ihn seine Freunde nannten, heute nichts anmerken lassen. Mit routiniertem Lächeln begrüßte er Walli Winzer und stellte sie den anderen höflich vor.

»Was verschlägt eine PR-Agentin ins Waldviertel?«, bezog Alois Steinrieder Walli Winzer sofort ins Gespräch ein.

Walli erzählte ihm von ihrem kürzlichen Sabbatical im Waldviertel, der Renovierung ihres alten Hauses, dem Kauf des Reiterhofs »Sonnblick« und vielen Aktivitäten, die sie in Zukunft für Großlichten vorhätte.

Bürgermeister Brunner spitzte die Ohren und hörte mit erstauntem Blick zu.

Walli Winzer konnte sehr überzeugend sein. Dass das meiste davon geflunkert war, spielte für sie keine Rolle. Was tat eine Frau nicht alles, um sich in der männerdominierten Wirtschaft Gehör zu verschaffen. Die machten es schließlich auch nicht anders; strichen heute ihre Bedeutung hervor und am nächsten Tag war die Firma pleite. So ging Wirtschaft. Bluffen und dann im richtigen Augenblick zugreifen!

2. KAPITEL

Nachdem Walli Winzer die Erfolge ihrer PR-Agentur in aller Ausführlichkeit dargestellt hatte, erörterte sie den Grund ihres Besuchs: »Ich bin eigentlich hier, weil ich für meine Firma den Auftrag zur Ausrichtung der Vernissage ›Modern Moskau‹ in der ›Galerie artpark‹ in der Wiener City erhalten habe. Da ich jetzt meistens im Waldviertel unterwegs bin, ist es klar, dass ich neue Weine aus dem Kamptal beziehe. Warum nicht gleich den prämierten von Ihnen!«

Alois Steinrieder zeigte sich erfreut: »Das wird sich auf jeden Fall machen lassen!«

Walli Winzer nickte zustimmend. Ohne seine Reaktion abzuwarten, entzog sie Steinrieder ihre Aufmerksamkeit und wandte sich dem Mann in der Galauniform zu.

Jetzt hielt der Bürgermeister von Plankenstein, Ernst Pfaffinger, den Augenblick für gekommen, sich in Szene zu setzen. Nachdem Walli ihre Bedeutung als künftige Investorin der Region überzeugend herausgestrichen hatte, schaltete er sich als lokaler Gastgeber ein: »Darf ich Ihnen unseren hohen Besuch vorstellen: Dr. Ludwig Weichselbaumer, Leiter des Landeskriminalamts, Außenstelle in Krems.«

Charmant lächelte er die PR-Expertin an, verneigte sich und führte ihre Hand bis knapp vor seinen Mund. Walli war bezüglich seiner Galanterie beeindruckt. Erfreulicherweise schmatzte er ihr nicht wie andere auf den Handrücken, sondern deutete den Handkuss bloß an. So, wie es sich, wenn's schon sein musste, gehörte.

Wie oft hatte sie andernfalls die Gelegenheit genützt, sich im ersten unbeobachteten Moment den feuchten Handrücken an ihrem Kleid abzuwischen. Igitt, fand sie so etwas grausig! Antiquiert obendrein.

Oberst Weichselbaumer hatte Manieren. Er wusste offensichtlich, was sich gehörte. Für Walli Winzer war er dadurch einschätzbar geworden, was sie dazu animierte, alle Spielregeln des Flirtens gekonnt einzusetzen. Und sie wirkten! Gut gelaunt nickte der Spitzenbeamte der Männergruppe zu, was einige mit einem verstohlenen Lächeln quittierten. Beide wandten sich daraufhin vom erlauchten Kreis ab und mehr einander zu.

»Das freut mich sehr, endlich auch einmal einen Spitzenpolizisten aus Niederösterreich kennenzulernen«, erwiderte Walli Winzer die Höflichkeit Weichselbaumers. Er gab sich ein wenig verlegen, was ihr sichtlich gefiel und sie zu einem sonnigen Lächeln ermunterte.

Seine Neigung für Walli Winzer kaschierend, nahm er allerdings sofort Haltung an. In freundlich-sachlichem Tonfall fuhr Weichselbaumer fort: »Erfreulicherweise verläuft bei uns auf dem Land doch manches ruhiger als in der Stadt, wo Menschenmassen auf engstem Raum neben- und übereinander getürmt miteinander leben müssen. Daher passiert dort einfach mehr.«

»Das stimmt. Wobei ich in Wien noch nie einen Toten gesehen habe. In Großlichten hingegen in den letzten Monaten leider schon!«

»Ah, ich kann mich da an Fälle hier in der Nähe erinnern.«

»Unseligerweise war ich bei einigen Todesfällen vor Ort. Einmal geriet ich sogar selbst unter Mordverdacht.«

»Ja, jetzt weiß ich wieder: Eine Wiener PR-Lady hatte die Ermittlungen maßgeblich unterstützt. Das waren *Sie*?«

Walli Winzer beschloss, sich mit ihrem Kommentar lieber zurückzuhalten. Denn *unterstützt* war ein absolut dehnbarer Begriff, den die Polizeikommunikation offensichtlich dafür verwendet hatte. Denn in Wahrheit war sie es gewesen, die die Fälle gelöst und dabei fast ihren eigenen Kopf riskiert hatte. Ergeben hatte sich alles rein zufällig. Weil sie überall ihre Nase hineinsteckte! Auch hier. Schrecklich. Eine Berufskrankheit eben. Es war wie bei ihrer Recherche zu lukrativen PR-Aufträgen. Da hörte sie nämlich auch nicht eher auf, bis alle Fakten vor ihr auf dem Tisch lagen.

Kurz darauf erreichte Walli Winzer meist ihr Ziel! Doch die vergangenen Waldviertler Mordfälle? Die waren bereits Geschichte. Warum jetzt also den prickelnden Augenblick unnötig belasten?, dachte Walli.

»Ich bewundere Zivilcourage, Mut und Scharfsinn, bei Frauen speziell«, wollte der Oberst offenbar das Gespräch mit ihr kokett ankurbeln. »Das scheint bei Ihnen auch noch mit einer Portion Energie und Charme verbunden zu sein«, fügte Dr. Ludwig Weichselbaumer hinzu und grinste sie an.

Walli merkte, dass ihr bei seinem offensiven Flirtversuch langsam warm wurde. Sie räusperte sich und drehte sich leicht zur Seite. Das viele Sprechen und die jetzt knisternde Stimmung hatten sie durstig gemacht. Fieberhaft suchte sie nach einem Kellner für ein weiteres Glas des köstlichen Rieslings aus dem prämierten Weingut. Okay. Vielleicht wäre es vorher doch besser, nach einem Glas Mineralwasser zu greifen.

Sie winkte auffällig nach dem Erstbesten, dessen sie habhaft werden konnte. Der Oberst zeigte sich darüber einigermaßen überrascht. Mit ihrer ausladenden Geste hatte Walli schließlich weniger die Aufmerksamkeit des jungen Aushilfscaterers auf sich gezogen als jene Florian Wagners.

Der Gärtnermeister aus Großlichten und Ex-Lover Wallis war gerade dabei, vorsichtig ein passendes Blumenarrangement für die mittlere Anrichte durch die Menge zu tragen. Im Vorbeilaufen warf er Walli einen misstrauischen Blick zu.

»Wenn Sie wollen, übernehme ich das für Sie.«

»Gerne.«

Ludwig Weichselbaumer machte sich sofort auf den Weg, etwas Trinkbares zu ergattern.

Walli Winzer bemerkte Florian erst jetzt. Sie freute sich. Da er aber ernst blieb, sich ihre Blicke nur kurz trafen und er keine Anstalten machte, auf sie zuzugehen, sondern dem Polizeichef verdutzt nachsah, glaubte sie zu verstehen. Walli grinste in sich hinein. War da doch noch etwas von damals zwischen ihnen geblieben? Also, zumindest von seiner Seite her, appellierte sie an sich selbst.

Walli hatte Florian lange nicht gesehen. Über ihren einst unüberlegten Quickie im Schlosspark hatten sie nie wieder gesprochen. Es hatte sich schlichtweg keine Möglichkeit ergeben. Es war schon lange her. Trotzdem freute sie sich über seine verblüffte und irritierte Reaktion.

Doch Walli Winzer wollte darüber nicht länger nachdenken. Mittlerweile hatten sich zwischen sie und die Nachbargruppe mit Steinrieder einige Männer gestellt, die ihre Anliegen recht lautstark vorbrachten.

»Loisl, du kannst net einfach so über uns drüberfoahn

und öffentlich in der Zeitung verkünden, dass wir alle im Kamptal jetzt auf Bio-Weinbau umsteigen werden. Du host uns net gfrogt! Des woar voreilig, damit du die Auszeichnung von den Behörden kriagst – oba ohne uns!«, empörte sich einer der Weinbauern.

»Du willst uns damit erpressen, dass ma nimma zurückkönnen!«, ergänzte ein anderer.

»Wir reden noch drüber! Aber jetzt ist das leider ganz schlecht«, versuchte Alois Steinrieder, seine Kollegen zu beruhigen.

»Is' oba besser, wenn glei' die Burgemoasta a dabei san. Wenigstens hören dann olle des Gleiche!«

Die Diskussion zeichnete sich ab, auf länger angelegt zu sein.

»Karl, wir red'n no' drüba«, versuchte Steinrieder vor den verstummten Bürgermeistern der Umgebung, die Angelegenheit zu vertagen.

»Des geht net, dass du allen von uns so hohe Ausgaben ungefragt aufbrummst. Wie sollen wir das denn abbezahlen? Die Förderungen vom Land und der EU werden immer weniger!«

»Die Umstellung auf Bio dauert lang und kostet viel!«

»Bei die Unwetter, die's jetzt a no' immer gibt, is' des a zusätzliches finanzielles Risiko für uns!«

»I bin sowieso scho' mit mein Betrieb überschuldet. Noch mehr kann i ma nimma leisten!«

»Aber meine Herren!«, versuchte auch Ernst Pfaffinger den Protest der Weinbauern zu besänftigen.

»Wir werd'n sicher a Möglichkeit finden«, gab sich auch Alois Steinrieder zuversichtlich.

»Woit's ihr uns verarschen? Wir sind die Letzten, an denen immer alles hängen bleibt«, empörte sich einer und näherte sich Steinrieder auf Tuchfühlung. Der schnappte nach dessen Arm, drehte ihn grob nach hinten, weshalb dieser aufschrie. Danach ließ Alois Steinrieder den Empörten los. Die Situation blieb weiter angespannt.

Walli Winzer wurde das dämliche Männergehabe zu bunt: »Jetzt reicht's! Es gibt sicher einen besseren Zeitpunkt, wo ihr das besprechen könnt. Heute gibt's die Preisverleihung!«

Alois Steinrieder wirkte sichtlich erleichtert, als der Aufgebrachte Abstand von ihm nahm.

»Darauf kannst Gift nehmen!«, polterte Karl Aichinger und verließ zornig mit seinen Gefährten den Hof.

»Was war denn da los?«, drängelte sich ein junger dunkelhaariger Mann durch die Gästeschar im Innenhof des Winzerguts und stand kurz darauf neben Steinrieder.

»Robert, es ist nix. Es war nur der Aichinger Karl, der immer gegen alles ist. Dauert halt a bissl länger, bis er's und die anderen kapiert haben. Aber irgendwann werden's das dann schon nachmachen.«

Bürgermeister Pfaffinger führte die Situation wieder zum Anlass zurück: »Heute kommt der Herr Landesrat. Mit dem werde ich die Situation kurz besprechen. Ich bin sicher, dass er für die Widerständler eine Lösung weiß.« Leicht weggedreht, ergänzte er Richtung Steinrieder: »Irgendein Finanztopf wird sich schon finden.«

Olga Karnikoff stand dicht bei der Gruppe und musste daher einiges mitgehört haben. Sie drehte sich um, nachdem sie der Bürgermeister während des Sprechens mit einer ausladenden Geste angerempelt hatte.

»Oh, sorry!«

»Kein Problem«, antwortete sie erschrocken lächelnd mit leichtem russischem Akzent. Ihr Blick fiel dabei auf den jungen Steinrieder, der merkbar ihre Mimik erhellte.

»Darf ich bekannt machen: mein Sohn Robert.«

»Freut mich!« Robert Steinrieder verneigte sich höflich vor allen. Dann hielt er kurz vor Olga Karnikoff inne. So, als würde ihn etwas beschäftigen. »Arbeiten Sie nicht für Dimitri Olschiraska?«

»Ja, aber heute hat mich seine ›Galerie artpark‹ in der Wiener Innenstadt hierhergebracht. Ich habe den Transport der Kunstwerke organisiert und betreut. Herr Olschiraska betreibt seit Kurzem eine Galerie in Wien neben seinem Pharmakonzern. Kunst ist jetzt seine neue Leidenschaft. Außerdem ist er gerne in Wien.«

»Und im Waldviertel – so ein Zufall!«, fühlte sich Walli Winzer dazu ermuntert, etwas zu sagen. »Ich kenne nämlich die Geschäftsführerin, Sonja Frey. Meine Agentur ›Firebird‹ organisiert die Vernissage zur nächsten Ausstellung. Ist auch etwas Neues für uns, da wir sonst ausschließlich auf Public Relations ohne Eventbetrieb ausgerichtet sind.«

»Wirklich? Ich liebe Kunst, vor allem die zeitgenössische. Mich begeistert, wie viel persönlicher Ausdruck in jedem Objekt steckt.«

»Jaja«, log Walli Winzer gekonnt. Sie hatte keine Ahnung von solchen Dingen und interessierte sich, ehrlich gesagt, auch nicht dafür. Für Walli sah dieses ganze Moderne-Kunst-Zeug gleich aus. Abgefahren.

Als Kind eines Arbeiters der Floridsdorfer Lokomotivfabrik hatte sie andere Interessen gehabt. Zum Beispiel spielte sie gerne mit Kindern auf den zum Teil unasphaltierten Straßen im Wiener Grätzl Donaufeld. Damals gab es fast keine Autos. Erst mit dem Bau der Gemeindebauten entstanden Fahrbahnen. Mit gebraucht gekauften Fahrrädern aus dem Secondhandshop machte man schließlich die Gegend unsicher. Die sozialen Straßenschlachten im Floridsdorfer Gemeindebauhinterhof verarbeitete man als Kind nur schwer oder eben nicht. Die rauen Sitten von damals versteckte sie mittlerweile gekonnt hinter professionellem Gehabe. Nur manchmal, wenn sie sich ärgerte und aufregte, ging die alte Walli samt Vorstadtdialekt mit ihr durch. Das Gemeindebaukind von damals war sie in ihrem Innersten geblieben. Die untergriffigen Sozialtechniken gab es bei ihr auf Abruf, wobei sie die in speziellen Seminaren sogar treffsicher ausbauen konnte. Frei nach dem Motto: Man lernt eben nie aus. Vor allem nicht, wenn man wusste, wie hart es war, in gehobene Kreise aufzusteigen, was Walli in der Jugend um jeden Preis angestrebt hatte. Über den zweiten Bildungsweg und unter Einsatz aller ihr zur Verfügung stehenden weiblichen Waffen hatte sie es letztlich geschafft – bis ganz hinauf! Und darauf war Walli Winzer stolz.

Wofür sie sich allerdings immer begeistern konnte, waren Feste, Empfänge und Partys. Zugegeben: Jetzt, wo sie bereits an die 22 plus war, wie sie gerne launig bemerkte, gab's zwar öfter mehr vom Gleichen, doch zeitweise machte es trotzdem noch Spaß.

Walli blickte wieder in die Runde und suchte sehnsüchtig nach etwas Trinkbarem. Oberst Weichselbaumer schien wie vom Erdboden verschwunden zu sein, und keiner der Caterer mit Getränketablett war in Sicht!

Mist!

Es war inzwischen später Vormittag. Die Sonne knallte Anfang Herbst immer noch ganz schön kräftig auf den Platz. Mitten in der Menschenmenge zu stehen, sorgte zusätzlich für einige Grad mehr.

»Frau Karnikoff, Sie entschuldigen. Ich hole mir jetzt selbst was zu trinken, sonst komme ich noch um!«

Olga Karnikoff lachte. »Ja, tun Sie das! Bis später!«

Walli war gerade dabei, sich auf den Weg zu machen, als sich unter den Gästen Unruhe breitzumachen schien.

»Ahhh!«, johlte die Menge auf.

Walli Winzer hatte keine Ahnung, worum es ging. Sie war von ihrer Statur her zwar nicht klein, doch sehen konnte sie von ihrer Position aus trotzdem nichts. Wesentlich Größere hatten sich direkt vor ihr aufgepflanzt, und in dem Getümmel wurde sie hin und her geschoben. Langsam gelang ihr schließlich die Sicht auf eine junge Frau in Tracht mit prunkvollem Kopfputz. Ihr voraus schritten einige Fahnenträger mit Wappen aus Niederösterreich und der Waldviertler Gemeinde Plankenstein, gefolgt von einer Blaskapelle. Dahinter zog ein Haflinger einen Karren, beladen mit Holzbottichen voll frisch geernteter Trauben. Dann schritt der Landesrat mit Gefolge zwischen den vergnügten Festgästen durch.

Die Menge drängelte Walli Winzer nahe an Alois Steinrieder heran, der dem Landesrat bereits freundschaftlich zugewunken hatte. Als Steinrieder sie bemerkte, raunte er ihr zu: »Um 12.00 Uhr vor dem Eingang zum alten Weinkeller! Ich mache eine Führung für Sie und zeige Ihnen unsere Bestände!«

»Alles klar!« Sie hatte den Zuruf gerade noch verstanden, als die Umstehenden erneut zu johlen begannen.

3. KAPITEL

Während Walli Winzer auf ihr Getränk wartete, streifte ihr Blick wieder Lena Breitenecker, die sie mit Ehemann Hans in einiger Entfernung sah. Beide waren eifrig dabei, für die anschließende Verkostung des prämierten Rieslings ihr jüngst ebenso in Frankreich ausgezeichnetes Käsesortiment aufzulegen. Walli hatte nach der Rückkehr der Breiteneckers deren große Freude miterlebt und war sich sicher, dass so ein internationaler Erfolg die ganze Region enthusiastisch stimmen würde.

Eine lokale Auszeichnung wie heute mit dem Steinrieder Kamptal DAC Riesling Reserve 2017 bedeutete gleichfalls den ersten Schritt in die richtige Richtung, war sich PR-Profi Walli Winzer sicher. Daher nützte sie gleich die Gelegenheit, die Marke »Kamptal Riesling« marketingstrategisch in Wien zu verankern. Zur Vernissage kamen meist Ästheten und Gourmets, die aus ihrer Erfahrung das ideale Publikum für Produkteinführungen dieser Art waren.

Auch Lena hatte lange und hart für den Erfolg ihres prämierten Ziegenkäses gearbeitet. Sie hatte noch viel vor.

Hans schleppte weiter Plastiksteigen heran, die bereits am Biohof einsortiert worden waren. Lena holte kunstvoll drapierte Vorlegeplatten hervor. Käsebesteck sowie

Weidenkörbe mit diversen Weißbrot- und ausgewählten Schwarzbrotsorten breitete sie dekorativ auf den Tischen aus. Sohn Lukas nahm ihr die leeren Kisten ab und trug sie anschließend zurück zum Lieferwagen.

Walli wollte gerade zum Buffet gehen, überlegte es sich dann aber doch anders, als sie sah, wie sich Florian Wagner neben Hans stellte. Er hatte seine Garderobe inzwischen dem Anlass angepasst. Wie immer sah er blendend aus. Die beiden Männer sprachen offenbar über die Blumenarrangements auf den Buffettischen, mit denen Hans sehr zufrieden schien. Florians Gesichtsausdruck wirkte entspannt, änderte sich jedoch schlagartig, als er Ludwig Weichselbaumer an sich vorbeigehen sah. Er musterte den Oberst auffällig, der sich vorsichtig, um die Getränke nicht zu verschütten, durch die Menge drängte. Was Florian in diesem Augenblick wohl dachte?, fragte Walli sich. Schnell wandte er sich lächelnd einem Neuankömmling zu: einer jungen hübschen Frau, halb so alt wie Walli.

Walli Winzer kniff erbost die Augen zusammen, hatte aber keine Gelegenheit mehr, ihre Emotionen weiter zu ordnen, da mit einem Mal Dr. Ludwig Weichselbaumer direkt vor ihr stand und dadurch den Blick auf Florian Wagner verstellte. Er reichte ihr ein Glas Mineralwasser und eines mit Riesling. Mit seinen großen Händen hatte er keine Probleme gehabt, zwei Gläser auf einmal zwischen den Fingern zu platzieren.

Walli griff erleichtert zu. Sie hatte in diesem Moment das Gefühl, dass ihr der Himmel Oberst Weichselbaumer geschickt hatte, der nicht nur ihren Durst zu löschen verstand, sondern auch ihre Gedanken an Florian Wagner zerstreute.

Sie sprachen über die Ermittlungsarbeiten in Niederösterreich, neue Polizeimethoden und die österreichische Zusammenarbeit mit europäischen Behörden. Im Großen und Ganzen empfand Walli Winzer Oberst Weichselbaumer nicht nur als angenehmen, sondern auch als gebildeten und kompetenten Menschen.

Trotzdem gebot ihre Neugier einen weiteren Blick in Richtung Florian Wagner. Gekonnt sah sie an ihrem Gesprächspartner vorbei, nickte interessiert, ohne seiner Ausführung weiter größere Beachtung zu schenkte. Doch sie sah Florian nicht mehr. Wohin war dieser Schlawiner verschwunden? Und mit ihm dieses halbe Kind? Sollte er tatsächlich jetzt mit ihr unterwegs sein? Walli vergrößerte ihren Blickwinkel und wechselte dazu sogar ihre Position. Sie bat Oberst Weichselbaumer, den Platz mit ihr zu tauschen, was dieser willig tat.

Keine Spur von Florian.

»Ah, Grubinger!«, rief sie plötzlich. Sie entdeckte ein weiteres bekanntes Gesicht. Sepp Grubinger war Dorfpolizist in Großlichten. Er war eben zum Haupttor hereingekommen und blickte noch etwas unschlüssig um sich. Neben ihm stand Ehefrau Resi, ebenfalls mittleren Alters, die sich im Gespräch mit einer ihr offenbar bekannten Frau befand. Es war ein Small Talk, dem Frau Grubinger mehr mit lächelnder Miene beiwohnte, als dass sie sich aktiv daran beteiligte. Ihre nach hinten gebundenen Locken wippten, wenn sie zustimmend nickte. Sepp Grubinger erwiderte Wallis Zuruf mit dem Hochziehen seiner Augenbrauen. Anhand seiner Beklommenheit merkte sie, dass er Oberst Dr. Weichselbaumer erkannt hatte. Der rührte sich nicht, sondern wartete das Intermezzo seiner Gesprächspartnerin ab. Danach fuhr er unbeirrt mit einer detailverliebten Ausführung über die Neuaufstellung der Polizeiadministration in Krems fort.

Eben als Weichselbaumer zu Ende gesprochen hatte, stand Grubinger samt Ehefrau neben Walli Winzer. Letztere wandte sich ihnen sogleich zu: »Grüß Sie! Es ist schön, Sie auch einmal anderswo als in der Polizeistation zu sehen.«

»Wie ich sehe, halten Sie's ohnehin nicht lang ohne Polizeibegleitung aus!«, witzelte Grubinger und trat Oberst Weichselbaumer gegenüber, wobei er sofort polizeiliche Haltung einnahm.

»Ist schon in Ordnung. Sie sind mit Ihrer Frau privat hier. Da lassen wir das Formelle«, gab sich Dr. Weichselbaumer jovial.

Walli Winzer beeindruckte der gelassene Umgangston des Obersts mit einem Rangniederen. Auch wenn sein Ton nichtsdestoweniger etwas herablassend klang. Weichselbaumer trug immerhin Uniform und war einer von Grubingers obersten Chefs in der niederösterreichischen Polizeihierarchie.

Sepp Grubinger trat einen Schritt zur Seite und stellte sich wieder neben seine Frau. Sie sah ihn beschwichtigend an, als hätte sie bereits bemerkt, dass ihr Mann unsicher geworden war. Grubinger wirkte tatsächlich erleichtert, nicht mehr im Zentrum der Aufmerksamkeit stehen zu müssen, und ließ den Oberst weiterreden: »Ich bin ja hier in diesem Ort aufgewachsen. Viele meiner Familienmitglieder sind in der Weinbranche tätig. Einige haben ihre Rieden in der Umgebung, die anderen sind bereits im internationalen Weinhandel tätig. Ja, so verändern sich auch bei uns die Zeiten!«

»Toll, dass sich das in den vergangenen Jahren für Österreich und hier im Waldviertel so gut entwickelt hat!«, freute sich Resi Grubinger. »Noch vor ein paar Jahrzehnten, Mitte der 1980er-Jahre nach dem schrecklichen Glykolskandal, hätte sich das niemand vorstellen können.«

Ludwig Weichselbaumer räusperte sich unangenehm berührt: »Ja, das war für alle Weinbauern eine schreckliche Zeit. Da will sich hier keiner mehr daran erinnern. Ich selbst war damals ein junger Bursche und hab vieles miterlebt. Einige Weinbauern hat das sogar um ihre Existenz gebracht. Sie mussten ihre Weingärten an andere verkaufen, weil ihnen keiner mehr die Weine abnahm. Daher wird hier nicht gerne darüber gesprochen. Vor allem nicht an so einem Freudentag wie heute mit einer prestigeträchtigen Auszeichnung, auch für die Region. Heben wir also das Glas auf unseren Loisl. Dass er uns zurückgeholt hat, was wir schon verloren glaubten! Ein Hoch und Prost!«

Weichselbaumer wirkte erleichtert, das Thema abgewendet zu haben, und schien sich für Alois Steinrieder ehrlich zu freuen. Alle hoben ihr Glas und stießen an. Nur Walli blieb bei Mineralwasser. Der Oberst sah sie fragend an, lächelte und ließ sein Glas dennoch mit dem ihren wohltuend anklingen.

Walli gefiel das. Sie wusste, dass man sonst nur mit Gläsern gleichen Inhalts anstieß. »Bei meinem Durst muss das vorher runter! Sonst singe ich gleich beim Musikgstanzl der Blasmusikgruppe mit«, amüsierte sie sich selbst wohl am meisten über ihr No-Go der sonstigen Etikette.

Weichselbaumer war ihr Fauxpas sichtlich egal. Es schien ihm vielmehr sogar zu gefallen, nicht zu entsprechen und sich nicht vor anderen zu genieren.

Walli trank ihr Glas Mineralwasser in einem Zug leer. Nichts hatte sie in letzter Zeit so ersehnt und genossen wie diese kühle Labung eben. Na ja, obwohl sie sich sonst auch noch erfreulichere Erlösungen für ihre körperlichen Bedürfnisse vorstellen konnte. Denn kleinen Flirts gegenüber war sie nie abgeneigt gewesen. Die waren allerdings im besten Alter nicht mehr so einfach an jeder Ecke zu finden.

Walli Winzer blickte den kessen Polizeioberst von der Seite an und erhaschte seinen freundlichen Blick. Von der Bettkante würde sie den sicher nicht stoßen, stellte sie amüsiert fest. Offensichtlich hatte sie all ihre Sinne wieder beisammen.

Doch Walli wollte jetzt den anderen zuhören. Schließlich hatte sie während ihrer Ausbildung zur PR-Agentin an vielen Seminaren zur Gesprächsführung teilgenommen. Zuhören war wichtig! Nur so kamen gute Geschäfte zustande. Man machte sich währenddessen ein Bild vom anderen und konnte sich gut auf ihn einstellen. Wegen eines Weindeals war sie schließlich auch hierhergekommen.

Nur, es war jetzt Oberst Weichselbaumer, der nahezu ununterbrochen sprach, und nicht Winzerchef Steinrieder. Egal. Mit einem Glas Riesling in der Hand entspannte sie sich völlig. Mal sehen, wohin das alles führte.

Weichselbaumer erwies sich ebenso auf dem Gebiet des Weins als äußerst bewandert: »Der Boden hier enthält viel Löss. Den brauchen die Rieden, um gut zu gedeihen. Das Klima im Sommer ist tagsüber heiß und in den Nächten kühlt es ab. Ideale Voraussetzungen für Weißwein. Am besten für Grünen Veltliner oder Riesling.«

»Verkosten kann man die guten Tropfen überall. Oft auch in den malerischen alten Kellergassen im Kamptal, wo die Weinbauern noch viele ihrer Weine lagern«, ergänzte Frau Grubinger.

»Des san oba nur die Kloanen, die's mehr für Liebhaber des oidn Handwerks und für sich und ihre Familien keltern. Oder ausgewählte Gäste. Die anderen miassn scho' so groß sein wie der Hof do vom Loisl. Leben können di andern nimma davon«, ergänzte Rosa Grandl, eine ältere Bäuerin aus Großlichten. Sie war gut befreundet mit Lena Breitenecker und kannte sich in der Umgebung aus.

Sepp Grubinger war wie Walli wortloser Beobachter und überließ den Frauen und dem Oberst das Terrain. Walli war sich nicht sicher, was ihm gerade durch den Kopf ging. Jedenfalls glitt Grubingers Blick abwechselnd von seiner Frau zu Weichselbaumer, dann zu Rosa Grandl. Zeitweise verzog er den Mund zu einem Lächeln, wenn es die Situation erforderte. Dass er sich dabei wohlfühlte, bezweifelte Walli Winzer. So weit kannte sie den Dorfpolizisten aus Großlichten schon. Vielmehr tat er es aus Verlegenheit. Sie hielt ihn für schüchtern, doch durchaus emotional intelligent. Nur bei manchem haperte es ihrer Meinung nach eindeutig ein wenig bei ihm. Wenn sie allein an seine oft grotesken Ermittlungsansätze dachte. Böse Walli! Ja, sie wusste, dass sie manchmal eine richtig arrogante Stadttussi sein konnte. Na und? Vieles davon war bei ihr oft auch Schüchternheit. Aber ließ sie sich davon ausbremsen oder setzte dadurch ihr Verstand aus? Warf sie das aus dem Konzept? Vielleicht hätten das andere gerne! Doch diese Freude machte sie ihnen nicht. Niemandem.

Immerhin hatte sie sich alles selbst erkämpfen müssen. Nichts war ihr in die Wiege gelegt worden. Ein durchschlagskräftiges Frauennetzwerk ähnlich den Old-Boys-Netzwerken gab es noch nicht. Und diese funktionierten in Zeiten wie diesen mehr denn je.

Walli Winzer holte sich daher, was sie brauchte. Darin war sie richtig gut geworden! Auch wenn's nicht immer redlich zuging. Na und? Man musste schauen, wo man blieb! Gäbe es in allen Führungsetagen nur sanfte, träge Leute wie Grubinger, wäre sie immer noch die kleine Schaufensterdekorateurin aus der Vorstadt. Keiner wäre je auf sie aufmerksam geworden. Ihren Grips hätte sie sich sonst wohin stecken können. Sie hatte ihren strategischen Scharfsinn erst spät entdeckt, aber immerhin noch rechtzeitig, um ihn zielgerichtet einzusetzen.

»Gibt's in dieser Region eigentlich auch Rotwein?«, fragte Walli spontan. Sie wollte die Aufmerksamkeit Ludwig Weichselbaumers wieder auf sich ziehen, was ihr mit dieser Frage gelang. Alle schauten sie wegen der abrupten Unterbrechung erstaunt an.

»Ah …«, überlegte Weichselbaumer kurz. »Weniger«, sagte er schließlich. »Das Klima ist für die Rotweintrauben hier im Kamptal etwas zu rau. Die brauchen das ganze Jahr über mildere Nächte und wärmere Tage. Die Winter sind hier strenger als beispielsweise im pannonischen Raum des Burgenlands, ganz im Osten Österreichs.«

»Wir ham aber a Rotweingebiete in Niederösterreich«, ergänzte Resi Grubinger. Ihr Mann Sepp sah sie mahnend an. Immerhin wies sie seinen obersten Chef zurecht! Man ließ solche Herren einfach reden, was sie wollten. Die waren doch eh gleich wieder weg in Krems oder in St. Pölten. Warum extra auffallen? Was fiel denn der Resi ein! Er sah besorgt zu Weichselbaumer.

Der gab sich gelassen und ließ sich nicht aus der Ruhe bringen. Wie zuvor über die Polizeireform dozierte er jetzt über den niederösterreichischen Wein: »Natürlich gibt es hier auch ausgewiesene Rotweingebiete, wie zum

Beispiel beim Pinot noir, auch Blauer Burgunder genannt, oder die in Carnuntum. Schon die Römer erkannten die Vorteile dieser niederösterreichischen Thermenregion. Sie errichteten dort nicht nur Thermalbäder, sondern auch ausladende Weingärten, und kultivierten das Keltern. Sie bauten Blaufränkische Trauben für den Rotwein an, den sie aus Italien her kannten und vermissten. Denn Carnuntum war über lange Zeit einer der wichtigsten strategischen Militärstützpunkte, der …«

Bei seinen nun folgenden langen historischen Ausführungen klinkte sich Walli Winzer gedanklich aus. Sie nickte zwar immer wieder zustimmend, doch ihren Blick zog das inzwischen üppig gefüllte Buffet auf sich.

Dort sah sie einen jungen Mann, offensichtlich ein Praktikant, denn Lehrlinge waren in Österreich Mangelware geworden, der recht linkisch eine Platte mit würfelig geschnittenen Käsestückchen trug. Ein ungesichertes Elektrokabel auf dem Boden ließ ihn zudem nach unten schauen, weshalb einige Käsestückchen herabkullerten. Er fluchte, sah verstohlen nach links und rechts, ob ihm jemand zugesehen hatte. Dann bückte er sich, hob sie auf und legte sie unauffällig zu den übrigen.

Walli ekelte, was sie da sah. Das durfte doch nicht wahr sein! Wo waren denn die Lehrlinge, die etwas von der Pike auf lernten? Dazu zählten in erster Linie Sauberkeit und Hygiene.

Noch bevor sie sich so richtig entrüsten konnte, sprang eine schlanke schwarz-weiße Katze behänd auf den Tisch und schnappte sich die nachträglich beigelegten Stückchen. Nicht nur Walli erschrak darüber, sondern vor allem der Praktikant. Er wich vor der stürmischen Attacke zurück.

»Nein, das gibt's doch nicht!«, schrie Hans Breitenecker, als er die kleine Diebin unbeholfen vorüberziehen sah. Hans nahm die von der Katze berührten Teile heraus und machte sich daran, wieder ein halbwegs ansehnliches Käsetürmchen zu formen. Der Praktikant stand daneben und tat so, als ginge ihn alles nichts an.

Walli schluckte angewidert und nahm sich vor, nichts aus diesem Bereich des Käsesortiments zu nehmen.

Das Gejohle hinter ihr ließ sie hoffen, dass die Preisverleihung langsam zu Ende ginge und man sich endlich dem angenehmen Teil der Feier zuwandte. Sie hörte die laute Stimme des Landesrats, der mit dem Mikrofon in der Hand lobende Worte für die zahlreichen internationalen Initiativen Alois Steinrieders im Interesse der Region und des Landes Niederösterreich fand. Die Winzerkönigin stand beiden Herrn zur Seite und waltete ihres Amtes: dem des Lächelns.

Die Runde um Weichselbaumer hatte sich beinahe aufgelöst, als sich Olga Karnikoff und Sigi Neudeck zu ihm stellten. Der Polizeioberst versprühte auch gegenüber der Russin seinen Charme. Ganz dem Motto entsprechend: einmal Kavalier, immer Kavalier. Als eine Blondine an ihnen vorüberging, lächelte er dieser ebenfalls zu. Sie machte sogleich kehrt und gesellte sich dazu.

Walli Winzer reichte es. Sie zog es vor, sich langsam auf den Weg in Richtung Weinkeller zu begeben. Immerhin würde die Laudatio langsam zu Ende gehen.

Doch zuvor wollte sie sich noch eines der üppigen Lachsbrötchen schnappen. Immerhin waren sowieso alle beschäftigt – entweder mit Zuhören oder abseits in einem leisen Gespräch. Auf sie und das vorzeitig entwendete Brötchen würde jetzt bestimmt niemand achten.

Während Walli die ersten Happen genoss, beobachtete sie Frau Steinrieder jun. mit ihrem Mann Robert. Sie standen seitlich des Podiums, auf dem Alois Steinrieder einige Dankesworte entrichtete. Sie wirkten angespannt. Ab und zu fiel ein Wort, das jeweils von ihr oder ihrem Mann mit ernster Miene quittiert wurde.

Roberts Bruder, Franz Steinrieder, kam zögernd auf beide zu. Als Robert ihn kommen sah, drehte er sich demonstrativ weg. Er gab sich dabei weiterhin mäßig an der Festansprache interessiert. Franz' Ehefrau Sabine nickte ihrem Schwager grüßend zu, machte allerdings keine Anstalten, mit ihm ins Gespräch kommen zu wollen.

Franz lehnte sich an einen der weiß gedeckten Stehtische, auf dem neben leeren einige halbvolle Gläser standen. Eben kam sein Vater mit seiner Dankesrede an die Honoratioren zu Ende.

Tosender Applaus! Einige Jubelpfiffe.

Weder Franz noch Robert schien diese Sympathiekundgebung besonders zu bewegen. Sie verhielten sich zurückhaltend. Eine etwa 16-Jährige ging plötzlich auf Sabine Steinrieder zu und flüsterte ihr etwas ins Ohr. Robert warf den beiden einen Blick zu.

Der Jubelorkan hob lautstark an und lenkte dadurch Wallis Aufmerksamkeit vom kleinen Nebenschauplatz ab. Sie sah, wie der Landesrat die Urkunde überreichte und im Anschluss Hände schüttelte. Danach strahlte er mit breitem Lächeln die blutjunge Winzerkönigin an. Er umfing ihre Schultern und reichte ihr beim Abstieg der drei Stufen galant die Hand.

Inzwischen war auch Alois Steinrieder wieder an die Seite des Landesrats getreten und nahm seine Aufmerksamkeit in Beschlag. Das Mädchen von vorhin und andere

Kinder umringten die Winzerkönigin. Sie schienen sie zu kennen und freuten sich offenbar, in ihrer Nähe sein zu dürfen.

Walli Winzer lehnte derweil mit einem weiteren Lachsbrötchen sowie einem zweiten Glas Riesling in der Hand am weißen Stehtischchen und beobachtete fortan die Szenen. Immerhin hatte sie ja sonst nichts zu tun. Denn Ludwig Weichselbaumer war noch immer mit Olga Karnikoff beschäftigt und Alois Steinrieder wandte sich gerade seiner Familie zu. Er schien genervt von seinen Söhnen zu sein. Auch seiner Schwiegertochter warf er keinen wirklich freundlichen Blick zu.

Als Steinrieder dann den Weinbauern Karl Aichinger erneut auf sich zukommen sah, stand sein Entschluss fest: Flucht! »Ich bin gleich wieder da«, rief er. Da hatte es wohl jemand eilig, dachte Walli. Auf dem Weg ins Haus würde ihm niemand folgen. Unachtsam stieß er sogar seine Ehefrau Renate zur Seite und warf ihr im Vorübergehen einen entschuldigenden Blick zu.

Ein paar Neuankömmlinge versperrten Walli Winzer die Sicht. Sie griffen gleichzeitig nach ihren Gläsern. Doch Walli konnte sich nicht einmal darüber mokieren, da sie es schließlich war, die den Tisch vorher okkupiert hatte. Die lustige Runde bezog Walli sogleich ins Gespräch ein.

Sie erfuhr einiges über den erwünschten sanften Tourismus im Kamptal. Über die Opernfestspiele in Gars am Kamp im Sommer und die bekannte Konditorei am Hauptplatz des beliebten Kurorts. Die Gruppe erzählte ihr von einem geplanten Wasserkraftwerk am Waldviertler Fluss Kamp, das seit Längerem die Bevölkerung und die Gemüter der Naturschützer sowie der Wiener Gäste erhitze.

Lautes Kindergekreische. Die Blicke richteten sich in die Richtung, aus der es kam. Einige Aufgeregte begannen zum Haupttor zu laufen. Mitten unter ihnen wie bei Schneewittchen und den sieben Zwergen eilte auch die Winzerkönigin. Sie gab dabei acht, nicht über ihr langes Kleid zu stolpern.

Hinterdrein beeilte sich der Landesrat, endlich der Ansammlung von Bittstellern zu entkommen. Er trippelte mit verabschiedendem Händedruck an seinen Politfans vorbei und dirigierte routiniert seine Adlaten herbei. Sie sollten weiter für ihn übernehmen. Den Kindertross holte er rasch ein und öffnete der Winzerkönigin gewandt die Tür seiner Dienstlimousine. Kinder und Erwachsene winkten ihnen nach. Walli Winzer war einigermaßen baff. Sie hatte in ihrem Leben vieles mitbekommen und selbst durchgemacht, aber diese ländlich-idyllische Offenheit an losen Sitten überraschte sie nun doch.

Oh Gott! Walli Winzer erschrak. Sie hatte fast die Zeit vergessen. Es gab doch gleich den Besichtigungstermin von Steinrieders Weinkeller! Rasch verabschiedete sie sich von den Umstehenden. Warf noch schnell einen Blick zu Weichselbaumer.

Ah! Sie war beruhigt!

Olga Karnikoff stand nicht mehr neben ihm. Aber – das gab's doch nicht! Schon gesellte sich Harry Kain, der rasende Reporter aus Großlichten, zu ihm. Und sie begannen, sich köstlich zu unterhalten.

Im Gehen sah sie, dass Sepp Grubinger seiner Frau aus einer Rieslingflasche nachschenkte und – nein, nicht doch! – gerade Nachbarin Sybille Karner in Begleitung ihrer Freundin Milli Horacek zum Haupttor hereintrippelte. Wie so oft war sie nicht ganz am Puls der Zeit – eben zu spät!, dachte Walli Winzer.

Noch später durfte es jetzt auch bei ihr nicht werden. Sonst wäre Alois Steinrieder nicht mehr da. Walli wollte doch seine besten Weine für die Vernissage in Wien nicht nur kennenlernen, sondern einige Flaschen davon auch kaufen.

Also, ab zum Weinkeller!, spornte sie sich an.

Sie versuchte, sich zu orientieren. Ach, ja. Da ging's lang! Flugs machte sie sich auf den Weg.

Die Kellertür stand offen. Doch Steinrieder war nicht zu sehen.

Walli rief in den langen, dunklen Gang hinunter. Keine Antwort.

Na gut, sie kam zwar fünf Minuten zu spät. Aber das war doch nicht die Welt, dachte sie.

Walli Winzer blickte sich um. In diesem Bereich des Hofes stand kaum noch jemand, den sie hätte fragen können. Alle schienen emsig miteinander beschäftigt zu sein.

Na gut, vielleicht würde Alois Steinrieder ja an der Längsseite des Weinkellers auf sie warten.

Walli bog raschen Schritts ab, blieb aber sofort wie angewurzelt stehen.

»Nichts anfassen!«, hörte sie eine Stimme hinter sich sagen.

4. KAPITEL

Walli Winzer schloss ihre Augen.

»Lassen Sie mich ran.« Die bekannte Stimme gebot ihr, ruhig zu bleiben. Oberst Weichselbaumer ging voran, kniete sich nieder und legte zwei Finger an die Halsschlagader des auf dem Boden Liegenden.

Danach schwieg er und verharrte kurz in kauernder Stellung. Während er sich langsam erhob, seufzte er und sagte: »Da ist nichts mehr zu machen. Tot.«

Walli Winzer traute ihren Ohren nicht. »Das kann doch nicht wahr sein. Überall, wo ich hinkomme, gibt's Tote!« Sie hielt sich ihre Hände vors Gesicht und stöhnte.

»Nun seien Sie einmal nicht so streng mit sich. Ich meine, mit Ihnen hat das ja wohl eher wenig zu tun.«

»Na, Ihre Worte in Gottes Ohr!«, rang Walli Winzer hörbar nach Luft. »Immerhin stand ich schon einmal unter Mordverdacht. Und das kann doch nicht sein, dass überall, wo ich hinkomme, kurze Zeit später Leute ihren letzten Atemzug tun. Mit den meisten hatte ich zuvor gesprochen! Huch, und jetzt wird mir auch noch schwindelig!«

»Kommen Sie, setzen Sie sich hierher.« Weichselbaumer umfing ihre Schultern, drückte sie sanft an sich und führte Walli Winzer zu einer Heurigengarnitur in der Nähe. Auf deren Tisch standen mehrere Kartons mit Weinflaschen.

Eine Bank war frei geblieben. Walli tastete sich vorwärts und lehnte sich mit dem Rücken zum Tisch. Ja, sie fühlte sich schon besser. Sie stützte sich mit den Händen ab, um nicht zu schwanken.

»Ich muss schauen, dass niemand in die Nähe des Tatorts kommt. Schaulustige gibt's sonst gleich viele.« Weichselbaumer sah sich besorgt um. Doch die wenigen, die an der Seite des Hofs standen, kümmerten sich nicht darum, was geschah. Sie kehrten langsam, ohne etwas wahrgenommen zu haben, wieder zur Gesellschaft zurück.

»Ich muss schnell den Robert finden, damit er den Durchgang zum Hof absperrt. Und der Polizeistation sollte ich auch Bescheid geben, die müssen den Tatort sichern.«

»Schauen S' bitte zuerst nach dem Polizisten Grubinger. Der ist zwar privat hier, aber kalt lässt ihn diese Situation sicher nicht. Er wird das wissen wollen.«

Ludwig Weichselbaumer runzelte die Stirn. »Zumindest wäre dann jemand da, der auf Sie aufpasst, solange ich weg bin.«

Wallis Blick ging nach seinen Worten ins Leere. Beschützer oder Aufpasser brauchte sie keine. Vor allem nicht, wenn sie an solche wie Sepp Grubinger dachte. Den empfand sie mit seiner überforderten Verstocktheit alles andere als geeignet für so ein Unterfangen.

Sie überlegte: Ein wenig Weiblichkeit raushängen zu lassen, hatte ihr noch nie geschadet.

Die Idee war gar nicht so schlecht. Vor allem, wenn sie Weichselbaumer in seiner ansprechenden stattlichen Größe vor sich betrachtete. Da war es gut, sich manchmal ein wenig zurückzunehmen und andere einfach tun zu lassen.

Sei taktisch klug, Walli!, mahnte sich die erfahrene PR-Strategin und schmunzelte dabei. »Ja, vielleicht haben Sie recht! Ein bisschen Beistand könnte ich jetzt ganz gut vertragen«, log Walli Winzer, dass sich die Balken bogen.

Ja, Männer wollten immer das Gefühl haben, gebraucht zu werden. Und sie wollte Männer gebrauchen. Besonders, wenn sie so attraktiv waren. Zumindest so lange, bis sie für sich entschiedenen hatte, ob und wie sich ihrer beider Begegnung weiter gestalten sollte. Solch ein Gedanke erweckte gleich neue Lebensgeister. Und sie merkte: Ihr kleiner Schwächeanfall von vorhin war verflogen.

Der Oberst sah sie immer noch fürsorglich an. Walli musste die Fassung bewahren, beschloss sie. Sie gab sich ein wenig leidend, doch voller Zuversicht. Dem Polizeichef imponierte solch eine entschiedene Haltung sichtlich: eine Frau mit Biss, die bereit war, bis an ihre Grenzen zu gehen. Faszinierend!

Walli setzte sich auf. Entschlossenheit demonstrierend, schob sie ihre immer noch original-echten weiblichen Rundungen nach vorne, auf die sie stolz war, und schaute den Oberst direkt an. Weichselbaumer wurde sichtlich nervös und nahm es fast als Befehl, ihr Ansinnen umzusetzen. Er salutierte regelrecht vor ihr, nickte und entfernte sich.

Da saß sie nun.

Wieder unmittelbar in der Nähe einer Leiche!

Zugegeben, der Anblick schockierte sie nicht mehr so wie beim ersten Mal, darüber wunderte sie sich selbst. Trotzdem: Gewöhnen würde sie sich daran nie. Eine leblose Hülle, die von einem Menschen übriggeblieben war, mit dem sie kurz zuvor gesprochen hatte. Seine Stimme klang Walli noch im Ohr. Wie Steinrieder ihr den Treffpunkt zurief. Und jetzt das!

Da drüben lag er. Nur wenige Meter von ihr entfernt. Mit dem Gesicht zum Boden.

Grausig!

Walli Winzer schloss die Augen. Durchatmen. Warten auf Verstärkung. Vor allem aber: Nerven bewahren und jeden abwimmeln, der durch den Hof in die direkt daran angrenzenden Weinberge gehen wollte. Einige waren bereits hochgegangen, hatte Walli gesehen. Unternahmen nach der Laudatio einen kleinen Spaziergang. Bald würden sie zurückkommen. Durften aber nicht an Steinrieders sterblichen Überresten vorbeigehen. Dafür würde sie sorgen. Sich überwinden und sich hinstellen, damit alle einen Bogen um den Tatort machten. Mit dem Rücken würde sie sich zur Leiche stellen. Denn diese wollte sie nicht ansehen müssen.

Walli Winzer hielt ihre Augen weiter geschlossen und seufzte.

Das Knirschen des Kieses holte sie aus ihren Gedanken. Ludwig Weichselbaumer hatte Sepp Grubinger aufgespürt. Der schaute wenig begeistert drein. Ganz so, als würde er sich fragen: Warum ich? Warum war ich schon wieder zur falschen Zeit am falschen Ort!

»Sie wissen oba scho', dass i Polizist in Großlichten bin, Herr Oberst?« Grubinger wirkte wenig begeistert über die Unterbrechung seines freien Abends. Auch dafür hatte Walli ihre Finger im Spiel gehabt: Sie hatte seiner Frau eine Einladung zur Weinprämierung zugesteckt und sie überredet mitzukommen.

Sepp Grubinger hätte es besser wissen müssen. Seine Schuld eben, nicht daran gedacht zu haben! Warum war es ihm nicht schon im Vorhinein gekommen: Mit dieser Winzer gab es immer etwas! Bisher meistens *etwas*, was sein sonst ruhiges, überschaubares Leben in Unordnung versetzt hatte. *Etwas*, was er eben in dieser Weise so gar nicht mochte, ihn nervös machte. Ganz einfach: Mit ihr gab es eine Sache in mittlerweile gewohnter Regelmäßigkeit – nämlich Stunk!

Sepp Grubinger wusste, dass die Situation für ihn dennoch unausweichlich war. Er machte wie immer gute Miene zum bösen Spiel. Obwohl ihm gar nicht danach war. Doch was sollte er tun? Sich dem Wunsch des Obersts widersetzen? Das kam sicher nicht gut an. Die Winzer ersuchen, dass sie weiter Totenwache hielt, damit niemand die Spuren am Tatort zertrampelte? Wahrscheinlich mäßig erfolgreich. Denn die war zeitweise so hysterisch und sprunghaft, dass er bei ihr wirklich nicht sicher sein konnte, ob nicht irgendein neues Handtaschenmodell sie bereits aus der Ferne so aus der Fassung brachte, dass sie auf und davon liefe, nur um es aus der Nähe zu betrachten. Also bestand zumindest die Möglichkeit, dass der Tatort ihrer Unberechenbarkeit wegen tatsächlich ungesichert bliebe.

»Grubinger, Sie sind eine Amtsperson. Auch wenn Sie jetzt keine Uniform tragen. Gut, dass Sie da sind! Ich werde gleich die örtliche Polizeistation anrufen. Ist ja wirklich seltsam, dass hier keiner in Uniform zu sehen ist, den wir in so einem Moment postieren könnten.«

Weichselbaumer war außer sich. Er war so angespannt, als würde er jeden Moment explodieren. Dass er Grubinger gleich in der mittlerweile überschaubar gewordenen Menschenansammlung im vorderen Hof gefunden hatte, musste er nützen. Er hatte ihn abberufen, mit ihm zu kommen. Als Chef des Landeskriminalamts Krems durfte er das. Ja, musste es, da niemand anderer hier zu sein schien. Wie konnte das sein? Eine so groß gefeierte Veranstaltung mit dem Landesrat. Und dann eine nicht vorhandene Polizei! An die Leiche des Gastgebers durfte er gar nicht erst denken! Jetzt würde die Misere auf ihn zurückfallen, befürchtete Oberst Weichselbaumer. Das konnte nicht sein. Unangenehm auffallen wollte er auf keinen Fall und künftigen Beförderungen Hemmnisse entgegenstellen gleichfalls nicht. Bisher war in seiner Karriere ja alles recht gut verlaufen. Daher wollte er jetzt wirklich keine Zeit zur Ursachenermittlung vertrödeln. Handeln war angesagt. Und zwar sofort!

Es war zwar schon lange her, dass er mit einfachen Dorfpolizisten zusammengearbeitet hatte, doch es half nichts, er musste nehmen, was er kriegen konnte. Und das war eben dieser Grubinger. Einer von den nicht ganz Vifen, aber immerhin kein Unangenehmer. Passte eben in ein kleines Dorf. Grubinger seufzte gerade und stand teilnahmslos neben Walli Winzer. Zu den Einsatzfreudigsten zählte er bestimmt auch nicht. Ja, und so musste sich der Oberst nun auch noch um die notwendige Absperrung der Hofdurchgänge kümmern. Das wollte er wirklich lieber selbst erledigen.

»Grubinger, bleiben S' bei Frau Winzer. Ich suche den Robert Steinrieder wegen der Hofabsperrung. Es soll alles unauffällig und diskret ablaufen. Niemand soll davon erfahren, bevor die Veranstaltung vorbei ist. Polizeieinheiten und Spurensicherung informiere ich später.«

»Warum alles so geheim? Tot ist tot. Der wird, auch wenn Sie warten, nicht mehr lebendig!«, traf Walli Winzer wieder einmal den Nagel auf den Kopf.

Weichselbaumer fand das gar nicht komisch und reagierte ein wenig verschnupft: »Natürlich nicht! Aber wenn Sie jetzt mithelfen, die Informationsweitergabe etwas zu verzögern, ersparen Sie dem Weingut einen Skandal, der Region eine Negativfärbung seiner wichtigsten Auszeichnung für die Weinwirtschaft und den Tourismus sowie dem Landesrat eine Angriffsfläche, die Wasser auf die Mühlen seiner politischen Gegner wäre. Meine Familie lebt schließlich vom Weinanbau: Ich stamme aus einer Hauerfamilie.«

Walli nickte verständnisvoll.

Nur Grubinger zeigte keine Einsicht. »Sie könnten doch die örtlichen Kollegen darum ersuchen, in zivil zu kommen, damit sie mich hier ablösen.«

Nein. Dieser Grubinger schien wirklich nicht der Hellste zu sein, war sich Weichselbaumer jetzt definitiv sicher. »Würde ich die Kollegen informieren und gleich herbestellen, wüsste binnen einer Viertelstunde ganz Plankenstein, was Sache ist, Herr Neunmalklug! Wir könnten uns dann vor Schaulustigen gar nicht retten«, platzte ihm der Kragen.

Sepp Grubinger stand nun betroppezt da. Er erweckte den Eindruck, dass er sich nun fügen und das tun würde, was er auch bei seinem Dienststellenleiter Adi Platzer in solchen Fällen machte: still ausharren, bis dessen Wutanfall vorbei war.

Walli Winzer fand solche Szenen entbehrlich und wandte sich freundlich distanziert an Weichselbaumer: »Herr

Oberst, es ist alles klar. Wir versehen unseren Dienst und erwarten Sie in Kürze zurück!«

Weichselbaumer schien über die klare Ansage der PR-Expertin überrascht, die sich, ohne seine Reaktion abzuwarten, bereits in Richtung Leichenfund begab.

An der Stelle angekommen, vermied Walli einen direkten Blick. Sie musste sich erst seelisch vorbereiten auf das, was sie vom Anblick her erwarten würde. Grubinger stand dicht neben ihr.

»Frau Winzer, schau ma amal, dass wir jetzt denselben Weg zur Leiche nehmen. Nicht, dass wir irgendwelche Spuren leichtfertig verwischen, bevor die Spurensicherung da ist«, gab sich der Dorfpolizist berechtigt besorgt.

Walli Winzer stand sowieso immer noch unverändert an der gleichen Stelle und ließ dem Polizisten in dieser Sache liebend gerne den Vortritt.

Er beugte sich zum toten Alois Steinrieder herab und beäugte ihn von allen Seiten. »Oberflächlich betrachtet, nix zu sehen. Erschlagen wurde er jedenfalls nicht. Einschuss sehe ich ebenfalls keinen. Zu hören war ja auch nix.«

»Könnte jemand einen Schalldämpfer benutzt haben? Wenden sollten wir ihn lieber nicht«, riet Walli ab.

»Wäre möglich. Bei dem lauten Gequassel hier hätte man das sicher nicht gehört.«

»Erstochen?«

»Da hätte er schreien können«, antwortete Grubinger spontan. »Ich glaub auch, dass er eher auf dem Rücken liegen müsste, hätte man ihn von vorne erstochen. Von hinten sehen wir nix.«

Walli Winzer bestätigte wortlos mit einem Nicken.

Sepp Grubinger richtete sich auf. »Kein schöner

Anblick.« Auch er schien bereits genug von dieser Szene zu haben.

»Grubinger, was ist, wenn man den Steinrieder vergiftet hat?«

Der Polizist dachte kurz nach. »Könnt' gut sein. Aber bis das wirkt, dauert es meistens a Weile. Da hätte er sich gut noch auf 'n Weg zu Ihnen machen können.«

»Ebenso möglich, dass ihm jemand bei dem Umtrunk mit dem Landesrat etwas in den Wein getan hat?«

»Wäre aber ein Risiko gewesen. Was, wenn das der Landesrat abbekommen hätte?«

»Vielleicht hätte der es ja auch abbekommen sollen?«, spann Walli den Gedanken weiter.

»Jetzt haben Sie aber zu viel Fantasie!«, antwortete Sepp Grubinger entrüstet. »Unserem Landesrat! Dem will wirklich niemand ans Zeug flicken, so beliebt, wie der ist!«

»Okay, okay, Grubinger! Think big! Hab ich ja nur kurz angedacht.«

Sie zog ihren Kopf ein und sah abwartend zum Dorfpolizisten.

Sepp Grubinger fühlte sich verunsichert. Eigentlich war er hierher mitgekommen, weil er einmal etwas anderes erleben und Spaß mit seiner Resi haben wollte. Stattdessen stand er vor einem neuen Fall. Und wer hatte ihm den eingebrockt? Eh klar! Wie konnte es anders sein: die Winzer! Wie sie da stand: mit ihrem zu kurz geratenen schwarzen Paillettenröckchen und diesem großgemusterten Überwurf über einer kleingemusterten, seiner Meinung nach viel zu tief dekolletierten Bluse. Wie verrückt das aussah! Gut, modisch schien sie immer auf dem neuesten Stand zu sein. Trotzdem. Er konnte dem nichts abgewinnen. Sie erinnerte ihn eindeutig an eine … Nein, daran wollte er gar nicht denken. Das wäre unfair. Aber okay, der Gedanke ließ ihn nicht los. Dann eben doch: an eine russische Schlampe!

Als hätte sie seine Gedanken gehört, stellte sich Walli Winzer vor ihn hin, lüftete ihren überwiegend in Rot gehaltenen Überwurf und wachelte sich damit Luft zu. Die Hitze und das Nachdenken über die mögliche Todesursache des toten Steinrieders hatten ihr zugesetzt. Sie begab sich wieder in Richtung Sitzgelegenheit.

Auf dem Feldweg zwischen den Weingärten lief plötzlich ein Hund los. Seine Besitzer waren noch weit weg, doch er befand sich schon auf halbem Weg zum Hof. Das Rufen von Herrchen und Frauchen aus der Ferne half nichts. Er hatte es eindeutig auf Walli abgesehen. Genauer gesagt musste sie den Impuls gegeben haben, indem sie in gleichmäßigem Rhythmus ihren Designerumhang geschwungen hatte.

Walli schrie auf und suchte offenbar nach einem Versteck, doch die Heurigengarnitur stand zu weit weg und bot vor dem wild gewordenen Tier sowieso keinen Schutz. Auch Grubinger stand ratlos herum. Er konnte nicht einmal seine Pistole ziehen, denn die hatte er natürlich zu Hause gelassen.

Der Pitbull hatte sich Walli schon gefährlich genähert, als sich ihm plötzlich die grazile, schwarz-weiß gemusterte Katze vom Käsebuffet in den Weg stellte. Durch die hohe Laufgeschwindigkeit konnte er einen Aufprall nicht vermeiden, erwischte die Katze aber zum Glück nur leicht. Benommen blieb sie liegen und pfauchte ihn nach Leibeskräften an. Als der Hund näher kam, um die

Katze zu beschnüffeln, nützte Walli die Gelegenheit, mit langsamen Schritten, ohne sich umzudrehen, nach rückwärts Richtung Hofdurchgang zu verschwinden. Sie hatte es fast geschafft, als Ludwig Weichselbaumer und Robert Steinrieder auftauchten.

»Um Gottes willen! Was ist denn hier los? Was war das für ein Geschrei?«, wandte Weichselbaumer sich der bleichen Walli zu.

»Die Bestie dort wollte mich anfallen. Ich hätte gegen sie keine Chance gehabt. Im letzten Moment rettete mich diese kleine Katze. Er hat sie, glaube ich, verletzt«, erläuterte Walli melodramatisch.

Weichselbaumer glaubte, nicht richtig zu hören, und schüttelte an der Grenze zur Überforderung den Kopf. Dann wandte er sich an seine Begleitung: »Herr Steinrieder, bleiben Sie hier. Es ist wirklich kein schöner Anblick. Ihr toter Vater liegt dort drüben. Schauen Sie ihn nicht an. Kümmern Sie sich um Frau Winzer und sorgen Sie dafür, dass hier der Durchgang unauffällig abgesperrt wird.«

Robert Steinrieder wirkte sichtlich gezeichnet. Ohne Widerrede tat er, wie ihm Weichselbaumer aufgetragen hatte.

5. KAPITEL

Walli Winzer richtete die dünne Überwurfdecke aus Mohair zurecht. Sie hatte sich zuvor ihre High Heels ausgezogen und bedeckte nun ihre Beine. Sie strampelte mehrere Male heftig, um die Decke in die richtige Position zu bringen.

Walli stand noch immer unter Schock. Sabine Steinrieder hatte sie nach Hause gefahren. Sie fühlte sich zittrig und sehr mitgenommen. Wie angenehm war es daher, jetzt den Kopf ins weiche Dekorkissen auf ihrer ausladenden Ledersitzgarnitur zu legen. Sie genoss die Stille in ihrem Wohnzimmer.

Alles war ruhig.

Das tat gut.

Dabei liebte sie sonst jede Art von Rummel. Doch vor einem Jahr war ihr in Wien auch alles zu viel geworden. Der Anstieg von Aufträgen ihrer Agentur, die Menschenmassen, die sich überall quer durch die Stadt schoben, die unzähligen Partys, auf denen sie berufsbedingt vorbeischauen musste. Bisher hatte sie an all dem Gefallen gefunden. Erst jetzt, in der Mitte ihres Lebens, überkam sie die Sehnsucht nach einem neuen, beschaulicheren Abschnitt.

Die Distanz zur Stadt hatte ihr merkbar gutgetan. Doch in Ausnahmefällen wie heute mit den Turbulenzen um die

Weinprämierung und der geladenen Gesellschaft wurden ihre Nerven auf eine harte Probe gestellt.

Es war gut, in das schön hergerichtete alte Haus zurückzukehren und sich auszuruhen. Nur ein wenig. Bis sich ihre Anspannung gelegt hatte und sie wieder zu Kräften gekommen war. Walli Winzer schloss ihre Augen, legte die Hände auf die Decke und atmete kontrollierter.

»Da ist Ihr Kaffee!« Eine junge Frau brachte eine Tasse mit Milchkännchen und Zuckerdose auf einem Tablett ins Wohnzimmer. Sie stellte alles auf dem Couchtisch neben Walli Winzer ab und machte Anstalten, gleich wieder gehen zu wollen.

»Warten Sie!«, rief Walli ihr nach.

Die junge Frau kehrte auf halbem Weg um.

»Setzen Sie sich noch ein wenig zu mir. Ich fände es gut, jetzt jemanden bei mir zu haben.« Obwohl Walli Winzer seit der Trennung von Ehemann Thomas vor vielen Jahren allein lebte und das großteils genoss, sehnte sie sich jetzt nach Gesellschaft. Ein ablenkendes Gespräch würde sie von ihren derzeit 100.000 Volt vielleicht wieder herunterholen, hoffte sie. »Bleiben Sie noch ein wenig.«

»Ich habe zwar gesagt, ich komm gleich wieder ins Weingut, aber ein bissl kann ich noch bleiben.« Die junge Frau setzte sich in den sonst Walli vorbehaltenen Ohrensessel, der in der Nähe des Kamins stand. Sie wirkte mitgenommen. Ihre Haut war bleich und fahl. Den Blick senkte sie zu Boden und blieb eine Zeit lang stumm.

Sie hob den Blick und betrachtete Walli, die dabei war, Milch in ihren Kaffee zu gießen.

»Wollen Sie vielleicht auch einen?«

»Nein danke! Ich habe nur eine Tasse für Sie gemacht. Also, ich könnte gar nicht, auch wenn ich es wollte. Aber das ist gut, weil ich sonst zu viel davon trinke und meine Nerven derzeit sowieso zum Zerreißen angespannt sind.«

»Hm«, seufzte Walli Winzer, führte die Schale zum Mund und hielt den Unterteller in einer Hand. Sie nahm ihren ersten Schluck. »Ah, tut das gut! Nach diesen schrecklichen Erlebnissen!« Walli stellte ihre Tasse zurück. »Wissen Sie, ich wollte eigentlich nur die Gelegenheit nützen, um mir den legendären Weinkeller anzusehen – und dann passiert *das*!«

Sabine Steinrieder wirkte betroffen, aber gefasst. Ihr Gesichtsausdruck war ernst, ihre Augen reglos. Sie reagierte nicht. Die Hände hatte sie inzwischen von ihrem Schoß auf die Armlehnen des Ohrensessels gelegt. Langsam, bedächtig. Wie eine ägyptische Statue aus alter Zeit saß sie da, ihre Beine hatte sie aufgestellt und eng aneinandergepresst. In ihrer Starrheit wirkte sie auf Walli, als wäre sie ein aus Stein gemeißeltes, wunderschönes Abbild einer Statue der Nofretete.

Die Pose hielt nicht lang. Plötzlich bewegte sich die vermeintliche Figur. »Es ist schrecklich. Aber irgendwie kommt es für mich wenig überraschend.«

Walli war irritiert. »Wie meinen Sie das?«

»Es gab in letzter Zeit viel Unruhe in der Familie.«

»Ja, und?«, fragte Walli verblüfft. »Die gibt es in fast jeder. Das nimmt man doch nicht ernst. Oder glauben Sie, dass jemand aus Ihrer Verwandtschaft …«

»Nein! Das ist es nicht, was ich meine!«, überkam Sabine Steinrieder unerwartet ein wenig Lebendigkeit. »Es haben sich zwar viele von uns immer wieder über die Eigenmächtigkeiten und die Sturheit meines Schwiegervaters geärgert, aber das? Das traue ich keinem zu. Ich weiß ja nicht mal, wodurch er gestorben ist.«

»Das wird der Obduktionsbericht zeigen. Erkennen konnte ich an ihm nichts«, ergänzte Walli.

»Hören Sie, ich will's gar nicht wissen«, antwortete die junge Frau. »Wieso kennen Sie sich eigentlich so gut aus?«

»Zwangsweise. In einigen Mordfällen im Waldviertel habe ich der Polizei bei den Ermittlungen geholfen.«

»Aha, deshalb auch Ihr langes Gespräch mit Polizeioberst Weichselbaumer.«

»Ähm, jaja«, räusperte sich Walli Winzer, stellte ihre Kaffeetasse erneut auf den Couchtisch zurück und rückte nervös ihre Lagerstatt zurecht. Sabine Steinrieder ihre Beweggründe für das Interesse an Ludwig Weichselbaumer zu schildern, hielt sie weitgehend für indiskret.

Für Walli Winzer war es bisher ein angenehmes Gespräch gewesen. Die Betonung lag auf: bis eben! Denn nun ärgerte sie sich. Merkbar. Wieder einmal war der Fall eingetreten, dass eine jüngere Frau wie jene neben Ludwig Weichselbaumer und Olga Karnikoff die Dreistigkeit besaß, ihr gegenüber einen Anflug von Mitleid anzudeuten. So eine grinsende Andeutung war das zwar nur, und doch eindeutig zu verstehen: *Mach dich aus dem Staub, Schätzchen, deine Zeit ist abgelaufen!* Doch sie hatten nicht mit ihr gerechnet: Walli Winzer! »Ihr mögt zwar jünger sein, aber ich bin erfahrener als ihr!«, hätte sie jetzt auch gerne Sabine Steinrieder gesagt, tat es aber nicht. Plump und ideenlos fand sie oft diese hübschen Püppchen. Die würden nur wenige Jahre im Rennen bleiben, war sie sicher. Und dann?

Sie, Walli Winzer, war da schon aus einem anderen Holz geschnitzt. Leichtigkeit durfte bei allem nicht fehlen. Ganz genau! Sinnlichkeit und Erotik waren eben auch Gedankenspiele!

Und aus dem Spiel wurde manchmal sogar Ernst. Einige Male. Da hatte es Walli emotional erwischt. Ziemlich sogar. Doch nach ihrer missglückten Ehe mit Thomas ließ sie nur noch wenige Menschen gefühlsmäßig an sich heran. Also, in bestimmten Situationen schon, dachte sie und schmunzelte verhalten.

Als sie anfing, alles nicht mehr so ernst zu nehmen, ging ihre Karriere in der PR-Branche erst richtig los. Ihre Lover verschafften ihr Zutritt in die Wiener Gesellschaft und versorgten sie mit Informationen. Sie hatte weder Zeit noch die Bereitschaft, sich ehrlich auf jemanden einzulassen. Denn das erforderte Kraft und Aufmerksamkeit. Und die brauchte sie jetzt für sich.

»Wissen Sie, ich bewundere Sie, dass Sie einfach mir nichts, dir nichts von der Stadt aufs Land umgezogen sind. Dazu noch in so ein kleines Dorf wie Großlichten!«

Walli Winzer hatte den Eindruck, dass die junge Frau bewusst ein neues Thema ansprach. Sie ging darauf ein. Ihre Stimmung hatte sich dennoch nicht gebessert. »Ja, sprechen Sie das Wort nur deutlich aus: in dieses Kaff! Aber nach meiner beruflichen Erschöpfung vor einem Jahr war es genau das Richtige für mich. Meine Freundin Lena Breitenecker hatte die Idee dazu und mich hierhergelockt.«

»Ach ja, ich habe sie kennengelernt. Die Ziegenkäseexpertin.«

»Ja, sie ist nicht nur das!« Walli Winzer lachte laut. »Auch Seelenexpertin, Sozialexpertin, einfach eine Menschenexpertin.«

»Klingt nach einem wahren Multitalent. Sie sind offensichtlich auch PR-Fachfrau in Sachen bester Freundin!«, schmunzelte Sabine Steinrieder. Das erste Mal seit sie hier war.

»Wir kennen einander schon seit der Schulzeit und haben uns nie aus den Augen verloren. Sie ist mir näher als manche Familienmitglieder.«

»Das kann leicht sein. Unsere sind auch nicht gerade einfach. Aber was erzähle ich da!«

Walli war nun neugierig geworden, was Sabine Steinrieder damit meinte. Dass die Veranstaltung unrund verlaufen war, hatte sie ja mitbekommen. Nur Familieninterna kannte sie keine.

Sie fragte dennoch nicht nach, sondern wartete, was Frau Steinrieder von sich aus preisgeben würde. Sie hatte in ihrem Leben die Erfahrung gemacht, dass alles, was Menschen selbst ansprachen, in der Regel Rückschlüsse auf deren Charakter zuließ.

»Mein Schwiegervater war ein Mann mit vielen Ideen und Vorhaben, nach denen er auch seine Familie und seine Umgebung gestaltete oder zumindest zu manipulieren versuchte. Meistens gelang ihm das.«

»… damit machte er sich nicht nur Freunde, vermute ich?«

»Allerdings.«

Sabine Steinrieder blickte verlegen zur Seite. Walli Winzer erkannte unschwer, dass sie nicht mehr weitersprechen würde. Auch sie selbst war inzwischen müde geworden. Der Trubel und die Hitze hatten sie mitgenommen. Es war ihr daher angenehm, nicht mehr viel sprechen zu müssen.

Walli lehnte sich zurück und musterte die junge Frau: Ihre blonden langen Haare hatte sie zu einer kunstvollen Hochfrisur gesteckt und sie war professionell geschminkt. Das kannte Walli sonst kaum von der Landbevölkerung.

Sie stellte mit Kennerinnenblick allein aufgrund der Farbtöne fest, dass es sehr teure Produkte sein mussten, die Sabine verwendete.

Als ehemalige Wiener Vorstadtgöre aus einfachen Verhältnissen hatte sie sich ihr Know-how erst selbst erarbeiten müssen. Walli war darin inzwischen so versiert, dass sie PR-Kampagnen für große Mode- und Kosmetiklabel in Österreich übernehmen durfte. Sie schloss aus Sabine Steinrieders Auftreten, dass sie Wert auf ihr Äußeres legte und ebenso bereit war, in jeder Situation ihr Bestes zu geben. Dieser Typus Frauen hatte Walli Winzer auf vielen Etappen ihres Wegs begleitet. Positiv wie negativ. Doch einzuschätzen, wie diese junge Frau tickte, fiel ihr dennoch nicht leicht.

Sabine Steinrieder atmete hörbar aus, ganz so, als wollte sie sich aus ihrer Erstarrung lösen. Sie stützte sich auf die Armlehne des Ohrensessels, um aufzustehen, als ein wuchtiges Geräusch beide Frauen hochschrecken ließ.

Etwas war massiv von oben herabgeplumpst.

Ein satter Tapser war das!

Kurz danach hüpfte ein kleiner Vierbeiner auf die Rückenlehne des Sofas und balancierte, bis er knapp vor Wallis Kopf zu stehen kam. Er sah sie fragend an, als wäre er überrascht, sie auf dem Sofa liegen zu sehen. »Du kleiner Racker! Erschreckst uns so! Wo warst du denn?«

Die schlanke Tigerkatze legte ihr Köpfchen zur Seite, als erwartete sie, dass Walli selbst darauf kam.

Sabine Steinrieder lachte. »Ich glaube, sie war auf dem Kasten da oben und hatte sich versteckt.«

Sie zeigte auf einen alten Bauernkasten, der in der Ecke des Wohnzimmers stand. Neben ihm eine Kommode mit einigem Krimskrams. »Wie geschickt sie war: Nicht eine Figur hat sie umgeworfen!«

»*Er*. Es ist ein Kater. Sein Name ist Filou. Ach, der kennt sich hier aus wie in seiner Westentasche. Was der für Plätzchen findet, um sich zu verstecken. Ich habe inzwischen aufgegeben, nach ihm zu suchen. Aber gut, jetzt kenne ich wenigstens sein aktuellstes.«

Frau Steinrieder lächelte abwesend, indem sie kurz die Mundecken hob, um sie gleich darauf wieder fallen zu lassen. Ihr Blick blieb ernst. »Ich muss gehen. Meine Familie wartet auf mich. Robert und meine Schwiegermutter sind sicher schon ganz aufgebracht, weil ich so lange fort bin.«

»Und Sie? Wie geht's Ihnen mit der Situation?«, fragte Walli Winzer schnell nach, um noch etwas aus der jungen Frau herauszubekommen.

Sabine Steinrieder antwortete nicht sofort. Sie atmete tief durch. »Klar bin ich betroffen.« Zwischen den beiden Frauen schien sich wieder Distanz aufzubauen, und Walli hatte den Eindruck, als wollte Sabine flüchten, bevor sie sie noch weiter befragen konnte.

»Also«, sagte Sabine Steinrieder kategorisch, »ich mache mich jetzt auf den Weg. Am besten wird es sein, wenn Sie noch den Nachmittag über liegen bleiben.«

»Aber ja. Unkraut vergeht nicht«, lachte Walli. »Soll ich Sie begleiten? Oder finden Sie den Weg alleine hinaus?«

»Bleiben Sie! Ist ja nur durch den Vorraum hinaus.« Frau Steinrieder nahm Walli Winzer die leer gewordene Kaffeetasse ab und stellte sie in der Küche ab. Auf dem Rückweg musterte sie noch einmal Filou. Der kam neugierig auf sie zu. Doch sie machte keine Anstalten, ihn streicheln zu wollen.

Der Kater setzte sich vor die exklusive Ledersitzbank und beobachtete, wie sich sein Frauchen und die Fremde verabschiedeten. Walli blickte ihn an und meinte, seine Gedanken zu kennen: »Na ja, ganz geheuer war ihm diese Frau sowieso nicht. Jemand, der an einer Katze vorbeigeht, ohne sich zu bücken? Okay. Soll's geben. Auch gut. Er hatte ja Frauchen. Manchmal war die zwar etwas schräg drauf, aber meistens ganz okay.« Sie schmunzelte.

Nachdem der Gast die Haustür ins Schloss gezogen hatte, hüpfte der Kater auf Wallis Decke. Er tapste ihren Körper entlang bis zu ihrem Hals und blieb abwartend stehen. »Hallo, Kleiner!« Walli hob ihre Hand und streichelte sein Köpfchen. Augenblicklich begann er zu schnurren. Er schien unsicher, ob er bleiben und dadurch ihre Liebkosungen einige Zeit lang genießen oder nicht doch lieber einen Sprung in die geliebte Unabhängigkeit machen wollte. Schließlich entschied sich Filou für sein Frauchen. Immerhin war Walli heute etwas angeschlagen, das kam nicht oft vor. Er als Katze hatte das natürlich sofort registriert. Sein sechster Sinn! Da wollte er nun mal nicht so sein und bei ihr bleiben.

Filou musste fühlen, dass es ihr augenblicklich guttat, ihn bei sich zu haben. Ihr Puls wurde langsamer, nachdem er sich direkt auf ihrem Körper niedergelassen hatte. Als ihre Hand sein Fell entlangfuhr, kniff er behaglich die Augen.

Obwohl sie sonst alles und jeden fest im Griff hatte, machte Filou stets bloß das, was er wollte. Ihn zu bändigen, war für Walli nahezu unmöglich. Genauer gesagt: Es war unmöglich! Katzen ließen das eben nicht zu. Und das konnte sie manchmal richtig auf die Palme treiben.

Der Kater schnurrte behaglich vor sich hin. Ganz so, als wollte er Walli dazu auffordern, ihm zu erzählen, was heute vorgefallen war. Was sie in diese missliche Lage versetzt hatte.

Während seine Futterspenderin ihn weiter streichelte und schließlich von der gefährlichen Situation mit dem Pitbull erzählte, döste Filou langsam ein. Er hörte nicht mehr, dass sie letztlich einem Kätzchen verdankte, nichts Schlimmeres als einen Schock abbekommen zu haben.

Sein gleichmäßiges Atmen und kurzes Luftschnappen während des Schlafes ließen Walli auch schläfrig werden. Was er wohl träumte? Vielleicht von Erlebnissen aus seinem Revier in Garten und Umgebung? Sie lächelte.

Und das verletzte Kätzchen? Wie es ihm wohl ging? Walli war selbst über ihre Fürsorge überrascht.

Der Kater war noch nicht lange bei ihr. Irgendwie hatte sie trotzdem das Gefühl, dass sie beide bereits ein Team geworden waren, das zusammenhielt, obwohl – oder *weil* sie Mensch und Tier waren.

Walli beobachtete Filou weiter. Manchmal hörte sogar ihr Bauchgefühl auf sein Verhalten, kam es ihr vor. Sie hatte eindeutig Beziehung zu Katzen aufgebaut. Oder war es eher umgekehrt gewesen? Ihr Kater zu ihr? Schließlich erzogen Katzen oft ihre Besitzer, wie man hörte. Zogen sie aus schwierigen Lebenssituationen wieder heraus.

Sie kraulte liebevoll sein Fell.

Was mit dem verletzten Kätzchen geschah, war ihr deshalb keineswegs egal. Lena Breitenecker hatte versprochen, die Kleine zum Tierarzt zu bringen. Bei ihr war sie zurzeit in guten Händen. Um alles Weitere würde sich Walli Winzer morgen kümmern. Denn jetzt war auch sie durch das meditative Schnurren müde geworden. Sie schloss die Augen und war heilfroh, zu Hause zu sein.

6. KAPITEL

»Das darf doch nicht wahr sein!«

»Was ist los?«

»Ich habe eben den Anruf erhalten, dass das Catering beim Rauchfangkehrermeister in zwei Tagen abgesagt wurde. Das ist ärgerlich!« Lena Breitenecker legte mit einer Hand ihr Handy beiseite und ballte die andere zornig zur Faust.

»Na und? So was gibt's immer. Damit muss man rechnen. Was bringt dich so aus der Fassung?«

»Walli, unser Käse wird von Hand gemacht, und da habe ich in der letzten Woche ziemlich viel geschuftet. Ich wollte den Auftrag unbedingt haben. Die ganze Familie hab ich angeheuert, weil wir einigen unserer Leute freigegeben haben, damit sie bei der Weinlese im Kamptal mithelfen können. Da verdienen sie zusätzlich noch etwas. Die fängt heuer schon früh an. Und jetzt? War der ganze Stress umsonst!«

»Mist! Und es bleibt alles an dir hängen, nicht wahr?«

»Das passt schon. Aber ich bleib einfach auf zu viel frischem Käse sitzen! Geräuchertem noch dazu. Den nicht jeder mag. Was mach ich jetzt damit?« Lena zeigte auf ein Gefäß mit unzähligen Mini-Käseschnecken mit hellbrauner Kuppel.

Ihre kleine Käserei befand sich mitten auf dem Bauernhof.

»Verstehe.« Walli Winzer kicherte dennoch. »Finde es originell, dass ein Rauchfangkehrer bei dir geräucherten Käse bestellt.«

»Haha. Lach mich nur aus. Wie damals zur Schulzeit! Sehr nett von dir! Wenn mir nur auch danach wäre. Denk lieber nach, was ich jetzt damit machen soll.«

»Geh, ärgere dich nicht! Steck den übrigen Käse einfach ins Gefrierfach und verwende ihn beim nächsten Catering.«

»So etwas mache ich nicht. Wir bieten nur hochwertige, frische Speisen an. Da gibt es keine aufgetauten Produkte. Nur gesunde, frische Spitzenware!«

»Okay, okay! Ich kenne genug Bauern, die das machen. Wie sollten die sonst finanziell überleben können? Zum Beispiel im Winter, wenn die Kühe weniger Milch geben. Wie sollen sie da auch genügend Produkte am Markt anbieten? Übrigens ist das gesetzlich erlaubt!«

»Ich verkaufe dann länger haltbaren Käse. Wir stellen den extra für den Winter her. Für die richtige Reifung braucht der sowieso mehrere Monate. Das passt zeitlich dann ganz gut.«

»Unbestechlich wie eh und je, die liebe Lena!«

Wallis ehemalige Schulfreundin schnitt eine belustigte Grimasse, nahm einen mittelgroßen Käselaib in die Hand und reichte ihn ihr. »Den habe ich vor ein paar Wochen gemacht, damit du siehst, was ich so treibe.«

»Wow, ist der schwer. Ich habe nie bezweifelt, dass alles, was du machst, Hand und Fuß hat. Deshalb bin ich auch zu dir gekommen. Was ist eigentlich mit der kleinen Katze von gestern passiert? Hast du sie zum Tierarzt gebracht? Wie geht's ihr?«

»Ja, ich bin gleich mit ihr losgefahren. Ihr Becken war ausgerenkt. Der Pitbull hat sie gebissen und durch die Luft gewirbelt. Sie hatte Glück im Unglück, dass er sie nicht völlig zerfetzt hat.«

Walli war getroffen. Sie lenkte sich ab, indem sie den Käse in ihrer Hand wie Knetmasse drückte.

»Der wird davon auch nicht besser!«, mahnte Lena Breitenecker.

Walli Winzer gab ihn wortlos zurück und Lena legte ihn wieder ins Regal.

»Wenn du willst, nehme ich dir deine Käsesnacks ab. Für die Vernissage in der Wiener Galerie.«

Lenas Blick entspannte sich.

»Natürlich nur, wenn du sie wirklich loswerden willst«, grinste Walli schelmisch.

»Scherzkeks. Das wäre ja super!«, freute sich Lena.

»Was ist super?« Hans Breitenecker kam eben zur Tür herein. »Hallo, Walli!«, begrüßte er sie mit einem kleinen Wangenküsschen. Dann ging er zu seiner Ehefrau, umarmte und liebkoste sie herzlich.

»Na, na! Soll ich vielleicht hinausgehen?«, amüsierte sich Walli gespielt entrüstet.

Lena und Hans lachten. »Tu nicht so prüde. Oder geht dir vielleicht schon jemand ab?« Lena blickte ihre Freundin belustigt und erwartungsvoll an.

Walli Winzer räusperte sich und war froh, ihren letzten Kurzzeit-Lover endgültig abgeschrieben zu haben. Er war ja ganz niedlich gewesen, aber ständig neben ihm seine Mutter im Schlepptau zu haben, die ihm sagte, was er tun oder lassen sollte – schrecklich! Walli beschloss, lieber ein Leben frei und ohne jüngeren Mann an ihrer Seite zu führen, als ein ewiges Helikopterkind mit zu betreuen.

Das hatte ihr noch gefehlt! Björn sollte mit seinen 40 Jahren erst einmal erwachsen werden.

»Na, ich meine doch den Polizeioberst von gestern, mit dem du die ganze Zeit abgehangen bist!«

Wallis Vortagseuphorie war weitgehend verflogen. Vielmehr ärgerte sie sich noch immer, dass Weichselbaumer ihre Suche nach dem mittlerweile toten Steinrieder gleich dazu genutzt hatte, dieser Olga Karnikoff auf den Leim zu gehen. Und wie die das genossen hatte – lächerlich!

»Na ja, ich würde das nicht überbewerten.« Walli Winzer versuchte, ein besonders gleichgültiges Gesicht zu machen. Lena Breitenecker kannte sie aber viel zu gut, um ihr das abzunehmen.

»Geh, Walli, sei nicht so! Er ist doch ein attraktiver Mann. Und offensichtlich ohne weiblichen Anhang. Also, nichts wie ran! Du wirst dich doch von einer anderen nicht ausbooten lassen.«

»Was? Von dieser Russenschlampe!? Sicher nicht!« Walli Winzers Kampfgeist war neu entfacht worden!

»Also, i merk schon: Ihr habt ganz was Wichtiges zu besprechen. Ich schwinge mich dann wieder auf meinen Traktor und fahr auf die Felder.« Hans Breitenecker grinste und schüttelte den Kopf. »Zu Mittag bin ich z'rück!« Er schmatzte Lena einen Kuss auf die Wange. »Griaß eich!«, rief er den beiden noch im Weggehen zu.

Lena wandte sich wieder Walli zu. »Walli, sei nicht so nachtragend. Ist doch nichts passiert.«

Walli Winzer war wirklich nicht danach, weiter darüber zu reden. Sie wechselte daher das Thema: »Also, was ist jetzt mit der Katze? Wo hast du sie? Ich will meine kleine Retterin sehen!«

»Das geht jetzt nicht.«

»Warum?«

»Weil Mizzi Troger sie zu sich nach Hause mitgenommen hat. Ihre Sandra will sie unbedingt pflegen, und meine Lisa war auch gleich Feuer und Flamme. Was sollte ich da noch machen? Die Kleine kann es zur Rekonvaleszenz nicht besser treffen. Und ich hab sowieso viel zu tun.«

»Alles klar. Ich muss später eh auf den Reiterhof fahren, da werd ich einen Abstecher zur Mizzi machen. Übrigens: Das mit deinem Käse-Catering für die Galerie müssen wir noch genauer besprechen. Erst möcht ich zu den Steinrieders fahren. Dort bestell ich gleich den passenden Wein dazu. In einer halben Stunde soll ich dort sein. Sag, was hältst du eigentlich von der Sabine Steinrieder?«

»Warum willst du das wissen?«

»Ja, sie hat mich gestern überraschend nach Hause begleitet. Sie wirkte vom Tod ihres Schwiegervaters überhaupt nicht getroffen oder geschockt. Irgendwie blieb sie cool.«

»Die Herzlichkeit in Person ist sie nie. Aber cool? So würde ich sie auch nicht bezeichnen.«

»Na, vielleicht eher berechnend?«

»Walli! Was geht dich das an? Sei froh, dass sie dich nach Hause gebracht hat. War doch nett von ihr!«

»Ja, sicher. Aber Gedanken darf ich mir noch über sie machen? Irgendwie unrund alles.«

»Was? Witterst du wieder einen Mordfall für dich?«

»Was heißt da *wittern*? Es ist ein Fall! Aber *ohne* mich! Trotzdem: Ein bisschen Spekulieren wird doch erlaubt sein.« Walli sah Lena wild entschlossen an, wie um zu demonstrieren, diesmal die Finger von einer neuen Geschichte lassen zu wollen.

Plötzlich wurden beide Frauen durch einen dumpfen Aufschrei aus dem Gespräch gerissen. In der Tür stand eine männliche Gestalt, die lautstark fluchte und auf einem Bein hin und her hüpfte. »So eine Scheiße! Jetzt habe ich mir an diesem blöden Türsockel, weil der so hoch ist, meine Zehen gestoßen. Dabei habe ich mir gestern erst mit der blöden Schere in den Zehennagel gezwickt. Verdammt, tut das weh!«

Gegen das Licht hatten Walli und Lena ihn zuerst nicht erkannt. Harry Kain stand vor ihnen, hielt sein Bein angewinkelt und den Fuß in der Hand. Dabei stöhnte er. Walli hatte sich so erschrocken, dass sie sich den Ellbogen an dem neben ihr auf dem Arbeitstisch stehenden Käsemodel gestoßen hatte. Im selben Moment fiel dieser zu Boden.

Walli erschrak und polterte ungefiltert darauf los, ihr Missgeschick zu kaschieren: »Harry, wo Sie auftauchen, führt das unweigerlich zur Katastrophe!«

»Was machen Sie denn in so einer schmerzvollen Situation? Vor Freude auflachen? Sie sind vielleicht gut!«

Walli beruhigte sich: »Sorry, Harry! War nicht so gemeint! Sie wissen ja, wie ich manchmal sein kann.« Sie sah, wie Lena den Model aufhob und zurück auf den Tisch stellte.

»Geht's wieder?«, fragte diese nach einer Weile.

»Geht so«, antwortete er ein wenig gefasster und stellte seinen Fuß auf den Boden. »Frau Winzer, ich war bei Ihnen und habe von Ihrer Nachbarin, der Frau Karner, erfahren, dass Sie weggefahren sind. Da habe ich mir gedacht, ich schau mal hier vorbei.«

Walli blickte daraufhin wenig begeistert zu Lena, die gelassen blieb. »Wie Sie sehen können, liegen Sie richtig«, erwiderte sie erwartungsvoll auf das, was jetzt folgen würde.

»Ich möchte einen Artikel über den Tod vom Steinrieder und die Geschehnisse und Entwicklungen am Weingut schreiben. Mein Instinkt sagt mir, dass das eventuell kein natürlicher Tod gewesen sein könnte.«

»Aha! Und warum?«, fragte Lena überrascht.

»Die Familie Steinrieder sagt zwar, es sei ein Herzinfarkt gewesen. Die Aufregung mit der Preisverleihung und der Ärger mit den anderen Weinbauern waren eben zu viel für ihn.«

»Na, und warum zweifelst du daran? Die müssten's ja schließlich wissen«, fragte Lena.

»Ich bin mir nicht sicher. Irgendetwas gibt's da. Ich schreibe inzwischen zwar fürs ›Griaß di‹, ein eher harmloses Magazin, aber meinen sechsten Sinn für Ungereimtheiten habe ich mir aus meiner Zeit als Chef vom Dienst bei der Tageszeitung bis heute erhalten. So etwas bleibt, auch wenn's besser wäre, man blendet's aus.«

Also wieder ein Puzzleteil zu diesem Geheimnis, das Harry mit sich herumtrug und nie verriet. Immer nur etwas daraus andeutete. Irgendwann würde Walli ihn aber damit haben. Es ihm entlocken. Dazu war sie felsenfest entschlossen. Allerdings nicht heute. Besser zu einer anderen Zeit, zügelte sie ihre Neugier.

»Harry, jetzt machen Sie sich nicht weiter künstlich wichtig. Wir mögen Sie eh. Lassen Sie's gut sein!«, rutschte es ihr dann doch heraus.

»Aber vielleicht ist was Wahres dran?« Lena war an sie herangerückt, und bevor Walli noch etwas sagen konnte, verabreichte sie ihr mit dem Ellbogen einen gewaltigen Rempler in die Seite.

Walli Winzer knickte unter Keuchen ein und kannte die Bedeutung dieser unfreundlichen, wortlosen Geste der Freundin. Nämlich: »Halt die Klappe!«

Walli biss sich auf die Zunge.

»Was ist mit Ihnen?«, fragte Harry Kain irritiert.

»Alles in Ordnung!«, sagte Walli, hielt sich ihre Hüfte und blickte erbost zu Lena.

Die tat gleichgültig und widmete sich Harry. »Vielleicht kommt bei dir wirklich nur die alte journalistische Akribie durch, und es ist doch ganz anders.«

»Möglich. Aber ich weiß auch etwas anderes, was dich interessieren könnte. Über deinen ganz speziellen Freund, Bürgermeister Peppi Brunner. Ich weiß ja, dass dir seine korrupten Geschäftspraktiken seit geraumer Zeit ein Dorn im Auge sind. Aber er macht das so geschickt, dass man ihm nichts nachweisen kann. Jetzt gibt's Neuigkeiten über ihn.«

»Was?«, fragte Lena erstaunt.

»Etwas, was ich zufällig erfahren habe. Ich hab meine Ohren und Augen eben überall.«

»Aha. Und?«

»Ich habe herausgefunden, dass Bürgermeister Brunner einer der stillen Teilhaber bei ›Chelopharm‹ ist! Was sagst du dazu?«

Lena Breiteneckers Mimik spannte sich merklich an. Wortlos sah sie Harry Kain ins Gesicht. In gespielter Gelassenheit fragte sie: »Woher weißt du das?«

»Ein Freund bat mich, für Aktien, die er kaufen wollte, sicherheitshalber in die Firmenbücher Einblick zu nehmen. Irgendetwas hat mich geritten, die ›Chelopharm‹-

Beteiligung für unsere Region nachzuschlagen. Volltreffer!«

»Wie dumm und dreist muss jemand sein, so etwas nicht über einen Strohmann, den niemand kennt, abwickeln zu lassen?«

»Besser und unauffälliger wäre: über eine Strohfrau, der man ein moralisch weißes Mäntelchen umhängt!«, mischte sich Walli ein.

»Dumm ist das gar nicht. Dreist! Er dürfte sich seiner Sache so sicher sein, dass ihm niemand draufkommt. Stellt euch vor: Der Brunner besitzt Pharmaaktien, wird von der Dorfgemeinschaft gewählt und redet dann den Bauern eine höhere Dosis an Spritzmitteln ein, wodurch der Konzern wiederum mehr verdient – infolge auch er.«

»Des is' a G'schicht!«, meldete sich Walli Winzer ins Gespräch zurück. »Irgendwie kommt's mir vor, als würden in Österreich nur noch wenige überhaupt Bewusstsein für Unrecht entwickeln: Der Korruption von vielen politischen Vollkoffern scheinen Tür und Tor geöffnet! Während unsereins hart für alles arbeitet und teilweise gegen 50 erschöpft auf allen vieren kriecht, setzen andere auf Aktienglücksspiele und gewinnen meist.«

»Zumindest jene, die wissen, auf *welche* Aktien sie setzen müssen! Algorithmen im großen Stil. Die anderen verlieren auf Kosten manipulierender Glücksritter!«, ergänzte Harry. »Da lässt sich nicht selten ein kleines Vermögen mit recht geringem Einsatz machen.«

»Ja. Unsummen, würde ich sagen. Und keiner hält je jemanden dabei auf!«

»Das hat der Hans auch immer gesagt.« Ihr Ehemann, Hans Breitenecker, hatte viele Jahre in einer Bank gearbeitet, wegen der Wirtschaftskrise schließlich die

Nase davon voll gehabt und gekündigt. Lena und er übernahmen da lieber den kleinen Bauernhof ihrer Eltern im Waldviertel. Sie gestalteten ihn zu einem modernen Hightech-Betrieb mit altem Bauernhandwerk um. Mit viel Arbeit und neuen Ideen in Produktion und Vertrieb lief es recht gut.

»Hm. Gute Frage, wie so zielführende Spekulationen ablaufen. Wenn sich das so einfach beantworten ließe, hätten wir bereits alle für ewig ausgesorgt. Für mich kann ich das allerdings ausschließen«, wehrte Harry ab. »Wie im richtigen Leben ist gezielte Information eben alles.«

Lena Breitenecker verschränkte ihre Arme und lehnte sich gegen den Arbeitstisch: »Möglich. Über das Manipulieren und Instrumentalisieren von Firmen. Schließlich muss ja jemand das Fusionieren oder Abwerten von Firmen vorbereiten. Also wissen doch genügend im Vorfeld Bescheid. Solche operativen Topmanager sind meist ehrenwerte Mitglieder von Old-Boys-Netzwerken, egal welcher Weltanschauung.«

»Eben. Frauen haben keinen Zutritt. Sie sind daher immer auf Informationen von Männern angewiesen«, verdeutlichte Harry Kain wissend.

Walli Winzer rückte nervös auf ihrem Platz hin und her. »Na und? Dann muss man als Frau eben strategisch geschickter vorgehen.« Sie blickte auf ihre frisch lackierten roten Fingernägel.

»Na, mach mal Halt, Walli Winzer! Das war nicht der Weg, den wir uns während unserer Studienzeit für Frauen vorgestellt hatten. Es war die Chancengleichheit!«

»Und ich lebe die Praxis. Deine Moral, liebe Lena, nützt dir leider gar nichts, wenn du keine geeigneten Verbündeten hast. Und die verlierst du als Frau, sobald du die ersten echten Erfolge einfährst. Dann versuchen dich deine *Freundinnen* sehr schnell wieder auf das Mittelmaß herunterzubrechen. So tickt Österreich!«

Harry Kain hatte sich tunlichst aus der Unterhaltung der beiden Frauen herausgehalten. In solch heiklen Situationen hatte er einen Trick, sich möglichst unsichtbar zu machen. Wie ihm das gelang, wusste er selbst nicht, nur eines – es wirkte!

»Ähm«, räusperte er sich jetzt und hatte dabei das dumpfe Gefühl, ungebührend in die Freundinnen-Szene hineinzuplatzen.

»Harry, jetzt sind wir kurz von deiner Erzählung abgekommen«, richtete sich Lena wieder an den Journalisten. »Wie war das noch genau mit dem Brunner?«, interessierte sie sich für Details der Machenschaften des Großlichtener Bürgermeisters.

Gerade als Harry Kain zur weiteren Ausführung ansetzte, läutete Walli Winzers Mobiltelefon. Sie kramte es aus ihrer großen Gucci-Tasche und hielt es ans Ohr. Ihr Gesichtsausdruck wirkte überrascht. Sie wurde nervös und begann unbewusst an ihrem sandfarbenen Hosenanzug von Valentino herumzuziehen. Sie wandte sich von den vorherigen Gesprächspartnern ab.

Lena Breitenecker war offenbar neugierig geworden und ging ihr zwei Schritte nach, um zu erfahren, um wen es sich bei dem geheimnisvollen Anrufer handelte. Durch abwehrende Gesten signalisierte Walli ihr unmissverständlich, aus dem Blickfeld zu verschwinden. Lena blieb trotzdem stehen. Übertrieben freundlich hörte sie Walli sagen: »Herr Oberst, Sie sind es! So bald hätte ich Sie nicht erwartet!«

Walli Winzer, die zuvor noch kokett in den Hörer gesäuselt hatte, wurde schlagartig ernst. Sie hörte aufmerksam zu, was er am anderen Ende der Leitung Wichtiges zu sagen hatte. »Wenn das so ist, können Sie auf mich zählen. Ich fahre gleich los. Ich habe sowieso einen Termin dort. Da werde ich mich genauer umhören. … Also, bis später!«

Nachdenklich steckte sie ihr Handy in die Tasche und drehte sich um: »Harry, Sie hatten recht.«

Dieser hob unwissend seine Schultern.

»Begleiten Sie mich zu den Steinrieders. Es war doch Mord!«

7. KAPITEL

Das hatte ihm gerade noch gefehlt. Sepp Grubinger saß in der kleinen Polizeiaußendienststelle in Großlichten. Sein Ärger war noch nicht verflogen. Kurz zuvor hatte er den Telefonhörer auf die Gabel gelegt und konnte es immer noch nicht fassen, was man ihm eben gesagt, ja sogar befohlen hatte: Er war draußen! Ganz genau. Draußen aus den Ermittlungen zum jüngsten Mordfall in Plankenstein. Und daran war wieder einmal diese Walli Winzer schuld!

Sepp Grubinger kochte vor Wut.

Wie hatte sie das nur angestellt, den Polizeioberst davon zu überzeugen, dass nur sie das Rezept zur Lösung des Falls hatte? Sie! Die in Polizeiarbeit völlig unausgebildete PR-Tussi aus Wien! Die froh sein musste, dass die Leute sie hier als *Zuagreiste* überhaupt grüßten. Die sowieso niemanden außer ihre Jugendfreundin Lena Breitenecker näher kannte. Daher hing sie dauernd irgendwo mit ihr ab. Klebte an ihr wie eine Klette. Peinlich! Unter erwachsenen Frauen. Aber das war eben bei den höheren Damen aus der Stadt so, die den ganzen Tag nix zu tun haben. Ja, und genau so eine sollte jetzt die Ermittlungen inkognito leiten. Also, praktisch undercover. Die Winzer und *undercover*! Dass er nicht lachte!

Unauffällig sein. Nie und nimmer konnte die das! So auffällig, wie die war. Wie sie sich kleidete! Es war schier unglaublich. Lauter Designerzeug! Diese unangepasste Fremde hier in Großlichten. Und jetzt trieb sie ihr Unwesen noch dazu in Plankenstein!

Grubinger schäumte.

Uff! Aber vielleicht stimmte alles doch nicht. War nur ein übler telefonischer Scherz gewesen, den sich einige pubertierende Dorfbuben mit ihm geleistet hatten. Na warte, wenn er die erwischte! Dann würde es diesmal wirklich einmal krachen!

Viel zu nachsichtig und sorgsam war er immer mit ihnen umgegangen. Das hat man dann davon! Die Jugend von heute ist nicht mehr dankbar. So wie er das früher einmal gewesen war, wenn jemand gut zu ihm war. *Ihn* beschützte. Oder zumindest nicht bestrafte. Ja, im Waldviertel war es manchmal nicht nur vom Klima her rau. Auch die Sitten und Gepflogenheiten nahmen wechselweise an Intensität zu, was er nicht mochte. Nie gemocht hatte. Weder in seiner Kindheit noch heute. Deshalb schaute er immer darauf, dass es bei den Leuten erst gar nicht so weit kam. Sie nicht durch Umstände in Bedrängnis gerieten. Er war bei ihnen. Lebte mit ihnen. Saß mit ihnen im Wirtshaus.

Und jetzt? Jetzt war er selbst einmal dran. In seiner Gutwilligkeit wurde er auf die Schippe genommen. Das hoffte er zumindest. Denn anderes konnte, nein, *wollte* er sich nicht vorstellen.

Er versuchte, sich zu zügeln. Seine Wut anders zu kanalisieren, wieder herunterzukommen. Auch wenn's schwerfiel nach dieser erlittenen Schmach am Telefon. Und dem Gedanken an die Dorfjugend. Oder war's ein Scherz der Polizeikollegen von Plankenstein gewesen, ihn fernzuhalten? Aus Rache, weil er statt ihnen damals dort gewesen war?

Immerhin hatte er den toten Steinrieder stundenlang bewachen müssen, weil keiner von denen beim Fest Dienst versah. Und niemand in der Polizeistation das Telefon abgehoben hatte. Er war wie blöd dort in der Nähe des Toten herumgestanden. Während alle übrigen gefeiert hatten. Zumindest sah er, Grubinger, es so: Immer und überall war er zugegen. Der Trottel vom Dienst, könnte man sagen.

Dass Oberst Weichselbaumer ihn nicht leiden konnte, hatte er auf den ersten Blick festgestellt. Gestern, bei der Weinprämierung.

Bloß Augen für diese Winzer hat er gehabt.

Ja, Gott sei Dank nicht für ihn! Das hätte ihm noch gefehlt! Heutzutage wusste man nie, wie der andere drauf war. Da bildeten Polizei und Militär keine Ausnahme. Diese Bereiche waren halt bis vor Kurzem noch eindeutige Männerbastionen gewesen. Männerkameraderie mochten die daher besonders und manchmal sogar ein bissl mehr. Vielleicht auch, weil Frauen hier, auf dem Land, noch einigermaßen unterrepräsentiert waren.

Als Polizeischüler hatte Grubinger einmal eindeutige Situationen erlebt. Na, nicht an sich selbst. Die hatten schnell heraußen gehabt, dass er absolut kein Interesse an Männern hatte. Zumindest: nicht so wie sie. Aber bei einigen Kollegen hatte er das beobachtet. Das *Eindeutige* beobachtet. Also nicht irgendwie hingestarrt. Sondern aus deren Verhalten die richtigen Schlüsse gezogen.

In der Ausbildung bei der Polizei war er engagiert und interessiert gewesen. Und wenn er so etwas in seiner engsten Umgebung nicht gleich bemerkt hätte, wäre er ja in seinem künftigen Beruf völlig fehl am Platz gewesen! Im Gegenteil: Jeden Tag während der Ausbildung wusste der junge Sepp Grubinger, dass er sein Leben lang nichts anderes machen wollte, als Polizist zu sein. Für andere da zu sein. Nach dem Rechten zu sehen.

Ging es nach den Leuten in Großlichten, dann war er sowieso ein guter Polizist. Das hatten ihm schon viele attestiert. Sie vertrauten ihm. Obwohl er seine Pistole meist in der Polizeidienstaußenstelle im Sicherheitskasten aufbewahrte.

Oder vielleicht gerade deshalb?

Alle wussten es. Er hatte sie auch noch nie gebraucht. Denn: Wen sollte er abknallen oder mit der Pistole in Schach halten? Seine Schulfreunde? Seine Nachbarn?

Er kannte jeden im Ort. Großlichten war seine Heimat und hier hatte er seine Berufung gefunden – glücklicherweise. Denn im Waldviertel war das mit der Infrastruktur immer schon schwierig gewesen. Die dünne Besiedelung machte Arbeitsplätze generell zur Mangelware. Für einen attraktiven Job musste man meist anderswohin ziehen.

Obwohl's jetzt schon besser geworden war, seitdem die Wienerinnen und Wiener das Waldviertel als Oase der Stille entdeckt hatten und der Tourismus Einzug hielt. Die taten dann meist nichts, weil sie sich erholen wollten. Da mussten eben die Waldviertlerinnen und Waldviertler umso mehr machen. Aber so etwas nennt man Tourismus.

Gut, im Vergleich zu Italien war das im Waldviertel sowieso nichts. Ein Klacks. Denn die hatten ja richtigen Massentourismus! Nicht auszumalen, wäre das so hier. Ein Albtraum!, stellte sich Grubinger das genauer vor: Heerscharen von internationalen Touristen. Aber der ein oder andere verirrte sich dann doch hierher, um auf den

Spuren des alten Österreichs aus der Zeit der Kuenringer mit deren Burgen und späteren Schlössern zu wandeln.

Für wen das nichts war, der suchte stattdessen den Kick des Grenzen-Überschreitens – der eigenen und der des ehemaligen Eisernen Vorhangs, ganz oben im Norden des Waldviertels an der tschechischen Grenze. Heute nicht mehr vorstellbar, was da vor 30 Jahren los war! Heute erinnerte kaum etwas an die Zeit des Eisernen Vorhangs, des Ausgesperrtseins. Inzwischen gab es dort viele Festivals – Musik, Theater, Literatur.

Mit seiner Resi war er auch schon hinaufgefahren. Nach Litschau zum Beispiel. Da hatte einmal ein Trompeter aus der hiesigen Blasmusikkapelle mitgespielt. Beim Folkjazz oder wie man das nannte.

Die Resi, seine Ehefrau, hatte ihm das vorgeschlagen und dann direkt bei der örtlichen Sparkassa die Karten gekauft. Er mochte zwar dieses ganze Bankenwesen mit dem Kundenfang nicht, aber das mit den Karten fand er gut. Dass man sie gleich mitnehmen konnte. Während des Einkaufengehens.

Doch genug davon, er musste sich wieder auf das Wesentliche konzentrieren. Das Telefonat mit dem Oberst Weichselbaumer lag ihm immer noch im Magen. Wenn es denn überhaupt Weichselbaumer gewesen war. Durch diese blöden Radio-Comedy-Shows kamen ja immer mehr Jugendliche darauf, ihre Späße mit der Umgebung zu treiben und ihre Stimmen zu verstellen. Anzurufen à la Ö3-Callboy. Lustig war's schon. Aber nicht dann, wenn man selbst davon betroffen war.

Sepp Grubinger merkte, dass die Wut nicht verraucht war. Keine guten Voraussetzungen dafür, sich die nächsten Schritte zu überlegen.

Die Großlichtener Kräuterexpertin Erna Reisinger hatte ihm vor nicht langer Zeit geraten, in solchen Stressmomenten nicht nur dreimal tief durchzuatmen, sondern auch kalligrafischen Übungen nachzugehen. Japanische Zeichen auszumalen. Solche, die ihm in diesem Moment in den Sinn kamen und ihn durch ihre Botschaft beruhigten.

Grubinger holte einen großen Block und ein Tintenfass samt einer Schreibfeder aus der Schreibtischschublade hervor. Er entschied sich für die Zeichen mit der Bedeutung: *Weisheit*. An diesen insgesamt zwei Zeichen für ein Wort saß er eine ganze Weile – und dachte nach. Tatsächlich spürte Sepp Grubinger, wie der Groll in ihm langsam wich. Während er das weiße Hemd unter dem Ärmel seiner Uniform hochschob, um auf seine goldene Armbanduhr zu sehen, fiel sein kalligrafisches Blatt Papier zu Boden. Er sah ihm apathisch nach, ohne sich zu bewegen, und starrte weiter auf sein Handgelenk. Grubinger genoss es, auf seine teure goldene Uhr zu sehen. Die Resi hatte sie ihm einmal zu seinem 40. Geburtstag geschenkt. Das war zwar schon eine Weile her. Aber er war immer noch sehr stolz darauf.

Zur Firmung hatte er seinerzeit keine bekommen. Nur einen Golddukaten. Das war damals schon viel wert gewesen. In den 1970ern. Da waren die Leute im Waldviertel alle sehr arm. Auch seine Umgebung. Und seine Eltern. Sein Godl, wie man in Österreich den Firmpaten nannte, konnte sich keine goldene Armbanduhr für ihn leisten, wie sie viele anderswo zu diesem christlichen Anlass erhielten. Aber er hatte sich so eine immer gewünscht. Seit damals: *eine goldene Armbanduhr zu besitzen* wie die Reichen in der Stadt!

Auch, wenn viele heute nur noch das Handy zur Zeitansage nutzten und sie deshalb keine Uhr mehr trugen. Ihm bedeutete sie etwas. Viel sogar!

Seine Frau Resi war Hausfrau. Er Alleinverdiener. Trotzdem hatten sie so viel, dass er nicht nur seine kleine Familie mit damals zwei Kindern ernähren, sondern die Resi auch so viel auf die Seite legen konnte, um ihm die goldene Uhr zu seinem runden Geburtstag zu schenken.

Daran erkannte er, dass sich in den vergangenen Jahrzehnten – Gott sei Dank! – auch im Waldviertel einiges wirtschaftlich positiv verändert hatte. Viele nahmen das zu selbstverständlich hin. Als wäre es schon immer so gewesen.

Doch an solch kleinen Dingen erkannte er, dass er froh war, nicht mehr in den 1960er-Jahren oder weiter zurück leben zu müssen. Dass sich daher manche in seiner Umgebung zurücksehnten, wenn er mit ihnen in der Dorfwirtshausstube saß, verstand er nicht. Nur dann, wenn sie alt waren und an ihre Jugend dachten. Da verklärten sie viel. Im Alter war das manchmal so, wusste er! Aber bei den Jüngeren?

Sepp Grubingers Blick fiel wieder auf den alten PVC-Boden. Da lag das herabgefallene Blatt Papier.

Er hob es nicht auf.

Stattdessen stützte er seinen linken Arm auf die Tischplatte und vergrub die Hand in seinem immer dünner werdenden Haar. Er schloss die Augen. Ganz so einfach würde er sich nicht ausbooten lassen, sinnierte er. Sicher nicht. Wer waren sie eigentlich alle, die so mit ihm umgingen? Seine vorgesetzten Stellen. Er versah immer korrekt seinen Dienst. War einsatzbereit zu jeder Tages- und Nachtzeit. Und das war der Dank?

Aber einen Schritt nach dem anderen, nahm er sich vor. Erst einmal abklären, ob das nicht doch nur ein übler Scherz gewesen war. Er würde Weichselbaumer zurückrufen. Der hatte ihm ausdrücklich gesagt, ja befohlen, Bezirksinspektionsleiter Platzer nicht über das Unterfangen zu informieren. Der Weinausbau in Kamptal befände sich derzeit in einer sensiblen Phase mit geplanten russischen Investitionen. Weichselbaumer samt lokaler Politik hatten aus diesem Grund kein großes Interesse, den Mordfall aufzubauschen. Daher die eher privaten Ermittlungen, die der Polizist nach Bedarf und äußerst diskret unterstützen sollte. Es *sollte* alles mehr wie die chronische Neugier einer exzentrischen PR-Lady aussehen. Außerdem seien Weichselbaumers Familienmitglieder ebenso Funktionäre der lokalen Weinvertretung in der Wirtschaft und absolut nicht an einem öffentlichen Skandal im Kamptal interessiert.

Das hatte Grubinger verstanden. Wenn auch widerwillig. Doch was machte er jetzt mit dem Platzer? Adi Platzer war Sepp Grubingers direkter Vorgesetzter in der Bezirksinspektion Gföhl. Ein sehr nüchterner Zeitgenosse. Ob der das so einfach wegstecken würde, dass er sich in nächster Zeit mehrheitlich in Plankenstein aufhalten würde? Mit der Winzer zusammen?

Zweifel kamen auf. Und welche Argumente sollte er vorbringen?

Sepp Grubinger schwirrte der Kopf. Ein erneutes Telefonat mit Ludwig Weichselbaumer schien unausweichlich. Denn, wenn alles nur Spaß wäre, würde er sich ziemlich blamieren.

Auch beim Platzer.

Da hätte der wieder etwas gegen ihn in der Hand. Also sollte er lieber recherchieren. Im eigenen Interesse. Denn wie hieß der bekannte österreichische Polizeispruch: »Nur net auffallen!« Am besten auch nicht in der eigenen Polizeihierarchie.

Sepp Grubinger zog sich langsam aus seinem Stuhl hoch und bückte sich nach einem herabgefallenen Papier.

Und – ratsch!

Als er mit dem Oberkörper unten angekommen war, platzte seine Hose. Das ergab einen langen Riss bis zur Mitte des Gesäßes. Grubinger stand auf, um sein Malheur näher zu betrachten, und stöhnte darüber.

Ruhig bleiben, einfach ganz ruhig, sagte er sich.

Er spürte einen sanften Luftzug, der seine Beine umspielte. Nein, so konnte er auf keinen Fall weitermachen oder sogar wegfahren.

Lächerlich würde er sich machen!

Aber der Weichselbaumer. Und der Platzer?

Die würde er später vom Dienstwagen aus anrufen. Jetzt wollte er einmal nach Hause zu seiner Resi fahren. Nicht nur wegen der zerrissenen Hose, auch sonst würde sie ihm guttun.

Heute. An dem Tag, der eindeutig wieder einmal nicht der seine war.

8. KAPITEL

»Das würde dir so passen!«, sagte der eine und hielt sein Whiskyglas mit beiden Händen fest an sich gepresst. Der Ruck seiner Bewegung hatte das Glas leicht zum Schwingen gebracht. Die Eiswürfel klirrten an der Glaswand. Der goldgelbe Whisky schwappte bis zum Rand hoch, gerade so viel, dass er nicht überlief. »Alles weiterhin für dich zu behalten. Aber damit ist jetzt ein für alle Mal Schluss!« Der Mann Mitte 30 mit Dreitagebart und vor Zorn gerötetem Gesicht schnappte nach Luft. Trotz seiner starken Worte und des Nachdrucks, den er ihnen zusätzlich in diesem Moment verlieh, wirkte er unsicher. Unsicher darüber, wie sie sein Gegenüber aufnehmen könnte.

»Ich verstehe dich nicht. Was willst du? Uns alle ruinieren? Ist es das, was du willst?« Der andere Mann, etwa Anfang 40, ging nervös im Raum auf und ab. Er hielt sich mit der Hand die Stirn und fuhr sich dann durchs Haar, als hoffte er, dadurch schneller zu einer Lösung zu gelangen. Sein gramvoller Blick verriet allerdings, dass er noch meilenweit davon entfernt war. »Wie kommst du eigentlich auf diese Idee? Wenn du das wirklich willst, müssten wir das Weingut verkaufen. Anders könnte ich derzeit nicht das Geld aufbringen, das du haben möchtest.«

»Dann lass dir etwas einfallen. Auf jeden Fall brauche ich eine Million Euro. Und zwar sofort. Du weißt: Die und noch mehr stehen mir aus dem Erbe unseres Vaters zu. Also, stell dich nicht so an!« Der jüngere Mann verlieh seinen Worten weiterhin Nachdruck, indem er bedrohlich auf seine Stimme drückte. Er hatte einen Trumpf in der Tasche. Den genoss er sichtlich; ein Druckmittel, das er auszuspielen bereit war. Ein Druckmittel gegen seinen Bruder.

Robert.

Wenn er diesen Namen nur hörte: *Robert*, der stets wusste, wo's langging. *Robert*, dessen Strahlkraft die ganze Umgebung immer schon bewundert hatte. *Robert*, Papas Liebling. *Robert*, der tolle Schüler. *Robert*, der erfolgreiche Geschäftsmann. *Robert*, der Frauenschwarm. Der ihm Schmerzen zugefügt hatte. Die ihn halb umgebracht hatten. Damals. An denen er zerbrochen war. *Wäre*! Weshalb er schließlich weggegangen war. Weit weg. Trotzdem nicht weit genug! Sonst wäre er nicht wieder hier.

Es war hier noch immer so: Alles drehte sich um Robert – Robert – Robert!

Er hatte genug davon! Genug von *Robert*.

»*Rooo-bert*!«, platzte es daher in einem lang gezogenen, beinahe zynisch anmutenden Tonfall aus ihm heraus. »Das lass mal ruhig meine Sorge sein«, grinste er sein Gegenüber schonungslos an. »Ich verlange nur, was mir zusteht. Und das ist so einiges. Also, lass dir etwas einfallen, du *Genie*!«

»Franz, komm wieder zur Vernunft. Du kannst doch nicht wirklich mit einem Schlag alles zerstören wollen, was unsere Familie über Generationen aufgebaut hat. In fast 100 Jahren!« Robert Steinrieder griff auch zu seinem Whiskyglas und nahm einen kräftigen Schluck, in der Hoffnung, dass die Welt danach eine bessere sein würde.

»Ich will mein Geld. Alles andere ist mir egal. Nimm halt einen Kredit auf. Bist doch so gut mit dem Sparkassenchef, deinem Spezi.«

»Wie stellst du dir das vor? Einen solchen Betrag aufzubringen – und womit dann abbezahlen!? So viel, wie es kosten würde, dich auszubezahlen, wirft das Weingut nie und nimmer ab!«

»Wer von uns beiden ist das Superhirn? Du weißt doch immer einen Ausweg.«

»Willst du mich nach Papas Tod wirklich dafür bestrafen, dass ich das Familienweingut übernehme? Papa wollte das so. Das weißt du! Jeder hier weiß, dass er in den kommenden Monaten vorhatte, mir die Weinberge und das Gut zu überschreiben. Und nur deshalb, weil er es nicht mehr konnte, sind wir in dieser Situation. Dieser völlig abstrusen!«

Franz blieb starr und gab sich gelassen: »Er hat es eben nicht getan. Dein Pech. Vorteil für mich.«

»Franz, sei doch vernünftig! Was willst du denn mit dem Haufen Geld überhaupt machen?«

»Das geht dich nix an. Wirst schon sehen, wenn's so weit ist.«

»Hör mal, werd doch wieder normal, vielleicht kann ich dir helfen. Könnten's gemeinsam anders machen!«

Franz Steinrieders Blick war stumpf und leer geworden. Er vermittelte den Eindruck, als befände er sich gedanklich mittlerweile an einem anderen Ort. Einem Ort, an dem alles Reden seines Bruders nichts mehr ausrichten konnte. Ihn emotional und argumentativ nicht erreichte. An ihm ungehört vorbeizog. Ihm daher auch nicht mehr jene körperliche Anspannung abrang, die er zuvor nur mühsam aufgebaut hatte. Aufrechterhalten hatte. Unter Anstrengung. Mithilfe von Whisky.

Die große Männergestalt sackte merkbar in sich zusammen.

Alles war gesagt, heraußen, was er schon lange sagen wollte.

Immer schon sagen wollte. Endlich.

Diese Anstrengung. Gott, diese Anstrengung! Diese innere *Leere*.

Denn: Vater – war tot.

»Was willst du wirklich mit dem vielen Geld machen? Vielleicht kann ich dir auch anders helfen?«, wiederholte sich Robert Steinrieder.

Franz sah erneut seinen Bruder an. Mit versteinerter Miene. Als müsste er sich gedanklich wieder zurückholen und sich erst an alles erinnern, was er zuvor gefordert hatte.

»Du hast mir sonst auch nie geholfen, sodass ich jetzt dankend darauf verzichten kann!«, bemerkte er zynisch. »Jetzt bin ich an der Reihe. Will mir eine neue Existenz aufbauen.«

»Und dabei willst du die meine ruinieren? Vernichten?«

Stille.

Franz Steinrieder wirkte ungerührt.

Sein Bruder Robert erkannte, dass die Situation in diesem Augenblick verfahren war. Er sprach daher kein Wort mehr. Sonst würde er es später vielleicht bereuen.

Mit dem Whiskyglas in der Hand drehte er sich zur Seite, vom jüngeren Bruder weg.

Die schwere Eichentür zur repräsentativen Stuben, die ein Mix aus alten und modern designten Möbeln war, ging ohne vorheriges Klopfen auf.

»Was ist denn mit euch los? Was war das eben für ein Geschrei? Schämt ihr euch nicht vor unseren Gästen? Was sollen die von uns denken?«

Eine ältere Frau mit grau meliertem Pagenkopf erschien im Türrahmen. Sie wirkte angespannt und besorgt. Ihr Teint war von dezenter Blässe, ungewöhnlich für den Spätsommer hier in Plankenstein. Sie dürfte die meiste Zeit drinnen verbracht haben. Trotz ihrer Sorge hatte sie sich im Tonfall zurückgehalten, wirkte aber dennoch bestimmt. Sie blinzelte in den Raum, der vom Sonnenlicht durchflutet war, um beide Kontrahenten genauer zu beäugen.

»Euer Vater ist noch nicht einmal unter der Erde und das Gezeter um den Hof geht schon los! Schämt euch!«, entrüstete sie sich. »Und dabei streitet ihr ganz umsonst, denn nach dem Erbrecht werden mir als seiner Ehefrau der Hof und die Weinberge zugewiesen!«

Robert Steinrieder beruhigte sich augenblicklich. Er stellte sein Whiskyglas auf einer alten Bauernkredenz ab. »Dann bleibt ja alles, wie es war. Wie wir es geplant hatten?«

Die Mutter schwieg, als würde sie auch noch auf die Reaktion ihres Sohnes Franz warten. Der blieb in seiner Position unverändert, führte sein Glas zum Mund und leerte den Rest des Whiskys mit einem Zug. Sein Blick ging zu Boden. Er blickte seine Mutter nicht mehr an.

Robert hingegen ging ihr erfreut entgegen, nachdem sie erst jetzt einige Schritte in die Bauernstube des Weinguts gekommen war.

Doch sie beachtete ihn nicht. Ihr Blick blieb auf Franz gerichtet, der mit hochrotem Kopf und dem leeren Glas in der Hand wie angewurzelt in der Mitte der Stuben stand.

»Ihr bekommt jeweils nur den kleinen gesetzlich vorgeschriebenen Anteil. Außer ich entscheide anders.«

»Na, das wirst du doch. Am besten, du überschreibst mir gleich das gesamte Weingut, damit es sich entsprechend gut weiterentwickeln kann.«

»Das mit den geplanten russischen Anteilseignern, was du und dein Vater geplant hattet, muss ich mir noch überlegen. Ich weiß nicht, ob ich das alles so groß haben möchte. Auch den Bio-Bluff, den ihr mit EU-Förderungen vorhattet. Denn es gibt bis jetzt kein gesetzlich verbrieftes Gütesiegel. Nirgends. Jeder Verein kann willkürlich welche vergeben. Wenn, dann möchte ich generell eine wirklich nachhaltige Änderung mit Bio im Stil von Demeter. Für alle nachvollziehbar und sichtbar. Das habe ich aber nie von euch gehört. Immer nur Geld, Geld, Geld!«

»Natürlich ist Geld das Wichtigste. Denn ohne kannst du nichts machen! Und Österreich ist so kleinstrukturiert in der Landwirtschaft, dass wir auf Förderungen angewiesen sind. Wir müssen uns eben nach der Decke strecken.«

»Aber nicht mit künftiger Qualitätsminderung über Massenbioproduktion, wie ihr das nach der Weinprämierung vorhattet.«

»Und? Was schlägst du vor?«, fragte Robert grimmig nach.

»Ich will weniger Ertrag mit höherer Traubenqualität! Die Ernten werden wetterbedingt immer schwerer vorhersehbar. Ich möchte von jedem Jahrgang, egal wie viel er abwirft, nur die besten Weine keltern lassen.«

»Ein schöner Ansatz«, versuchte Robert Steinrieder sich wieder zu fassen. »Doch wie soll man davon leben können? Wir alle? Und dabei noch das Weingut und die Mitarbeiter erhalten? Wie stellst du dir das vor? Du lebst in einer Fantasiewelt. Wir müssen expandieren, um am Markt zu bleiben!«

Robert Steinrieder schien zu erkennen, dass seine Mutter in ihrer Meinung verharrte. Franz blieb stumm, man konnte ihm ansehen, was er davon hielt, dass der Verkauf des Weinguts nun vom Tisch zu sein schien.

Die Tür zur anderen Seite des Zimmers öffnete sich, und ungestüm stürzte eine Schildpatt-Katze herein. Ihre Anwesenheit interessierte niemanden. Vielmehr richteten sich alle Blicke auf Sabine Steinrieder, die hinter ihr den Raum betrat. »Ich habe jemanden mitgebracht«, verkündete sie übertrieben laut, was die Übrigen augenblicklich verstummen ließ.

»Guten Morgen – oder Mittag, müsste man eigentlich sagen. Immerhin ist es schon knapp nach elf Uhr«, polterte Walli Winzer energiegeladen darauf los und schob ihre imposante Erscheinung durch die Eichentür. In ihrem Gefolge: Harry Kain, der nach diesem *großen* Auftritt unbemerkt geblieben war.

Walli warf ihre Tasche gekonnt über die Schulter und wartete einen Augenblick, ehe sie weitersprach. »Nun ja, der Grund meines Kommens ist der Rundgang durch Ihr Weingut.«

Robert fühlte sich offenbar angesprochen. Er war auch der Erste, der seine Worte wiederfand: »Ja, die Vernissage in der Wiener Galerie.« Er atmete hörbar durch, versuchte, den Blick seiner Mutter zu erhaschen, und widmete sich den Neuankömmlingen.

»Und? Wie geht es Ihnen heute? Nach der gestrigen Aufregung und Ihrem Zusammenbruch?«

»Wie Sie sehen, bin ich unverwüstliches Urgestein!«

Robert ersparte sich lieber jeglichen Kommentar, konnte sich einen genervten Blick aber nicht verkneifen. Doch der Kunde war König, hatte ihm sein Vater eingebläut, also entgegnete er freundlich: »Aber natürlich! Kommen Sie nur. Wir werden mit Sicherheit etwas Geeignetes für Sie finden! Übrigens gibt es einen speziellen Bereich in unserem Weinkeller, zu dem wir nur ausgewählten Gästen Einlass gewähren, die Sinn für Erlesenes in besonderen Momenten haben.«

»Also, Sie meinen für Anlässe wie Vertragsabschlüsse, Jubiläen, und so weiter?«

»So in etwa. Auf jeden Fall haben wir viel zu besprechen …«

»… und werden vielleicht noch Zeit finden, über den gestrigen Vorfall zu reden? Irgendetwas hängt mir da emotional noch nach.«

Walli Winzer blickte zum entnervten Harry, der stumm an einer Kommode lehnte und nicht wirklich zu wissen schien, wie er in dieser trüben Stimmung an geeignetes Material für seine Story herankommen sollte. Doch er machte gute Miene zum aufgesetzten Spiel. Walli Winzer nahm Robert Steinrieder am Arm, hängte sich bei ihm ein und zog ihn mit sich. Willenlos ließ sich dieser von ihr leiten. Harry folgte. Der Rest der Familie blieb mitgenommen im Haus zurück.

9. KAPITEL

»Walli! Passen Sie auf, wo Sie hinfahren!«

Harry Kain saß merkbar angespannt auf dem Rücksitz der Harley-Davidson, des Prachtstücks, das sich Walli Winzer im vergangenen Jahr nach ihrer Südschwedenreise geleistet hatte.

»Harry, Sie Scherzbold, was glauben Sie, was ich mache!«, schrie sie im Versuch, das Surren des Motors zu übertönen, nach rückwärts.

»Halten Sie es jetzt, in der Mittagszeit, für sinnvoll, zum Reiterhof zu fahren? Sollten wir nicht lieber etwas essen gehen?«

»Na, was glauben Sie, was wir dort zuerst machen werden?«

»Achtung! Passen Sie doch auf!«, rief Harry Kain aufgebracht. Walli war über einen auf der Fahrbahn liegenden Ast gefahren. Da sie ihren Kopf während des Redens ein wenig zur Seite geneigt hatte, war er nicht in ihrem Blickfeld gewesen. Harry hatte sich mit vollem Gewicht gegen die eventuelle Fallrichtung des schweren Motorrads geneigt, weshalb gerade noch Schlimmeres verhindert werden konnte.

»Walli, sind Sie sicher, dass Sie noch weiterfahren wollen? Oder besser *können*?«

»Harry, bitte stellen Sie sich nicht schon wieder so an. Sie haben jedes Mal etwas dagegen, wenn ich Sie fahre. Wissen Sie was: Nächstes Mal lasse ich Sie zu Fuß hinterherlaufen«, antwortete die Lenkerin verschnupft.

»Also, bekommen Sie es nicht in die falsche Kehle! So war das nicht von mir gemeint. Ich denke nur ... weil Sie doch ... ich meine ... eine kleine Verkostung exklusiver Weine hinter sich haben?«

»Harry, das haben Sie auch. Glauben Sie bloß nicht, dass ich Sie mit meiner Harley weiterfahren lasse.«

»Ich würde zumindest etwas langsamer fahren, dann könnten sich die Reflexe besser auf die Straßenverhältnisse einstellen.«

»Sie Neunmalklug, merken Sie nicht, dass ich das längst mache?« Walli Winzer hatte das Tempo der Harley tatsächlich bereits auf die Hälfte reduziert, was Harry in seinem schockähnlichen Zustand offensichtlich verborgen geblieben war. Sie konzentrierte sich jetzt besonders auf den letzten Kilometern zum Reiterhof auf die Straßenlage.

»So, da sind wir!« Walli ließ Harry zuerst absteigen. Dann kippte sie den Parkhalter der Harley und stellte sie seitlich ab. Sie löste ihren »Gold«-Sturzhelm nach Rembrandt-Art, den sie sich als Förderin des Kunsthistorischen Museums in Wien geleistet hatte, und band ihn mit einer kleinen Kette mit Absperrschloss an ihrer Street Bob fest. Nachdem sie eine faltbare Tasche aus dem Bauch der Bob gezogen hatte, befestigte sie Harrys Helm an einer der rückwärtigen Zierstangen.

Walli platzierte sich am großen Parkplatz des Reitergestüts, das zugleich genügend Parkmöglichkeiten für die Besucher des exzellenten Restaurants »Grauer Mohn« von Hannes Lechner bot.

»Seitdem der Hannes seine erste Haube erkocht hat, laufen ihm die Gäste die Bude ein. Es war wirklich sinnvoll, dass er sich einen Betriebsberater geleistet hat, um das alte Wirtshaus im Ort zu sanieren. Der hat ihm dann den Floh von der Haubenküche an einem neuen Standort ins Ohr gesetzt. Und es hat geklappt!«

»Dass er dann auch noch die alte Backstube seines Vaters als Koch- und Backschule eingerichtet hat, bringt ihm neben Mountainbikern und Wanderern zusätzlich Gäste für seine Zimmer.«

»Viele sind's ja nicht.«

»Eh nicht. Die meisten fahren nach den Veranstaltungen wieder nach Hause, aber einige bleiben doch über Nacht und genießen die Landschaft.«

»Oder gehen bei mir reiten!«, lachte Walli Winzer.

»Richtig! Sie sind ja die neue Reiterhofqueen. Mit Recht, muss ich sagen. Was Sie alles dafür geleistet haben.«

Walli Winzer wurde etwas verlegen, was bei ihr tatsächlich nicht oft vorkam. Sie forderte Harry mit einem Lächeln auf, Richtung Restaurant zu gehen. »Kommen Sie, damit sich Ihre Nerven wieder beruhigen. Bin neugierig, was der Hannes heute alles auf der Karte hat. Er wechselt ja regelmäßig, was mich freut. So habe ich in meinem Stammlokal immer beste kulinarische Abwechslung.«

Walli Winzer stapfte forschen Schrittes in Bikermontur über den Kies des Parkplatzes. »Übrigens, Harry, Sie sind eingeladen.«

Harry Kain hob erfreut seine Mundwinkel und nickte zustimmend.

Nicht, dass das für ihn überraschend kommen konnte. Ob Walli die Einladung an ihn nun aussprach oder nicht, es bliebe sowieso beim Gleichen: Harry hatte nie Geld. Daher bezahlte Walli, ohne zu murren, die Rechnungen – für sie beide. Immerhin waren sie so etwas wie Kollegen, denn als PR-Agentin hatte sie auch mit der Presse zu tun. Journalisten verdienten in Österreich meistens wirklich nicht viel. Warum daher manche noch dranblieben, verstand Walli sowieso nicht. Viel Stress, wenig Lohn! Eitelkeit? Aufdeckungsjournalismus gab's in Österreich sowieso kaum mehr. Da mussten in wichtigen Fällen deutsche Medien her, damit das auch wirklich bei den Lesern und Leserinnen ankam und das Beweismaterial nicht in irgendwelchen anderen Kanälen versackte. Und die medialen Aufstiegschancen in diesem Land? Die konnte man beinahe an beiden Händen abzählen.

Harry war Redakteur einer großen Tageszeitung gewesen. Warum er nicht mehr dort arbeitete und warum er es vorzog, gerade in diesem Kaff Großlichten zu wohnen und von hier aus für das Magazin »Griaß di« zu schreiben, war ihr nach wie vor schleierhaft. Walli nahm sich für heute fix vor, ihn endlich danach zu fragen. Natürlich nicht so direkt. Darauf würde er mit Sicherheit eingeschnappt reagieren, wie sie ihn einschätzte. Aber so zwischen den Zeilen, im geeigneten Augenblick? Sie nahm sich das jedenfalls vor.

»Harry, Sie suchen uns drin inzwischen einen schönen Platz. Ich gehe auf die Toilette und ziehe mir diese Montur aus. Mir wird langsam warm. Außerdem kann ich mich damit ja nicht in diese Location setzen.«

Harry verstand und ging quer durch das Lokal in Richtung Terrasse.

Es war wie immer ziemlich voll und ein junger Kellner hatte ihn an einen Tisch mit wunderbarem Blick über die

Landschaft geführt. Harry Kain zog seine Jacke aus und hängte sie über den Stuhl.

Walli Winzer kam kurz darauf flotten Schritts in ihrem sandfarbenen Hosenanzug auf Harry zu. »So! Das ist gleich etwas ganz anderes!«, stellte sie gut gelaunt fest. Ihre Tasche mit der Motorradkleidung hatte sie zuvor einem Kellner zur Verwahrung überantwortet.

»Was bestellen wir jetzt? Haben Sie schon etwas im Auge?« Sie warf einen kurzen Blick auf die Menükarte, die sie allerdings überforderte. »Wissen Sie was? Wir lassen uns beraten. Vielleicht ist der Hannes ja heute da und kann uns etwas Besonderes empfehlen.«

Und tatsächlich: Kurze Zeit später kam Hannes Lechner und begrüßte Walli Winzer freundschaftlich: »Schön, Sie wiederzusehen. Sie waren ja schon länger nicht mehr da?«

»Ja, ich hatte beruflich in Wien zu tun. Aber wie Sie sehen: Jetzt bin ich wieder da!«

»Freut mich! Auch Ihre Mannschaft wird Sie schon vermisst haben. Ab und zu höre ich ja etwas. Aber Ihr neuer Gutsverwalter András Nagy dürfte sich ziemlich gut machen.«

»Das hoffe ich! Ich habe ihm nämlich gesagt, dass ich nur angerufen werden möchte, wenn es etwas wirklich Wichtiges gibt. Und da das bisher nicht der Fall gewesen war, gehe ich davon aus. Unsere nächste Station ist gleich mein Reiterhof ›Sonnblick‹. Doch vorher wollen wir noch eine Ihrer Köstlichkeiten probieren. Was empfehlen Sie uns heute?«

»Mohnkaspresslaibchen mit Kräuterrahmsoße oder Bauernsteak mit Buttergemüse auf Röstkartoffeln. Vorher gibt's eine Nudelsuppe. Als Nachspeise gäb's frische Rauchfangkehrer-Palatschinken.«

»Was ist denn das?«, fragte Walli.

Hannes Lechner lachte wissend: »Palatschinken mit Mohn und Powidl.«

»Klingt gut. Also ich nehme das erste Gericht. Und, Harry, Sie?«

»Gerne das zweite.«

»Und als Aperitif vorher zweimal Prosecco! Ist Ihnen das recht, Harry?«

Harry schnappte ein wenig nach Luft, als müsste er kurz nachdenken, willigte aber ein.

Hannes lächelte, gab den Auftrag zum Aperitif an einen seiner Kellner weiter und machte sich auf den Weg in die Küche.

»Ich freue mich, wieder da zu sein. Harry, ich muss Ihnen ehrlich sagen, ein Jahr als Sabbatical hier zu verbringen, ließ mich trotz Aufregungen wieder zur Ruhe kommen. Ich fühle mich anders. Irgendwie besser. Bewusster. Das Gefühl, zu Hause zu sein, erlebe ich seither nicht nur in Wien, sondern auch in Großlichten.«

Walli Winzer sah augenblicklich ihre Chance gekommen, nach Harry Kains Vorleben zu fragen. Doch eben, als sie zur ersten Frage ansetzen wollte, fiel ihr Blick auf eine Bekannte, die sie kürzlich kennengelernt hatte.

»Das darf nicht wahr sein! Dort sitzt diese Russin!« Sie starrte auf eine wie sie selbst erblondete Frau mit geglättetem Haar. »Olga Karnikoff«, sagte sie mürrisch. »Aber schauen Sie nicht gleich auffällig, Harry!«, beschwor sie ihr Gegenüber.

Der Journalist versuchte, sich langsam und diskret in die besagte Richtung zu drehen, und erkannte in einiger Entfernung die Blondine von der gestrigen Weinprämierung.

»Jaja, nicht übel!«, entgegnete er bewundernd.

»Sind Sie nicht bei Trost? Wollen Sie Ihr Haubenmenü selbst zahlen?«, zischte Walli Winzer entrüstet und, wie sie zugeben musste, unfair.

»Was haben Sie gegen sie? Gab's irgendetwas zwischen Ihnen?«

Walli blickte nochmals muffig zum anderen Tisch und beobachtete, wie sich Olga Karnikoff flirtend ihrem Gegenüber präsentierte. Im selben Moment sprach der Mann, der bisher mit dem Rücken zu ihnen gesessen hatte, ein paar Worte, stand auf, knöpfte sich den Knopf seines Jacketts zu und verabschiedete sich Richtung Toiletten.

»Nein, das darf nicht wahr sein! Bürgermeister Brunner!« Bevor Olga Karnikoff sie entdecken konnte, senkte Walli ihren Blick und griff nach der Stoffserviette, um sie schon vorzeitig auf ihrem Schoß auszubreiten. »Harry! Setzen Sie sich ein wenig nach links, damit ich dieses Oligarchenflittchen nicht begrüßen muss.«

Harry erschrak über ihre Wortwahl. »Was haben Sie mit ihr? Ihr Tonfall ist in der Gesamtheit nicht gerade erbaulich.«

»Verzeihen Sie, Harry. Ich hab's nicht bös gemeint.«

»Warum bringt Sie diese Frau so auf die Palme? Ich versteh's nicht. Ist das immer noch wegen dieses Weichselbaumers? Nein, das kann ich nicht glauben!« Er zögerte. »Sie bekommen doch jeden anderen ab.«

Walli war überrascht, das aus seinem Mund zu hören. Sie fühlte sich in ihrer Kränkung ertappt. Sie fasste sich und legte die Serviette auffällig auf den Tisch zurück. Dabei achtete sie darauf, dass Harry für sie weiter Olga Karnikoff verdeckte.

»Harry, Sie haben recht. Es gibt wirklich anderes im Leben.« Dennoch war Wallis Stimmung beeinträchtigt. Weshalb sie jedoch die Präsenz dieser Frau so traf, konnte sie sich nicht erklären. Aber wenn sie ehrlich war, musste es daran liegen, dass Oberst Weichselbaumer Olga mehr Beachtung geschenkt hatte als ihr selbst.

Was hatte diese ganz offensichtlich nur durch die Schönheitschirurgie perfekt geformte Mitarbeiterin des Oligarchen Dimitri Olschiraska nur an sich, dass sogar Dr. Ludwig Weichselbaumer ihr verfallen zu sein schien?

Walli gab sich selbst die Schuld daran. Immerhin war sie fortgegangen und zur Kellerführung geeilt. Daher hatte sie das Feld für Olga freigemacht, ärgerte sie sich. Wenn man bereit war, so viel Geld und körperlichen Einsatz für eine Rundumerneuerung in gewissen Jahren auf sich zu nehmen – klar doch, dass man Erfolge verbuchen wollte. Und dass der Oberst auf weiblichen Charme nicht gerade abwehrend reagierte, verstand sie ebenfalls.

Bei ihr selbst war alles naturecht. Na gut, ein paar Kilo weniger zu haben, wäre schön. Doch bisher ging's noch. Viele ihrer Verehrer mochten sie so, wie sie war. Weibliche Rundungen eben. Und nicht so ein Knochengerüst wie die dort drüben.

Walli Winzer lugte an Harry Kain vorbei, um die russische Schönheit nochmals genauer zu betrachten. Geht so, dachte sie. Doch aus dieser Episode wollte sie lernen: In Zukunft würde Walli vorsorgen, um immer in bester Erinnerung zu bleiben. Ja, dazu ein paar Kilo abnehmen.

Nur nicht gerade heute!

Jetzt würde sie erst einmal genüsslich ihr Mahl verzehren und beobachten, was Brunner mit dieser Lady ausheckte. »Harry, konnten Sie hören, was die beiden da besprechen?«

Harry Kain machte eine hilflose Geste, die ihr eindeutig zu verstehen gab, dass dies nicht der Fall war.

»Na, ich meine, können Sie sich ein wenig zurücklehnen, damit Sie, wenn Brunner zurückkommt, etwas lauschen *könnten*?«

Harry Kain seufzte, rückte seinen Stuhl zurecht und probierte, sich wippend weiter nach hinten zu lehnen. Eben, als Bürgermeister Brunner wieder seinen Platz einnehmen wollte, holte Harry gerade dazu aus, seinen Bewegungsspielraum auszureizen.

Tusch!

Bürgermeister Josef Brunner heulte auf. Er war eben dabei gewesen, sich seinen Platz zurechtzurücken, als Harry ihm mit voller Wucht eines seiner Stuhlbeine unabsichtlich auf den Fuß stellte. »Ah!!!!«, brüllte er los, dass sich alle im randvollen Edellokal nach ihm umdrehten.

Harry reagierte bestürzt. »Verzeihen Sie! Ich hatte Sie nicht kommen sehen!«, haspelte er. Walli warf er dabei einen ziemlich harschen Blick zu.

Bürgermeister Brunner machte gute Miene zum bösen Spiel, verzog vor Schmerzen das Gesicht und stellte sein angeschlagenes Bein sanft auf der Ferse ab.

Als er sich ein wenig zur Seite bewegte, fiel sein Blick auf Walli Winzer. Sein Gesichtsausdruck ließ keinen Zweifel daran, dass er sie für dieses Hoppala verantwortlich machte. Was ja irgendwie stimmte. Aber eben nicht so!

Sich auf einem Bein abstützend setzte er sich langsam.

Währenddessen erkannte Olga Walli und winkte ihr auffällig zu. »Hallo! Schön, Sie zu sehen!«, rief sie. Walli wäre in diesem Augenblick am liebsten im Erdboden verschwunden.

Obwohl Brunner sich von Harry abwenden wollte, verwickelte ihn dieser in ein Gespräch. Er zog dazu den Stuhl vom Nachbartisch nahe an Brunner heran und setzte sich. So konnte ihm dieser nicht aus. Was sollte er angestrengt ein Gespräch belauschen, wenn er mit gelernter Technik selbst Brunner einiges entlocken konnte, reimte Walli sich ihre Beobachtung zusammen.

Jetzt stand auch Olga Karnikoff auf und kam auf Walli Winzer zu. »Wollen Sie sich nicht zu uns setzen?«

In diesem Moment kam Hannes mit der Suppe und nahm Walli die Entscheidung ab. »Geh, Karl, nimm die beiden Gedecke und leg sie da rüber!«, orderte er einen seiner Praktikanten mit einer Kopfbewegung. Dieser trug tollpatschig die Teller samt Besteck einen Tisch weiter.

Walli blieb daher nichts anderes übrig, als Olga an den Tisch zu folgen und sich vor den vollen Suppenteller zu setzen. Der Gesprächsmodus hatte sich auch zwischen Harry Kain und Brunner entspannt. Als Harry das kulinarische Aufgebot bemerkte, stellte er den beigezogenen Stuhl zurück und setzte sich Walli gegenüber. Triumphierend fing er ihren Blick ab, den sie fragend quittierte. Offenbar konnte er etwas Relevantes erfahren. Harry schien sich in der neuen Konstellation wohlzufühlen und unterstrich dies mit leicht gekniffenen Augen und einem sanften Lächeln.

Gute Miene zum bösen Spiel machend, erzählte Walli einige Schnurren aus ihrem bewegten Leben in der PR-Branche, was für gelöste Stimmung beim Mittagessen sorgte. Auch Olga Karnikoff hatte einiges zum Schmunzeln auf Lager, ihre ersten Erlebnisse im Westen nach dem Zerfall der Sowjetunion zum Beispiel.

Was durch professionell eingesetzte Kommunikationstools alles so gelang, dachte Walli Winzer zwischendurch. Immerhin saßen Menschen, die man sich gegensätzlicher nicht vorstellen konnte, nun durchaus amüsiert beisammen.

10. KAPITEL

Inzwischen war es früher Nachmittag geworden. Eigentlich hatte Walli Winzer noch einiges vor, weshalb sie sich nicht zu lange auf dem Reiterhof aufhalten durfte, mahnte sie sich bereits vorab. Sie hatte das Mittagessen ehestmöglich verlassen, um im Sinne des Zeitmanagements noch mehr unterzubringen. Dafür hatte sie sogar auf die verlockenden Zwetschkenknödel im Mohnmantel verzichtet, die sie sich gegönnt hätte. Eine Sünde!, wie sie meinte. Doch es war nicht aller Tage Abend. Beim nächsten Mal würde sie sich diesen Waldviertler Gourmettraum mit Sicherheit nicht entgehen lassen. Schon gar nicht von Hannes persönlich zubereitet!

Wie gut, dass er sich, noch bevor sie selbst das Gestüt übernommen hatte, in den vorderen Bereich des großen Areals eingemietet hatte. Selbstverständlich verlängerte sie seinen Mietvertrag als neue Besitzerin. Immerhin stellte sich das für beide als echte Win-win-Situation heraus: Viele Gäste kamen, um im exklusiven Reiterhof ihrer Pferdeleidenschaft zu frönen. Andere wiederum hielten mehr auf regionale Spezialitäten, zubereitet in einem ausgewiesenen Spitzenlokal.

Die Preise waren moderat. Auch beim Geschäftsmodell verfolgten Walli und Hannes das gleiche Ziel: Jede und jeder sollte es sich leisten können. Bei Hannes vielleicht nicht jeden Tag, aber doch zwischendurch, ohne groß darüber nachdenken zu müssen. Und Walli sorgte mit der Förderung des Reitsports, vor allem bei Jugendlichen, für einen vollen Reiterhof. Er entpuppte sich mit Pferdezucht, -training und -einstellung mehr und mehr als Erfolgsbringer.

Walli hatte den Hof gekauft und an seiner Stelle den Bau eines riesigen Wellnesstempels durch einen windigen Immobilienhai verhindert. Bürgermeister Brunner war bereits damals in dubiose Geschäfte verstrickt gewesen. Doch nachweisen konnte man ihm nichts. Er ging in solchen Dingen wirklich sehr geschickt vor. Das hätte sie ihm gar nicht zugetraut. Zumindest schien Brunner gute Berater zu haben, die ihn vor Unannehmlichkeiten beschützten. Auch jetzt geisterte wieder sein Name im Zusammenhang mit diesem Pharmakonzern herum. Überall hatte er seine Finger im Spiel, ärgerte Walli sich.

»Hallo, Frau Winzer!«

Eben als Walli nachdenklich aus dem Restaurant in den Reiterhof gelangte, trabte eine elegante Frau hoch zu Ross an ihr vorbei. Walli Winzer erwiderte den Gruß beiläufig und erinnerte sich daran, dass sie nach längerer Zeit in Wien erstmals wieder hier war. Ihr Gutsverwalter, András Nagy, hatte sie zwar stets auf dem Laufenden gehalten, aber es war doch etwas anderes, sich selbst von allem zu überzeugen.

Die Stimmung am Hof war wie immer gut. Jugendliche und Erwachsene standen in harmonischer Eintracht nebeneinander und striegelten ihre Pferde. Walli verwunderte es stets aufs Neue, dass, ging es um Pferde, alle Altersschranken fielen. Pferdefreundinnen und -freunde schienen offenbar eine alterslose Gesellschaft zu sein.

Wie schön!, dachte sie.

Genau das, was Walli sich für sich selbst wünschte: forever young! Gut, bei ihr war es nicht nur die Imagination eines Lebensgefühls, hoffte sie, sondern es sollten sich auch die astronomischen Ausgaben, die sie seit Jahren in diversen Kosmetikinstituten hinterließ, bemerkbar machen. Von Schönheitsoperationen hielt sie hingegen nichts. Sie war mit sich zufrieden, auch ohne radikale Eingriffe. Okay, an der Polsterung der weniger geeigneten Stellen musste sie noch arbeiten!

Eine OP blieb immer eine OP, mit oder ohne örtliche Betäubung oder Vollnarkose. Gut, manche pochten darauf und brauchten das für ihr Ego. Offenbar ging damit gleich eine mentale Operation einher. Merkbar schöner waren die Leute danach auch nicht, lästerte Walli insgeheim. Aber wenn sie dadurch ihr Selbst besser akzeptieren konnten – bitte! Sie war die Letzte, die ihnen davon abriet. Doch vielleicht wäre in solchen Fällen der Ausflug zu einem Psychiater ratsamer? Böse, böse Walli!, mahnte sie sich schmunzelnd und blickte sich suchend nach einem bekannten Gesicht um.

Dabei zupfte sie auffällig an ihrem Hosenanzug herum, um ihn nach dem Sitzen beim Mittagessen wieder in die vorgesehene Passform zu bringen.

Ein Reiter, der eben die Hufe seines Pferdes mit einem Eisenhaken reinigte, drehte sich vom Knirschen des Kieses beirrt nach ihr um.

Er grinste.

Walli hörte sofort mit ihren komischen Verrenkungen auf, lächelte ertappt und legte daraufhin an Tempo zu, um weiteren Peinlichkeiten zu entkommen. Der Sitz ihrer Kleidung fühlte sich inzwischen annehmbar an.

Der Typ hatte sie tatsächlich angelächelt, amüsierte es sie. Nicht, dass es weiter etwas zu bedeuten hätte. Doch ihrem Ego tat es gut.

So! Und wo war jetzt Lisa?

Lena hatte Walli eben, als sie aus dem Restaurant getreten war, am Telefon erklärt, dass die Tochter am Reiterhof war. Sie übte für ein Turnier im Springreiten. Walli hatte sie und andere dazu ermutigt. Egal, ob sie später professionelle Meisterschaften springen würden oder nicht. Es sollte Jugendlichen in erster Linie Freude bereiten und sie auf ein Ziel hinarbeiten lassen, mit dem schönen Nebeneffekt, dass die Reitlehrerinnen genügend zu tun hatten, ihr Hof mit Einstellern voll besetzt war und die Startgebühren und Einnahmen hereinsprudelten. Bisher ging Wallis Geschäftsmodell voll auf.

Nicht zuletzt verdankte sie es auch dem Charme und dem Einsatz ihres neuen Stallmeisters. Ah! Walli hörte in den seitlichen Ställen eine männliche Stimme. Vielleicht war er das, überlegte sie und bog in den langen Gang ein. Links und rechts befanden sich aneinandergereihte Boxen. Die meisten waren allerdings leer. Die Pferde standen offenbar draußen auf der Koppel, oder ihre Halter und Halterinnen waren mit ihnen unterwegs.

Nur wenige Meter vom Eingang entfernt, führte eben ein junger Mann seinen braunen Fuchs aus der Box, konnte aber nur schwer an den beiden im Gang stehenden Pferden vorbei. Er war stehen geblieben, hielt sein Pferd am Zaum und pöbelte Lisa und Sandra an. »Typisch Frauen! Ohne logisches Denken! Stehen da mitten im Weg herum, wo niemand vorbeikommt! Und da wollt ihr uns im Berufsleben Jobs streitig machen. Darüber kann man ja nur lachen!«

Walli Winzer traute ihren Ohren nicht. Sie blieb stehen, um sich dieses Schauspiel noch eine Weile ungestört zu geben.

»Was redest denn da für einen Blödsinn!«, wehrte sich Lisa. »Wir stehen immer da, wenn wir unsere Pferde striegeln. Außerdem verschönern wir sie gerade, falls du das nicht siehst!«

»Zöpfchen flechten! Die armen Tiere! So seid ihr eben. Nicht fürs echte Leben draußen gemacht. Bleibt also lieber zu Hause, flechtet Zöpfchen, schaukelt unsere Kinder und steht uns sonst nicht unnötig im Weg herum.«

»Sag, was hat der?«, richtete Lisa sich jetzt an Sandra, die bisher kein Wort gesagt hatte.

»Verzieh dich!«, polterte diese lautstark in seine Richtung.

Walli war der Vehemenz wegen überrascht.

Der etwa 20-Jährige blieb davon unbeeindruckt und lachte nur hämisch.

»Na, lach nur! Brauchst dich gar nicht über mich lustig zu machen, weil nämlich du die eigentliche Witzfigur bist. Mario, was ist eigentlich aus dir geworden, seitdem du bei dieser dubiosen Weinbruderschaft bist? Ein richtig verdorbener Typ! Dabei bin ich noch vor ein paar Jahren echt gerne mit dir ausgeritten. Aber jetzt kannst du mich mal, du Trottel! Lass uns in Ruh und zieh endlich ab!«

Mario Steinrieder riss am Halfter seines Pferdes, das sich ob der Vehemenz erschreckte und deshalb abrupt den Kopf hob.

»Siehst du, was ich meine: kein Gefühl mehr für deine Umgebung! Das ist dir verloren gegangen!«, setzte Sandra nach.

»Das glaub ich nicht. Die Welt hat sich verändert, nicht ich. Und ihr werdet euch noch wundern!«, begleitete er zynisch grinsend seinen letzten Satz.

Walli reichte es, und sie machte sich bemerkbar: »Hallo, Girls!« Sie ignorierte Mario und wandte sich ausschließlich den jungen Frauen zu.

Mario interessierte die für ihn alte Schachtel offensichtlich genauso wenig, und er machte sich ohne Gruß auf den Weg hinaus.

»Na, wer war denn das?« Walli Winzer runzelte die Stirn über das Schauspiel, das sich ihr eben geboten hatte.

»Das war der Mario Steinrieder, der Sohn vom Robert.«

»Aha? Und wieso ist der so drauf?«

»Du, der ist seit zwei Jahren so, seit er im Dunstkreis der Weinbrüder verkehrt. Seitdem gilt für ihn nur noch, was dort besprochen wird.«

»Und wie man sieht, lernt er dort keine Manieren …«, setzte Walli nach.

»Da gibt's keine Frauen, anscheinend nur Rüpel. Wenn ich daran denke, dass der Mario und ich als Kinder lustig miteinander gespielt haben … Und jetzt ist er so ein Arsch geworden, das kann ich fast nicht glauben.« Lisa schüttelte teils konsterniert, teils amüsiert ihren Kopf.

»Du, solange sich nicht jeder so aufführt wie er, ist mir das egal«, ergänzte Sandra.

»Na ja, Sandra, in den letzten fünf Jahren habe ich schon bemerkt, dass sich einiges im Vergleich zu früher verändert hat.«

»Was meinst du?«

»Denk an unser letztes Clubbing in Gföhl. Da hat ein

Männerpärchen miteinander getanzt. Kannst du dich nicht mehr daran erinnern, wie der Mario und einige Freunde die rüpelhaft angegangen sind?«

»Richtig. Das hatte ich vergessen. Und sie haben wirklich die Tanzfläche verlassen und sind wieder an ihren Tisch zurück. Gegen mich hat er wohl auch was, wenn ich daran denke, wie er mir im Studium Steine in den Weg legen wollte … Erst ist er im Studentenheim in Wien irgendwie an meinen Laptop gekommen und hinterher merkte ich, dass er meine Seminararbeit einfach gelöscht hat. Natürlich hab ich dann den Abgabetermin nicht geschafft. Deshalb bin ich jetzt ein Semester im Rückstand! Ich kann nämlich nur mit dem Zeugnis aus diesem Seminar in den nächsten Studienabschnitt aufsteigen. Gibt es so was? So ein Scheißer!«

»Hallohallo!«, rügte Lisa ihre beste Freundin nicht wirklich ernst gemeint. »Ja, aber so kann man sich verändern, wenn man in falsche Gesellschaft gerät.«

Walli seufzte. »Es gibt tatsächlich Männer, die sich durch derart rüpelhaftes Verhalten männlich fühlen. Und Frauen, die das auch noch anzieht …« Walli wechselte das Thema: »Lisa, deine Mutter hat mir gesagt, dass für dich bald ein Turnier ansteht. Wie geht's mit dem Training voran?«

Plötzlich fingen die Augen der beiden zu strahlen an. »Wir kommen eben davon. Der András trainiert uns persönlich. Er glaubt an uns. Der Ilia macht dann weiter.«

»Ach, der gute Ilia Bucur! Der kennt sich ja wirklich gut mit Pferden und Turnieren aus.«

»Walli, was der seinerzeit mit dem Hubsi Steininger erlebt und wie du ihm geholfen hast, das erzählt er gerne, wenn er was getrunken hat. Kam offenbar nicht oft vor, dass jemand wie du zu ihm gehalten hat!« Lisa lächelte Walli an.

Was Walli Winzer nicht ausstehen konnte, war, wenn sich jemand bei ihr bedankte. Na ja, sonst schon! Aber nicht für etwas, was sie als selbstverständlich betrachtete. Oft war sie zwar nicht die feine Dame, für die man sie fälschlicherweise hielt. Gottlob! Das wollte sie noch nie sein! Nur wegen so ein paar Kröten im Portemonnaie und weil sie sich gerne attraktiv kleidete? Nein! Sie war authentisch und wollte das zum Leidwesen mancher auch bleiben: geradeheraus und gerecht! Ob jemand damit zurechtkam oder nicht, war ihr völlig wurscht.

Ihre Bekanntheit in der Seitenblicke-Gesellschaft und ihr PR-Talent waren gefragt. Da musste man eben auch ihre Spleens in Kauf nehmen. Und sie war überzeugt: Bisher hatte sie noch niemanden die Existenz gekostet.

Dass Lena sie manchmal als echtes Unikum bezeichnete, empfand sie schlichtweg als Auszeichnung. Immerhin war sie ja nicht wie die Freundin Lehrerin, die immer und überall Vorbild zu sein hatte. Zumindest glaubten viele das. Wenn sie sich offener und weniger verkrampft verhielten, wie Walli es war, würden sie vielerorts bessere Akzeptanz bei ihren Schülern finden, war sie überzeugt.

Aber was dachte Walli da schon wieder? Was ging sie das eigentlich an? Sie selbst hatte keine Kinder. Und Lena und Hans sind ihre Kinder Lisa und Lukas hervorragend gelungen. Zugegeben, auch nicht immer konfliktfrei.

Walli erinnerte sich erneut, weshalb sie hierhergekommen war: »Das heißt, András ist hinten im Viereck?«

»Ja, er gibt, glaube ich, gleich eine Reitstunde am Sandplatz. Deshalb durften wir nicht mehr mit ihm weitermachen.«

»Irgendeine will *nur mit ihm* reiten lernen«, ergänzte Sandra ihn nachäffend. »Aber wenn du dich beeilst, erwischst du ihn vielleicht noch – *ohne* sie!«

»Alles klar! Viel Spaß bei der Verschönerung eurer Lieblinge! Vielleicht sehen wir uns später noch.«

»Griaß di!«

»Griaß eich!« Walli war noch nicht aus dem Stall hinausgetreten, hörte sie bereits das Lachen und Kichern der jungen Frauen. Wunderbar, dass man in der Jugend manches so schnell an sich abgleiten lassen und zur Tagesordnung zurückkehren konnte.

Ihre Gedanken hingen hingegen noch immer beim Polizeioberst. Dabei hatte er sie nicht einmal bewusst gekränkt, vergegenwärtigte sie sich. Es war nur der Anblick dieser Olga und der jungen Frau von Florian gewesen, die sie in schlechte Stimmung versetzt hatten.

Was war plötzlich los mit ihr? Früher hatte sie so etwas nie gestört? Warum ging ihr diese Schmach nicht aus dem Kopf? Noch dazu eine eingebildete!

Dann war da noch Florian. Was bei dem zurzeit abging, konnte sie sowieso nicht ganz nachvollziehen. Seine Frau war vor Jahren gestorben. Traurig, aber lange her. Inzwischen hatte er mit Walli einen Quickie hingelegt, sah toll aus und war offensichtlich sonst auch kein Kind von Traurigkeit. Trotzdem hatte er seither keine drei Wörter mit ihr gewechselt. Florian – du gärtnerisches Rätsel! Oder eben einfach nur: Männer, wie sie eben waren!

Walli überquerte den Hof, machte sich auf zum hinteren, durch ein großes Tor abgetrennten Bereich des Gestüts, kam an Koppeln vorbei und ging weiter in Richtung der Übungsplätze.

Nein, bitte nicht! Das durfte nicht wahr sein!

Sie stellte sich hinter einen Himbeerstrauch, von denen viele die Koppeleinfassungen säumten.

András mit Olga Karnikoff. Sie stand in Reiterkluft neben ihm und hatte ihn offenbar in ein heiteres Gespräch verwickelt. Lachend veränderte sie ihre Position und deutete an, gleich gehen zu wollen. »Warten Sie. Das haben wir gleich! Ich hol noch schnell meinen Helm.«

»Ich muss leider darauf bestehen. Sie reiten heute erstes Mal mit Billy. Da weiß man noch nicht, wie er reagiert auf Sie. Obwohl er ist unser ideales Übungspferd und geduldig. Also, brauchen Sie nicht fürchten sich vor ihm!«

»Ach, das tue ich mit Sicherheit nicht. Als Kind habe ich einige Male auf einem Pferd gesessen. Aber das ist lange her. Vieles habe ich daher vergessen. Ein bisschen Auffrischen schadet nie.«

András lächelte und nickte bestätigend. »Ilia bringt ihn gleich zu uns.«

»Dann bin ich auch zurück. Ah, Frau Winzer! So schnell sieht man sich wieder! Schauen Sie uns ein wenig zu?« Olga Karnikoff blieb kurz stehen, bevor sie ihren Weg, ohne die Antwort abzuwarten, fortsetzte.

»Schau ma mal«, rief ihr Walli Winzer kryptisch hinterher. Eine Antwort, die sie gerne verwendete, wenn sie sich alles offenlassen wollte.

»András! Sie wollten mich sprechen!«

»Hallo! Ja, wegen Fahrt nach Sopron. Sie wollen mitkommen. Ja? Wissen, wegen neuen Deckhengst, den wir ankaufen wollen.«

»Klar. Natürlich bin ich dabei.«

»Wobei?« Harry Kain kam näher.

»Sopron. Ich habe Ihnen davon erzählt. Sie kommen doch mit?«

»Klaro. Meinem Magazin habe ich die Story bereits angeboten. Sie wollen etwas über die Weinregion dort bringen.«

»Bestens! András, wann soll's so weit sein?«

»Wie wär's in den nächsten Tagen?«

»Abgemacht! Auch für Sie, Harry?«

Harry Kain dachte nach und bestätigte mit einem kurzen Nicken.

Walli Winzer wirkte zufrieden – wenn sich nur alles im Leben so leicht arrangieren ließe!

11. KAPITEL

»Das ist super, Harry, dass Sie mit mir den Umweg machen. Mein kleiner Abstecher liegt ja auf dem Weg zu Ihnen!«

Walli Winzer wandte ihren Kopf wieder in Fahrtrichtung der Straße. Harry Kain und sie fuhren lässig auf der Harley-Davidson zum Bauernhof von Mizzi Troger. Walli glitt extra langsam die Ortsstraße von Großlichten entlang, um die sanft hügelige Landschaft unweit der Kleinstadt Gföhl mit ihren frisch abgeernteten Feldern und den noch sattgrünen Wäldern zu genießen.

»Immerhin ersparen Sie mir zwei Kilometer Fußmarsch zu meiner alten Mühle. Der Ferdi, mein Nachbar, hat mich vorher zur Lena mitgenommen.«

»Na, das passt ja!«, gurrte Walli entspannt über das sanfte Schnurren des Harley-Motors hinweg.

Am Ortsende bogen sie in eine Seitenstraße ein und blieben vor dem Bauernhof stehen. Denn in den Hof hinein wollte Walli Winzer nicht fahren, um die Tiere nicht unnötig durch das Motorgeräusch zu erschrecken.

»Ein toller alter Kasten ist das! Und super hergerichtet!«, musterte Harry den Bauernhof, nachdem er abgestiegen war.

»Der ist jahrhundertealt. Mizzi hat mir damals auch für mein Altes Schulhaus den passenden Architekten und

Baumeister empfohlen. Sie hat ein Händchen dafür. Ist wirklich gelungen, nicht?«

»Klar doch!«, bestätigte Harry bewundernd.

Nachdem sie das Motorrad fachgerecht abgestellt und die Helme abgenommen hatten, gingen sie durch das offen stehende große Hoftor, einfach den Stimmen in den seitlich gelegenen Schuppen nach.

»Griaß eich!«, hatte sich Walli mittlerweile den waldviertlerischen Gruß angeeignet.

»Jo, des gibt's doch net!«, freute sich Mizzi Troger, als sie den unerwarteten Besuch entdeckte. »Geht's da wieder guat, Walli?« Sie stand mit einigen Erntehelfern und ihrem Alfred neben einem riesigen Traktor, dessen Anhänger mit Erdäpfelsteigen beladen werden sollte.

»Bei mir geht's heut' wieder. Stör ma euch?«

»Wir seien grad beim Aufladen von di Erdäpfel. Aber des mochen di' Männer ohne mi', gelt, Fredi?«

»Jo, so san's, die Frauen!« Alfred Troger lachte und gab den Überraschungsgästen noch schnell die Hand.

»Du, Mizzi, ich komm wegen der Katze. Du hast sie ja gestern mitgenommen, hat die Lena gesagt.«

»Jo, die Arme! Der grausige Hund hat ihr beim Aufprall nicht nur die Hüfte ausgrenkt, sondern sie dann a no' in den Rücken bissen. Sie kann sich kaum rühren.«

»Weiß ma schon, wer der Besitzer von dem Hund ist?«

»Jo, Wanderer. Die loss'n die Viehcha einfach so rennen, ohne dass sie gscheit abgerichtet sind. Die folgen dann eben net, wenn ma sie ruft. Und so gehn's auf unsere Weiden a unsere Kühe an. Und dann sind's verwundert, wenn sich eine wehrt und aggressiv wird. Wie viel hat die vorher schon erlebt, dass so a friedliches Tier des mocht?«

»Ja, man propagiert zwar das Radfahren und Spazierengehen, was richtig ist. Aber zu allem braucht man eben auch Hirn! Und das fehlt offenbar bei manchen«, polterte Walli erbost.

»Walli, was du immer sogst!«, lachte Mizzi auf dem Weg in die Stuben.

»Woits an Kaffee?«

Walli Winzer schaute zu Harry, der nickte. »Ja, gerne.«

»Stark oder weniger stark?«

»Da es heute schon mein zweiter ist, bitte weniger stark für mich«, deponierte Harry seinen Wunsch.

»Für mich einen starken – den brauch ich jetzt!«

Walli schaute sich um, konnte aber kein Katzenkörbchen entdecken.

Mizzi bemerkte ihren suchenden Blick: »Na, die is' net do. I hob's in die Kammer gsperrt, damit sie sich net viel bewegt.«

Mizzi Troger ging mit beiden zu einer Tür neben der Küche, hinein in ein kleines Zimmer. Verschreckt zog sich gleich die schwarz-weiß gefleckte Katze in ein Körbchen zurück und duckte ängstlich ihr Köpfchen.

»Hallo, du kleine Lebensretterin!«, säuselte Walli Winzer und versuchte, sich vorsichtig an das Häufchen Elend heranzuschleichen. Argwöhnisch wich die Katze aus.

»Na, da sind vorher noch vertrauensbildende Maßnahmen notwendig«, amüsierte sich Harry und setzte sich provokant auf eine nahe Sitzmöglichkeit, um das Schauspiel zu beobachten.

»Ach, halten Sie doch lieber Ihren Mund, Harry! Wenn nichts Konstruktives dabei herauskommt!«

Mizzi Troger brachte Harry seinen Kaffee, blickte mit

großen Augen zu Walli und ging dann in die Stube zurück. Sie warf die nächste Kapsel in die Kaffeemaschine, deren Surren gleich darauf zu hören war.

Harrys Kaffee duftete.

Walli kniete nieder und robbte langsam an die Furchtsame heran. Die blieb jetzt ruhig. Das Näherkommen auf diese Weise schien dem Bedürfnis der Katze mehr zu entsprechen. Sie hob interessiert ihr Köpfchen und streckte es Walli sogar ein kurzes Stück entgegen. »Ach, ist die süß!« Sie ließ sie an ihrer Hand riechen und versuchte langsam, die kleine Katzenbacke mit dem Zeigefinger zu streicheln. Sowohl Walli als auch das Kätzchen blieben höchst angespannt.

Walli wollte nicht gleich übertreiben und zog die Hand ohne Hektik zurück. Sie erhob sich und setzte sich zurück auf ihre Unterschenkel.

»So, Harry, da schauen Sie, was?«

»Die erste Hürde hätten Sie genommen.« Ungeduldig rutschte er auf seinem Stuhl hin und her.

»So! Na, wie ist's?« Mizzi kam mit dem zweiten Kaffee herein.

»Wird langsam.« Walli Winzer griff danach. Alle drei hielten jetzt eine Tasse samt Untersatz in der Hand.

Mizzi hatte sich inzwischen zu Harry an einen kleinen Tisch nahe am Fenster gesetzt. »Sieht jo wirklich mitgnommen aus: der Verband um den Bauch, die Fasche um die Hüfte und diese Halskrause, damit ois oben bleibt und sie nix mit die Zähnt runterzieht.«

»Irgendwie sieht's fast lustig aus. Wie die Babys im 19. Jahrhundert in ihren Kinderwägen mit Bändchen-Sonnenhut.«

»Wie kommen Sie jetzt darauf, Harry?«

»Ja, fällt mir gerade so ein. Bei dem Kult, den sie um die Katze machen.«

Walli Winzer sah erstaunt hoch, verkniff sich aber jegliche Bemerkung. Harry war eben Harry und würde sich wohl nicht mehr ändern.

Walli fiel ein, dass sie ja noch aus einem anderen Grund hier war, schließlich galt es, einen Mordfall zu lösen! Und gerade bot sich eine günstige Gelegenheit, die Obfrau des Dorferneuerungsvereins von Großlichten über die Menschen in Plankenstein auszufragen. Immerhin tauschten sich Interessierte manchmal über die Dorfgrenzen hinweg aus. Das war zwar im Waldviertel nicht sehr üblich, doch die Mizzi schätzte sie als ziemlich umtriebig ein.

Walli Winzer musste nicht lange diplomatisch ausholen, abgesehen davon, dass das sowieso nicht ihr Ding gewesen wäre. Mizzi sprudelte gleich beim ersten verbalen Antupfen munter darauf los. »Also, die Steinrieders san a alteingesessene Weinhauerfamilie im Kamptal. Den Großteil der Güter hot die Renate mit in d' Ehe 'bracht. Der Alois entstammt an kloan Anwesen, hat oba was wirklich Erfolgreiches daraus gmocht, das regionale und bald internationale Bedeutung hat. Viele sagen, dass er auch a Einflüsterer vom Landwirtschaftsminister is' und woa. Zumindest hot er si' große Verdienste und Funktionärserfahrung bei der Abwicklung des für Österreich so schrecklichen Glykolskandals g'holt.«

»Oh Gott, richtig! Das war ja ein harter Schlag für die Weinwirtschaft. Das hat lange gedauert, bis sich der österreichische Weinexport von diesem Imageverlust erholt hat. Dabei hatte man damals sofort Maßnahmen ergriffen, damit so etwas nicht wieder passieren kann. Aber der Imageschaden hielt lange an«, erinnerte sich Harry

Kain. »Ich war damals noch ein kleiner Zeitungsredakteur und habe das als einen der ersten großen Fälle mitrecherchiert!«

»Das wusste ich gar nicht. Möglicherweise kann uns das bei unseren Ermittlungen weiterhelfen«, freute sich Walli Winzer. Wenigstens ein kleiner Fortschritt.

»Also, auf jeden Fall hat si' der Steinrieder fest ins Zeug für den Kamptal-Wein g'legt. Der ist heut' a Spitzenprodukt und erzielt die höchsten Preise. Des is' a eam zu verdanken. Die besten Kontakte hat er von damals her no' nach Russland.«

»Das war ja noch in der Zeit vom Eisernen Vorhang«, rechnete Walli jahresmäßig zurück.

»Ja, der Steinrieder is' a charmanter Mann gwest und sehr trinkfest. A Vorteil! Des braucht man heut no', will ma' mit die Russen erfolgreich Geschäfte ausverhandeln!« Mizzi Troger grinste. »Dafür is' net jeder geeignet. Aber der Alois Steinrieder als echter Waldviertler konnt' des und wollt vor allem seine Exporte nach Russland ausbauen.«

»Einige Industrieunternehmen gehen bereits auf russische Kooperationen zurück. Wollte Steinrieder da mitziehen?«

»Möglich wäre das schon, Harry.« Walli Winzer erhob sich langsam aus ihrer sitzenden Position, die für sie auf Dauer doch etwas unbequem geworden war, und setzte sich neben die anderen an den kleinen, alten Holztisch beim Fenster. Die Katze hatte inzwischen ihren Kopf wieder entspannt auf den Boden gelegt und öffnete nur ein Auge, um sich kurz einen Überblick über die momentane Lage zu verschaffen. Da sich alles im grünen Bereich befand, schloss sie es wieder. Schon bald war ein gleichmäßiges Schnaufen zu hören, was davon zeugte, dass sie eingeschlafen war.

»Und die Familie? Wie war das Verhältnis zu seiner Frau?«

»Wie des hoit noch die vielen Ehejahr so woa. A paar Frauengeschichten hat's immer geben. Ob die Renate des mitbekommen hat, weiß i net. Zumindest woan's bis zuletzt beisammen.«

»Und die Söhne?«, hakte Walli nach.

»Also, der Robert, der war für ihn ois. Er hat viel von ihm g'hoitn. Er sollt a boid des Weingut übernehmen. Jetzt is' er jo nur der Logistik- und Marketingchef. Geschäftsführer woa der Alois.«

»Und welche Rolle spielt seine Ehefrau in der Familie?«

»Die Sabine vom Robert? Die führen a guate Ehe. Die Sabine ist zwar a bissl spröde Frau, aber sie hat den Mario aus der kurzen ersten Ehe vom Robert wie ihren eigenen Sohn g'hoiten. Aber natürlich is' ihre Tochter Lana der Liebling.«

»Wie alt ist sie?«

»Na, ein bissl jünger ois mei Sandra. Sie kommt a manchmal auf 'n Reiterhof. Deshalb waß i des.«

»Da gibt's aber noch einen Sohn vom alten Steinrieder, habe ich beim Weinfest mitbekommen. Wie ist der?«

»Ah, den Franz meinst!« Mizzi hörte kurz zu sprechen auf, als müsste sie erst nach geeigneten Worten suchen. »Ja, der is' a wenig a fahriger Typ. Auch a fescher Bursche wie der Robert, aber halt a bissl unstet, wenn ma' so sagen will.«

»Was meinst denn damit?«, fragte Walli weiter.

»Ja, wie's halt so is': Er is' der Zweite hinterm Robert.

Und der woar scho' in der Schule besser und der Liebling vom Alois.«

Walli Winzer griff nach ihrer Kaffeetasse. »Was du alles weißt, Mizzi!« Sie nahm einen kleinen Schluck und schüttelte anerkennend den Kopf. »Sag, und was macht er beruflich?«

»Der Franz is' Koch. A sehr guter sogar.«

»Und wo?«

»Auf an Schiff. Er woar einige Jahre weg.«

»Warum?«

»Heast, Walli, was du ois wissen willst. Frag ihn do selbst. Ois waß i a net. Irgend a Frauengeschicht, glaub i.«

»Ja ja, es ist eh schon genug. Du hast uns viel geholfen!«

Mizzi Troger griff zu einem Wasserglas und nahm mehrere Schlucke hintereinander.

Harry nützte Wallis Sprechpause, um Mizzi Troger zur Auswahl der geeigneten Farbe für die Renovierung einer historischen Holztür zu befragen. Er hatte vor, einigem in seiner Alten Mühle einen neuen Anstrich zu geben. Mizzi schien daraufhin in ihrem Element und erwies sich als wahre Expertin des Sortiments der Farbenindustrie, wie Walli feststellte.

Während beide ins Gespräch vertieft waren, fiel ihr Blick erneut auf die schlafende Katze. Mit ihren vielen Verbänden sah sie wirklich mitleiderregend aus. Wie mutig sie sich gestern in die Schlacht mit dem Pitbull geworfen hatte. Alle Achtung, du kleine Maus! Ui, das war für eine Katze vielleicht nicht wirklich das geeignete Kosewort, mahnte sich Walli schmunzelnd. Aber sie sah einfach niedlich aus.

Da Mizzi Troger morgen mit ihrer Familie wegfahren würde, war es für Walli Winzer klar, die kleine Rekonvaleszentin mitzunehmen und weiter zu versorgen. Obwohl sie keine Ahnung hatte, was sie mit ihr eigentlich anstellen sollte. Das müsste ihr Mizzi schließlich noch erklären.

Wichtig war, dass sie sich jetzt gesundschlief. Alles Weitere würde sich finden.

12. KAPITEL

Walli hatte alle Hände voll zu tun. Nachdem sie trotz Jonglierens nicht an die Seitentasche ihres Blazers herangekommen war, stellte sie sowohl ihre große Handtasche als auch eine Einkaufstasche auf den Boden. Dabei versuchte sie, die Katzenbox in der anderen Hand möglichst ruhig zu halten, damit sich die verletzte Katze nicht noch mehr fürchtete. Sie lag auf einem alten Handtuch, das Mizzi Troger in der Box ausgebreitet hatte, und rührte sich nicht. Das Köpfchen hatte sie leicht erhoben, um zumindest einiges in ihrer Umgebung sehen zu können. Ihr Blick war ängstlich.

»Na, du Kleine? Keine Angst. Nichts wird dir hier passieren.« Wallis Worte schienen das Kätzchen allerdings wenig zu beruhigen.

Endlich fand sie den Hausschlüssel und steckte ihn ins Schloss. Sie öffnete die alte Eichentür, hob ihren Einkauf fürs Abendessen hoch und legte die Tasche vorerst im Vorzimmer ab.

Vorsichtig ging sie mit der Box in den Wohnbereich.

Aus Filous Anfangszeit besaß sie noch ein wattiertes, zeltartiges Katzenhaus, das sie in einer wenig frequentierten Ecke des Raums aufgestellt hatte. Es hatte sich als beliebter Rückzugsort für den damals noch kleinen Kater bewährt. Walli hatte es aufgehoben und bereits aufgestellt, bevor sie weggefahren war.

Langsam stellte sie die Katzenbox ab und öffnete das vordere Gitter.

Sie berührte die Katze nicht. Jetzt ein paar Schrammen von so einem nervösen Ding abzubekommen, war das Letzte, was sie sich wünschte. Filou hatte ihr beigebracht, Rücksicht zu nehmen. Diese Spielregel bei Katzen nicht einzuhalten, konnte fatale Folgen haben. Schrammen an Händen und Armen blieben einprägsame Mahnmale.

Walli kniete seitlich der geöffneten Box und wartete. Doch die Katze verharrte in ihrer Position.

»Na, du musst ja nicht herauskommen. Kann auch gemütlich sein, in so einer stickigen, engen Plastikbox«, lästerte Walli, wissend, dass sie keine Antwort erhalten würde.

Die Katze regte sich nicht.

»Okay. Wenn's dir da drin so gut gefällt, dann bleib halt!« Walli Winzer stützte sich an einem der Stühle des Essbereichs ab und zog sich hoch.

Sie seufzte. Katzen hatten eben ihren eigenen Kopf. Weshalb die Schöpfung es allerdings so wollte, dass sie auf der einen Seite überängstlich agierten, ja zeitweise in Panik verfielen, andererseits aber Mut und Unerschrockenheit an den Tag legten, dass einem Hören und Sehen vergingen, blieb Walli unbegreiflich.

Mit Filou blieb sie generell vorsichtig. Bei ihm wusste sie selbst nach einem Jahr noch nicht mit Sicherheit, wie seine Befindlichkeit gerade ausgerichtet war. Kratzspuren trug sie regelmäßig davon.

Na gut, ganz so wild war's auch nicht. Rührte sich beim Kater der Hunger, zog er es meist vor, nicht auf die

Jagd gehen zu müssen, sondern lieber gleich bei Frauchen um Futter anzuklopfen. Seinem Charme, den er fast per Knopfdruck einzusetzen verstand, konnte sich Walli kaum entziehen. Dabei kannte sie sich mit dem Instrumentalisieren von Wünschen selbst hervorragend aus. Aber gegen Katzen-Strategen war selbst sie chancenlos.

Filou gab Walli das Gefühl, der wichtigste Mensch in seinem Leben zu sein.

War sie ja schließlich auch, nahm sie sich frei heraus und wandte sich wieder dem Neuzugang zu.

Wäre Filou im Haus, würde er gleich mit seinem weichen Fell auffordernd um ihre Beine streifen. Er sähe sie dabei so eindringlich an, dass sie nicht umhinkäme, ihn hochzuheben und zu streicheln. Zumeist sprach sie auch eine Weile mit ihm, wobei er den Anschein erweckte, als würde ihn alles, was sie sagte, besonders interessieren.

Filou wüsste, dass er sich in solchen Situationen eine Zeit lang ruhig verhalten müsste, und tat dann so, als wären es genau ihre Worte, weshalb er Walli umgarnte.

Sie wäre dann weichgeklopft.

Filou müsste sie nur noch mit dem Näschen stupsen, und sie würde sich augenblicklich in seine Dosenöffnerin verwandeln.

Walli Winzer war mittlerweile davon überzeugt, seine geheimsten Gedanken erraten zu können, wäre er hier. Die könnten jetzt sein: »Gewusst wie! Menschen waren doch sehr leicht einschätzbar. Weshalb man als Katze sich ja auch ganz gerne in ihrer Nähe aufhielt. Sie dankten einem das Quäntchen Aufmerksamkeit optimal: mit weichen Decken am Sofa, behaglichem Feuer im Kamin, Zuwendung und einem abwechslungsreichen Speiseplan.« Zumindest war es bei seinem Frauchen so.

»Du kleine Retterin bleibst auf jeden Fall so lange da, bis du wieder ganz gesund bist!« Walli Winzer beugte sich ein wenig nach der Box, um zu sehen, ob die Katze überhaupt noch atmete, da sie sich nicht bewegte und keinen Laut von sich gab. Aber alles lag im grünen Bereich, beruhigte sie sich, holte die Einkaufstasche aus dem Vorzimmer und trug sie in die Küche.

Wenn Filou hörte, wie die Eiskastentür aufging, käme er sicher gleich, um zu schauen, ob eventuell ein kleines Schinkenblatt für ihn abfallen könnte. Vorausgesetzt, er war zu Hause. Andernfalls wusste Walli Winzer, dass sie auf das Schnarren der Katzenklappe warten musste. Denn nur wenn Filou am Abend nach Hause kam, entspannte sie sich. Sie wusste, dass er bis zum Morgen hierbleiben würde. Erst dann zog es ihn wieder hinaus, um sein Revier abzugehen und nach neuen Katerabenteuern zu suchen.

Doch derzeit war keine Spur von Filou zu sehen.

Walli breitete ihren Einkauf sorgfältig auf dem Küchentisch aus. In den Eisschrank würde sie erst gar nicht viel legen. Sie hatte im Bioladen im Dorfzentrum einiges für ihr Abendessen eingekauft und legte es auf einen Vorlegeteller. Auch wenn sie allein aß, holte sie sich alles gerne häppchenweise auf den Speiseteller.

Eben, während Walli Winzer kunstvoll den Teller mit geräuchertem Wildschweinschinken, Rehterrine, einer dünnen Schnitte kalten Speckkrautmohnstrudels, frischem Karpfenmousse, einer immer vorrätigen Portion von Lenas Ziegenkäse und einer kleinen Ecke französischen Camemberts belegte, hörte sie einen dumpfen Schlag. Danach gleich noch einen.

Walli erschrak!

Ihr fiel plötzlich ein, dass sie die Eingangstür in der Eile nicht abgesperrt hatte.

Shit!

Wie konnte sie nur! Dabei hatte sie schon einmal unliebsamen Besuch im Haus gehabt. Ziemlich gefährlichen sogar! Aber an ihren ersten Fall wollte sie jetzt nicht denken.

Dazu blieb keine Zeit.

Ihr war unheimlich zumute.

Was sollte sie tun?

Auch der Festnetzanschluss lag im Wohnzimmer, das Mobiltelefon in ihrer Handtasche.

Doppelshit!

Walli zog ihre hochhackigen Schuhe aus, um nicht am Fliesenboden zu klappern. Sie ging bloßfüßig und langsam durch den Flur zum Salon.

Ihr Herz schlug bis zum Hals. Sie bemühte sich, nicht hastig zu atmen. Es wäre fatal, dadurch auf sich aufmerksam zu machen. In der Hand hielt sie ein klobiges Küchenmesser, das sie zuvor noch rasch aus dem Messerblock gezogen hatte. Wie in einem schlechten amerikanischen B-Movie hielt sie es fest und einsatzbereit, mit der Klinge nach unten gerichtet. Das zurückhaltend kontrollierte, langsamere Atmen strengte sie an. Walli wurde schwindlig.

Sie lehnte sich an die Wand im Gang und versuchte, sich zu sammeln.

Doch lange durfte sie nicht so verharren. Sie musste weiter.

Der Täter würde sie sonst zuerst sehen. Dann wäre sie in der Defensive! Daraus zu handeln, bedeutete meist nichts Gutes. Sie würde nur reagieren können, nicht aber agieren!

Der Gedanke daran ließ Walli weitergehen. Sie stand nun seitlich, am niedrigen Türrahmen angelehnt, und blickte ins Wohnzimmer. Sie sah niemanden. Walli ging einen Schritt nach vorn. Und?

Sie konnte nicht glauben, was sie sah!

In aller Seelenruhe saß Filou vor der Katzenbox und verfolgte argwöhnisch das Geschehen. Doch es passierte nichts! Das Kätzchen lag wie zuvor regungslos in der Transportbox. Filou musste enttäuscht erkennen, dass er ihr mit seinen gewagten Sprüngen vom Kasten auf den Tisch und von dort auf den Boden nicht im Mindesten hatte Furcht einflößen können.

»Böser, böser Kater!«, versuchte Walli, den Respekt vor der Gastfreundschaft im Hause Winzer wiederherzustellen. »Sie ist doch ein krankes, junges Kätzchen, vor dem sich ein großer Kater nicht zu fürchten braucht. Dein Revier wird sie dir als Katze wohl auch nicht streitig machen. Also: Lass ab!«

Wallis Worte schienen nichts zu nützen, denn Filou ließ die Katze weiterhin nicht aus den Augen. Offensichtlich traute er der Gesamtsituation nicht. Er saß geduckt, damit er – falls notwendig – sofort in den Angriffsmodus übergehen konnte.

Walli Winzer schüttelte den Kopf. Das Messer legte sie angewidert auf einen der vielen Beistelltische, die im Zimmer verteilt waren. Prinzipiell fand sie diese praktisch. Sie hatte immer und überall Gegenstände und Dinge, die sie griffbereit platziert wissen wollte. Dieser Spleen stammte noch aus der regen Zeit ihrer PR-Tätigkeit, wo Walli durchgehend in Eile gewesen und jahrelang nur zum Schlafen nach Hause gekommen war.

Nun, das Messer konnte sie jetzt erfreulicherweise entbehren. Auf solche Abenteuer legte sie wirklich keinen Wert. Ihre Nerven hatten sich noch nicht beruhigt.

Walli atmete befreit durch und wusste, was ihr in diesem Augenblick guttun und sie vor allem auf andere Gedanken bringen würde: ein köstlicher Martini mit zwei Eiswürfeln!

Sie ging an die Bar, holte eine Flasche hervor und goss sich einen doppelten ein. Der akkubetriebenen Eisbox entnahm sie zwei Eiswürfel mit einer kleinen Zange und ließ sie gekonnt ins Glas gleiten. Eiskalte Perlen kullerten am Rand entlang. Dieser beruhigende Anblick läutete Wallis emotionalen Ruhemodus ein.

Sie kuschelte sich in ihren Ohrensessel, streckte sich und zog mit einem Bein einen Schemel näher heran. Sie legte die Füße darauf und nahm ihren ersten Schluck.

Walli schloss die Augen und verharrte so einige Minuten lang.

Ein zweiter Schluck aus dem Martiniglas folgte.

Sie dachte an Weichselbaumers Auftrag. An sein Ersuchen, sie möge vorsichtig und unauffällig an die Sache herangehen. Die Sorge, seine Familie und andere Weinbauern im Kamptal würden möglicherweise durch eine offizielle Ermittlung unnötig in Misskredit geraten. Der Landesrat würde eventuell sogar seine Unterstützung zurückziehen und alle Investitionen könnten schlimmstenfalls nicht mehr an die Banken zurückgezahlt werden.

Nächster Schluck.

Der Steinrieder und seine Familie. Der Steinrieder und die aufgebrachten Weinbauern. Der Steinrieder und die Politik.

Hm.

Walli überlegte.

Ein kurzer Blick Richtung Katzen. Doch alles blieb ruhig.

Das Martiniglas berührte ihre Lippen.

Schön war es, einfach hier zu sitzen. In die Runde zu schauen. Ihre alten Bauernkästen, die dem Wohnzimmer seinen Charakter gaben, zu betrachten.

Die Zeit stand still.

Was die wohl alles schon erlebt hatten? Über so lange Zeit hinweg? Und wer die Menschen wohl waren, die sie vor ihr besessen hatten?

Es war eine gute Idee von Lena und Mizzi gewesen, einen Antiquitätenhändler in Krems zu beauftragen, altes Mobiliar aus der Umgebung zu suchen und mit neuesten Designermöbeln zu kombinieren. Die waren Walli Winzers besondere Leidenschaft. Das galt auch für den uralten Jogltisch am oberen Ende des Raums, der neben einem neuen Sofa von Wittmann stand.

Wie gemütlich das alles war. Obwohl sie selbst den wenigsten Anteil daran hatte – also streng genommen gar keinen –, empfand Walli alles um sich herum als Ausdruck ihrer Persönlichkeit. Wie gut ihre beste Freundin Lena sie kannte! Und dank Mizzis historischer Kompetenz griff sie nach den richtigen Stücken.

Nur bei Männern … Da war Wallis Griff bisher nicht so optimal gewesen. Zu sehr hatten sich manche schließlich ein Heimchen am Herd gewünscht. Walli war in solchen Momenten der Erkenntnis die Vorstellung des Beisammenbleibens unmöglich erschienen. Sie machte dann augenblicklich die Biege. Bevor sie sich doch noch weichklopfen ließe!

Ihre Karriere entwickelte sich gleichzeitig beispiellos. Walli Winzer erklomm ungeahnte Höhen, die sie nie für möglich gehalten hatte. Alles ging so leicht! Ja, natürlich war es mit harter Arbeit verbunden. Aber wenn es Spaß machte, war es für sie immer in Ordnung gewesen. Noch dazu mit zwei wunderbaren Mitarbeitern wie Silvia Manner und Tobias Steglitz an der Seite, die ihr seit Kurzem auch noch allen Alltagskram abnahmen.

Walli machte nach ihrem Beinahe-Burn-out vergangenes Jahr nur noch bei von ihr ausgewählten PR-Projekten mit. Dazwischen lebte sie im Waldviertel. Hier, in dieser wunderbaren Stille. Die sie nach dem Wiener Baulärm, der sie überall hin verfolgte, der städtischen Autohölle und den unzähligen Party-Einladungen erst wieder aushalten lernen musste.

Ein Schluck Martini.

Morgen würde sie nach Längerem wieder einmal nach Wien fahren. Zur Arbeit. Zur Vernissage in die »Galerie artpark«. Ihr aktuelles PR-Projekt. Sie freute sich darauf, Silvia wiederzusehen. Walli hatte sie einst in ihre Firma geholt, sie ausgebildet und sie stets in allen menschlichen Belangen unterstützt. Silvia ihrerseits konnte gut mit Wallis Extravaganz umgehen. So entwickelte sie sich nicht nur zu einer ausgezeichneten PR-Strategin, auf die Walli stolz war, sondern gewissermaßen auch zu ihrem Tochterersatz.

Dass Walli in der Galerie Silvias Exfreundin Nadja begegnen würde, wusste sie. Denn die Besitzerin der Galerie war deren neue Freundin und zugleich Auftraggeberin Wallis: Sonja Frey. Silvia hatte Walli daher gebeten, das Projekt an ihrer statt zu übernehmen.

Walli glaubte zwar, dass sie bereits über die Trennung hinweg war, vielleicht war ein Jahr nach zehn Jahren Beziehung doch zu wenig, um frei von Gefühlen zu sein.

Jedenfalls war Walli Winzer zur Stelle. Sie konnten sich aufeinander verlassen.

Immer.

13. KAPITEL

»Lena, wo soll ich jetzt nach Oberkreuzstetten abfahren? Mein blödes Navi hat mich hier irgendwo in die Pampa geschickt!« Walli Winzer war außer sich vor Zorn. Mit der einen Hand hielt sie sich das Handy ans Ohr, mit der anderen drückte sie wie wild auf ihrem Navigationsgerät herum.

Als aus der Ferne der Bundesstraße plötzlich ein Polizeiwagen auftauchte, wurde Walli vernünftig und legte das Handy zur Seite.

»Walli, hörst du mich? Walli!«, dröhnte es leise weiter.

Walli Winzer griff erneut zum Telefon. »Da bin ich wieder. Ich musste es nur wegen der Polizei aus der Hand legen. Ich will ja nicht ständig unseren Staat durch meine unnötigen Strafmandate noch mehr finanzieren, als ich es eh schon tue.«

»Walli? Ah, jetzt! Da bist wieder. Na, eh klar, das muss ja nicht unbedingt sein. Sind diese Polypen schon weg?« Lena wartete kurz, es kam aber nichts. Trotzdem sprach sie weiter: »Du, übrigens, ich bin schon beim Alois Wollmann, und wir sitzen vor seinem Keller.«

Endlich gab's eine Reaktion: »Schön. Und wie komm ich jetzt zu euch?«

»Wo bist 'n grad?«

»Wart, bis ich das nächste Ortsschild sehe.«

Es dauerte eine Weile. Lena erzählte inzwischen ihrer Freundin von den neuesten Grabungsfunden, die der umtriebige Winzer kürzlich im Weinviertel als Nebenbei-Hobbyarchäologe gemacht hatte. Sie stammten aus der Urzeit.

»Aber mehr soll er dir später darüber erzählen. Also, wo bist du denn jetzt?«

»Ah, ich seh schon: in Rückersdorf.«

»Auf dem richtigen Weg! Da fährst jetzt einfach immer gradaus über Hetzmannsdorf, Großrußbach und weiter bis nach Oberkreuzstetten. Vor der Kirche biegst du dann rechts ein, noch einmal links. Da stellst du das Auto ab.«

»Wie lange wird's noch dauern?«

»Loisl, was meinst du? … Also, er sagt, eine Viertelstunde, dann hast es g'schafft.«

Dass der Weinkeller schließlich der letzte in der Kellergasse war, hatte Lena nicht dazugesagt. Alles noch bergauf!

Okay, früher hatte ihr so ein kleiner Fußmarsch wenig ausgemacht. Jaja, mahnte sie ihr schlechtes Gewissen: Da hast du, liebe Walli, auch ein bisschen weniger auf den Rippen gehabt!

Als sie oben ankam, war sie verschwitzt. Aber sie hatte sich vorgenommen, nicht zu jammern, sondern einfach gute Miene zum anstrengenden Spiel zu machen. Schließlich wollte Lena hier in der Region einen neuen Absatzmarkt für ihr köstliches Käsesortiment aufbauen. Da würde sich eine jammernde und keuchende PR-Lady auf keinen Fall gut machen.

»Hallo, grüß euch!« Walli schickte Lena aus der Ferne ein Küsschen und begrüßte Alois Wollmann, deren künftigen Geschäftspartner, der nicht nur Weinbauer war, sondern auch einen Cateringservice besaß, mit einem Handschlag. Ein Wasser- und ein Weinglas standen schon für sie bereit, und sie gluckste das Mineralwasser mit einem Zug leer. »Erfrischend! Ab jetzt bin ich wieder ein Mensch«, keuchte sie erleichtert. Sie rückte vorsichtig die Heurigenbank zurecht. Denn so ein Ding wackelte meist und konnte gefährlich kippen.

Walli erzählte von ihrem Sabbatical, ihrem alten Haus im Waldviertel und den Renovierungsarbeiten. Alois Wollmann hörte interessiert zu, was Lena dazu nützte, noch einigen Käsenachschub samt handgemachter Weinviertler Salami appetitlich auf der Vorlegeplatte zu platzieren.

Inzwischen war man im Gespräch bei der aufwendig restaurierten Kellergasse angekommen. Alois erzählte von der vielen Arbeit, die die Kellerbesitzer damit gehabt hatten. Bei fast allem legten sie selbst Hand an. Es sei ziemlich anstrengend gewesen. Andererseits habe es die Gemeinschaft gestärkt, weshalb auch die Idee zum Kellergassenfest aufgekommen sei.

»Übermorgen wird das sein. Da ist noch viel vorzubereiten. Und ich möchte meine Kellergänge a bissl herrichten, damit sich Interessierte die ausgegrabenen Fossilien anschauen können.«

»Der Loisl hat nämlich einen Spitznamen: *der Maulwurf*. Als er seinen Keller vor einigen Jahren erweiterte, hatte er tolle Grabungsfunde zu verzeichnen, unter anderem eine riesige fossile Austernmuschel! Die hat er da drin ausgestellt. Und noch vieles mehr.«

»Das muss ich mir später ansehen!« Walli Winzer langte gerade herzhaft zu und legte die Köstlichkeiten auf ihren

Teller. Alois schenkte währenddessen ein Glas Grünen Veltliner ein.

»17 Millionen Jahre ist das her. Da war hier überall noch tropisches Meer.«

»Da sind wir ja da noch als Amphibien herumgeschwommen!«, kicherte Lena.

»Nicht vorstellbar!« Walli kommentierte mit vollem Mund, schob sich zusätzlich noch ein Brotstück nach und nahm anschließend ihren ersten Schluck Wein. »Wunderbar, so angenehm kühl!«, kam es etwas undeutlich.

»Das ist Kellertemperatur.«

»Kein Wunder, dass sich die Fossilien so lange gehalten haben.«

Grinsen.

»Und seither kann ich gar nicht mehr aufhören weiterzuforschen. Ich möchte gerne wissen, was da noch alles unter meinem Keller liegt.«

»Na, hoffentlich stoßen Sie da nicht auf Leichen!«

Walli erzählte während des Brunches Details über den Mord am Spitzenwinzer aus dem Kamptal. Auch Lena war somit gleich auf dem neuesten Ermittlungsstand. Ein Themenwechsel war schnell beschlossen, und man plauderte bei Speis und Trank launig über Gemeinsamkeiten und Unterschiede des Wald- und Weinviertels.

Auf der Fahrt nach Wien hatte Ludwig Weichselbaumer Walli Winzer angerufen. Es war ein charmantes Gespräch gewesen, wie sie es mit ihm anders nicht kannte. Er hatte sich für die nächsten Tage bei ihr angekündigt. Wollte auch seiner Familie in Plankenstein einen Besuch abstatten.

Sepp Grubinger hatte er mit keinem Wort erwähnt.

Männer!, dachte Walli. Obwohl die Rangfolge zwischen den beiden berufsbedingt sowieso geklärt war, trug der in dieser Sache Überlegene sein Desinteresse am anderen demonstrativ zur Schau. Deutlicher formuliert: Weichselbaumer setzte wenig Hoffnung in Grubingers Ermittlungstalent. Dass dieser sich vermutlich nicht darüber freute, konnte Walli unschwer nachempfinden.

Es war später Mittag geworden und der Verkehr auf der A 22 nach Wien hielt sich in Grenzen. Walli fuhr an der Floridsdorfer Brücke ab und danach die Promenade an der Alten Donau entlang. Sie liebte das Glitzern des Wassers. Manchmal ging sogar ein bisschen Wind und peitschte stellenweise ein wenig Gischt hoch. Früher war sie oft hierhergekommen, Höhe Fultonstraße, beim ehemaligen Firestone-Turm, und hatte mit anderen Kindern flache Steinchen über das Wasser gebrettelt. Wer die meisten Hüpfer dessen schaffte, hatte gewonnen. Das Schicksal war dabei gerecht gewesen: Alle hatten es irgendwann einmal zum Helden oder der Heldin des Tages geschafft.

Sie parkte ihren Audi A6 vor dem Haus und räumte ihre Taschen aus dem Auto. Danach fuhr sie mit dem Lift in den letzten Stock hinauf. Als sie ihre Dachmaisonette betrat, kam ihr eine Woge abgestandener Luft entgegen. Sie öffnete die Terrassentür und sah bis zur Alten Donau. Der Ausblick zur rückwärtigen Hauptstraße blieb ihr erfreulicherweise erspart.

Walli stammte aus dem Donaufeld, einem Teil des 21. Wiener Gemeindebezirks. Von Feldern, die bis vor Kurzem noch namensgebend gewesen waren, konnte man allerdings kaum mehr etwas finden, und die Alte Donau gab's auch nur noch von hoch gelegenen Stockwerken aus zu sehen. Gigantische Beton-Megalithen reihten sich zu hoch und zu eng aneinander. Alles Grün war vom Boden verschwunden. Bäume fehlten. »Urban Gardening« war zwar aktuell an einigen Dächern angesagt. Die irreparable Bodenversiegelung, die hier dennoch weiter stattfand, konnte solche Grünkosmetik aber nicht ausgleichen.

Nur, wer dachte sich bloß so etwas aus? Profit-Haie.

Walli Winzer jedenfalls nicht. Wann denn? Wie denn? Sie wohnte ja kaum noch hier!

Andere lebten da und wehrten sich nicht gegen diese willkürlichen Auswüchse. Wie sollten diese Menschen überhaupt Ästhetik entwickeln können in diesen anonymen, seelenlosen Bettenburgen?

Die Architekten-Teams sollten einmal hier vorbeikommen und darin wohnen. Selbst erfahren, wie sich das Leben in solchen Ameisenunterkünften abspielte.

Warum wohnten nie namhafte Architekten oder Künstler in solchen Randsiedlungen einer Stadt? Walli Winzer war davon überzeugt, dass der Masterplan dann völlig anders aussehen würde.

Sie öffnete eine kalte Mineralwasserflasche und rechnete überschlagsmäßig aus, wie lange sie wohl für ihre beiden geplanten Nachmittagstermine brauchen würde. Als Erstes würde sie ins Dorotheum in den 10. Wiener Gemeindebezirk fahren und sich danach mit ihrem Exmann Thomas im 18. Bezirk treffen.

Dass sich ein Treffen zwischen ihnen abzeichnete, war fast eine kleine Sensation. Thomas hatte als Lehrer häufig Ferien. Die verbrachte er nie in Wien, sondern reiste mit seiner Jetzt-Frau, die ebenfalls Lehrerin war, in der Weltgeschichte herum.

Etwas, was Walli nicht mochte, war: Regelmäßigkeit! Dass die Ehe zwischen ihnen nicht ewig hatte halten können, war für sie daher klar gewesen.

Das ewige Gejammer!

Thomas war ständig hinter ihr her gewesen, hatte gefragt, warum sie heute wieder so spät nach Hause käme. Ein anderes Mal hatte er gezickt, warum er sie nicht in ihrem Büro antraf, als er sie überraschend von der Arbeit hatte abholen wollen. Thomas hatte eindeutig zu viel Zeit und Walli immer schon zu wenig.

Vor vielen Jahren wurde dieses Unverhältnis beendet, und heute verstanden sie sich besser denn je, und das mit unterschiedlichen Lebensabläufen.

Walli Winzer ordnete ihre Gedanken.

Nach den zwei anstehenden Terminen am Nachmittag stand nur noch die Vernissage an.

Walli stopfte ihre Einkäufe – Milch und etwas fürs Frühstück morgen – schnell in den Eiskasten, griff nach ihrer Gucci-Tasche und düste über die Südosttangente ab nach Favoriten. Ihr Ziel war das dortige Dorotheum.

Sie stellte ihren Audi seitlich des Viktor-Adler-Markts ab und schlenderte durch das auch am Nachmittag noch immer bunte Treiben. Da kauften vor allem türkische Mamas mit ihrer lauten Kinderschar neben wortkargen, manchmal griesgrämigen Wienern und Wienerinnen ein.

Parallelwelten, dachte Walli. Keiner hatte derzeit für den anderen ein Wort übrig.

Sie kam an einem neuen mediterranen Restaurant vorbei. Zumindest kannte sie es noch nicht. Es sah äußerst gepflegt aus. Das ließ ebenso Rückschlüsse auf die Küche zu. Sie wollte es sich für die Zukunft merken. Also, auch hier gab's wie im übrigen Wien ein kleines Stück Wohlstand: in Klein-Istanbul – vom Preis her allerdings eher für Bobos, den Bourgeoisbohemiens.

Da der historische Schminktisch, den Walli im Internet entdeckt hatte, doch nicht dem geschönten Foto im Online-Katalog entsprach, entwickelte sich ihr Aufenthalt im Dorotheum kürzer als gedacht.

Auf ihrem Weg zum Auto rief sie Thomas an. In der Lehrern oft eigenen Schwerfälligkeit ließ er sich endlich dazu überreden, sich früher zu treffen. Wie Walli das schaffte? Sie sprach ihn strategisch auf seine letzte Reise an, erwähnte das, was ihn interessierte. Na, klar doch: Darauf erfolgte seine Einwilligung wie von selbst.

KAPITEL 14

»Toll war Ihre Eröffnungsrede vorhin!« Walli Winzer zeigte sich fasziniert. »Ich wusste gar nicht, dass Moskau über eine so rege Kunstwelt und so viele Ausbildungsstätten für Künstlerinnen und Künstler verfügt.«

»Nach der Wende hat sich der Kunstbetrieb szenemäßig in Moskau etabliert. Da war eben politisch und gesellschaftlich viel los. Kein Wunder, dass Künstlerinnen und Künstler sich angesprochen und inspiriert fühlten«, gab die Galeristin Sonja Frey Auskunft.

»Und? Ist das noch immer so?

»Zu einem gewissen Grad. Ja. Staatlich gefördert wird zeitgenössische Kunst derzeit eher nicht. Aber wie Sie sehen, gibt's weiterhin interessante künstlerische Strömungen, protegiert letztlich von Oligarchen.«

»Ja, beeindruckend.« Walli Winzer betrachtete die Bilder, nickte freundlich und nippte an ihrem Cocktailglas. Langsam wäre sie froh über einen Themenwechsel. Mit Kunst kannte sie sich nämlich überhaupt nicht aus. Doch, fragte sie sich selbst, musste man denn wirklich etwas darüber wissen? Kunstwerke sollten ja per se auf ihre Betrachter und Betrachterinnen wirken, hörte man immer wieder.

»Wie lang gibt es jetzt die ›Galerie artpark‹?«, fragte Walli.

»Lassen Sie mich nachdenken. Wann habe ich Nadja unter Vertrag genommen? Ja, vor zwei Jahren. Damals war das hier in den Anfängen«, erinnerte sich Sonja Frey. Sie zögerte kurz, bevor sie weitersprach: »Das mit Silvia ist ja nun erfreulicherweise auch schon Geschichte. Wir verstehen uns mittlerweile gut.«

Walli beschloss, lieber nicht darauf einzugehen, denn sie kannte die näheren Umstände um die Trennung von Nadja und Silvia nur zu gut. Der Grund war: Sonja Frey. Silvia Manner hatte die Trennung vor einem Jahr völlig unerwartet und schwer getroffen. Walli vermutete, dass sie noch immer nicht ganz über den plötzlichen Bruch ihrer zehnjährigen Beziehung hinweg war. Deshalb hatte Walli sich auch bereit erklärt, die Ausrichtung der Vernissage in allem von A bis Z zu übernehmen.

Was tat man nicht alles für seine Ziehtochter?

Sonja Frey hingegen wirkte entspannt, geradezu erleichtert: »Viele Leute sind heute gekommen, und auch das Catering ist Ihnen hervorragend gelungen. Sogar Kritiker von namhaften Zeitungen sind da. Ein voller Erfolg!« Die schlanke, attraktive Fast-Fünfzigerin im lose gleitenden, schwarzen Jil-Sander-Hosenanzug entschuldigte sich höflich bei Walli Winzer und steuerte eine neue Gesprächsgruppe an.

Walli suchte Lena, die versprochen hatte vorbeizukommen. Allerdings vergeblich. Stattdessen näherte sich ihr eine salopp gekleidete Frau und verwickelte Walli lose in ein Gespräch.

»Wenn man bedenkt«, meinte sie, das Bild an der Wand zu ihrer Linken betrachtend, »dass mit Claude Monet einst die Moderne Kunst begonnen hat … Das ist doch schon ziemlich lang her. Trotzdem interessieren sich die meisten noch immer für historische Kunstwerke.«

»Jaja, ich verstehe das auch nicht ganz«, log Walli.

»Berühmt sind die riesigen Gartengemälde mit Seerosenmotiven aus seinem verwunschenen Garten in Giverny.«

»Wo ist das?«, fragte Walli mäßig interessiert.

Die Frau rümpfte pikiert die Nase. »Etwa eine Autostunde von Paris entfernt. Eine Erlebniswelt, sage ich Ihnen!«

»Werde ich mir merken.« Walli Winzer lächelte angespannt. Und so, wie die selbsternannte Expertin ganz plötzlich neben ihr gestanden hatte, nützte Walli die erste Gelegenheit, sich ehestmöglich aus dem Staub zu machen. »Sie entschuldigen. Ich muss nach dem Catering schauen!« – Und schon war sie weg.

In der gesteckt vollen Galerie schlängelte sich Walli Winzer durch die Menge. Einem der Boys, die mit Getränketabletts jonglierten, entnahm sie einen trockenen Martini. Olga Karnikoff stand plötzlich neben ihr und griff ebenso nach einem Glas: »Hallo, sehr gelungen. Auch die Eröffnung vorher mit der Einführung und der kleinen Inszenierung drumherum. Respekt!«

Walli Winzer fühlte sich seltsamerweise wirklich geehrt durch diese Anerkennung. Sie prostete Olga Karnikoff zu und beide stellten sich zur Seite, um mit ihren Getränken in der Hand nicht unliebsam angerempelt zu werden. Eine kleine Jazzformation mit sanften Saxofonklängen sorgte für Hintergrundmusik.

»Sind Sie eigentlich oft in Wien?« Walli nahm einen Schluck.

»In den letzten Monaten schon. Herr Olschiraska bahnt

einige Kooperationen mit österreichischen Firmen an. Da gibt es im Vorfeld einiges zu regeln.«

»Und da reisen Sie auch nach Niederösterreich ins Kamptal?«

»Ja, er hat eine besondere Liebe zu diesem Bundesland. In seiner Studentenzeit verbrachte er einige Auslandssemester an der Donau-Uni in Krems.«

»Verstehe. Aber Wein ist doch kein Kerngeschäft der russischen Wirtschaft?«

»Nein, nicht wirklich. In sowjetischer Zeit waren eher die armenischen Weine bei uns und im Westen bekannt. Von den russischen Weinbaugebieten findet man das wichtigste in der Region Krasnodar am Schwarzen Meer.«

»Nie gehört.«

»Das liegt im Kaukasusvorland im Süden Russlands. Wird auch als ›Riviera Russlands‹ bezeichnet. In Sotschi fanden 2014 die Olympischen Spiele statt.«

»Ach ja! Das sagt mir etwas. Was neben Wodka immer ein Begriff im Westen war, ist Krimsekt.«

»Ja, der stammt aus der Zarenzeit. Da wollte man dem französischen Champagner etwas Eigenes entgegenhalten und erreichte damals beim Schaumwein eine beeindruckende Qualität. Die Sowjets setzten weiter auf den Exportschlager, natürlich billigst hergestellt. Heute lässt die Qualität von einst noch auf sich warten. Auch beim eigenen Wein. Aber wir sind zuversichtlich, dass sich das in den kommenden Jahren rasch ändern wird.«

»Aber wie passt ein Pharmaimperium mit Wein und Kunst zusammen?«, war Walli interessiert und wusste, dass sie die Frage zu direkt gestellt hatte.

»Ein Gegensatz ist das für uns in der Konzernleitung nicht. Was wir bei Einnahmen für Spritzmittel verlieren, gewinnen wir auf der anderen Seite durch den Vertrieb und das Marketing von Biowein. Konzerne sind oft auch auf Gegensätze angelegt, die in Umbruchzeiten abfedernd wirken sollen. Biowein wird imagemäßig und werbestrategisch massiv hinaufgesetzt. Bei uns gibt es einen kaufkräftigen, jungen Mittelstand, der immer umweltbewusster wird und bereit ist, für Qualität höhere Preise zu bezahlen.« Olga nippte an ihrem Glas und wartete Wallis Reaktion ab.

»Aha, und warum wehren sich dann viele traditionelle Weinbauern bei uns gegen den Biobetrieb?«

»Das müssen Sie die fragen. Ich glaube, das hat eher mit Gewohnheit zu tun. Natürlich ist es auch mehr Arbeit. Die Weinbauern müssten sich anders organisieren, sich untereinander besser vernetzen und sich bei der Arbeit gegenseitig unterstützen. Natürlich müssen auch die Böden umgestellt werden. Das dauert und kostet Geld.«

»Und Sie verkaufen dann den Wein aus dem Kamptal und anderen österreichischen Gebieten in Russland?«

»Genau. Wir alle haben dadurch sowieso Vorteile! Österreich bietet höhere Qualität. Wir verkaufen in Russland mehr Wein, als wir dort produzieren. Eine Chance für Österreich, die einige schon lange nützen!«

Hörte man Olga zu, klang alles logisch, und Walli konnte sich im Moment keine bessere Fürsprecherin eines bilateralen Wirtschaftsabkommens vorstellen. Olga Karnikoff war nicht nur eine sehr attraktive Frau, sondern hatte dazu noch Köpfchen. Einem jungen Catering-Girl nahmen beide Brötchen vom Tablett.

»Wie lange arbeiten Sie schon für Dimitri Olschiraska?«

»Seit einigen Jahren. Wir verstehen uns gut. Wenn er jemandem vertraut, lässt er viel Spielraum für Entscheidungen. Das bringt Ideen und Innovation.« Olga Karnikoff drehte sich nach ihrem Chef um. Er war ebenfalls zur Vernissage gekommen. Walli erblickte ihn, umgeben von einer Entourage von Günstlingen und Bodygards.

Oh Gott, nein! Walli glaubte, nicht richtig zu sehen: Darunter befand sich auch der Bürgermeister von Großlichten, Josef Brunner! »Na, das gibt's doch nicht, wer sich hier alles tummelt!«, sie konnte ihre Augen nicht von ihm lassen. Neben ihm Ernst Pfaffinger, der Bürgermeister von Plankenstein.

Olga Karnikoff lächelte, als sie Walli Winzers fassungslosen Blick sah.

»Sie wollten noch einiges aus Russland erfahren«, lenkte die Geschäftsfrau Wallis Interesse erneut auf sich.

»Ja, sicher. Sagen Sie, wie war das nach der Wende? Stürzte wirklich das ganze Wirtschaftssystem durch den politischen Umbruch zusammen?«

»Es war schlimm. Aber schlimmer als die Zeit davor konnte es für mich nicht werden. Vielen ging es wie mir.«

Walli Winzer war nun gespannt: »Inwiefern?«

»Ich saß einige Jahre im Gulag, einem der einstigen sowjetischen Straf- und Gefangenenlager. Man hatte mich überrascht, als ich fliehen wollte. Glauben Sie mir, so etwas bekam niemandem gut. Ich will nicht mehr daran denken. Es war schrecklich! Ich brachte dort auch mein Kind zur Welt. Es wurde mir nach der Geburt gleich weggenommen. Ich war noch so jung.«

»Das ist ja mehr als schrecklich. Ein Albtraum!«, reagierte Walli Winzer bestürzt.

»Nach meiner Gefangenschaft durfte ich meine Ausbildung nicht zu Ende bringen. Wurde stigmatisiert. Alles registrierten die Sowjets. Überall. Jeder Funktionär bis in den entlegensten Winkel der Sowjetunion erhielt Direktiven, eine Volksverräterin, wie man mich titulierte, nur für die schlechtesten Arbeiten einzuteilen. Daher blieb ich gleich in Moskau. Ich arbeitete jahrelang nur in öffentlichen Toiletten. Tatjana, meine Tochter, sah ich erst nach der Wende und jahrelanger Suche wieder. Sie will heute nichts von mir wissen. Als Säugling kam sie in ein Kinderheim. Ihre Gedanken hat man dort im sowjetischen Sinn geprägt. ›Umerzogen‹, nannte man das. Nur ihren Namen, den ich ihr bei der Geburt gegeben habe, den hat man belassen.«

Walli Winzer hatte in ihrem Leben viele üble Geschichten gehört, doch diese übertraf sie alle.

»Was geschah weiter?«, fragte sie neugierig.

»Sie verstehen sicher, dass die Wende für mich einer Erlösung gleichkam. Die Funktionäre behielten noch lange ihre Macht. Aber ich konnte langsam meine Ausbildung zur Medizinerin fertig machen und perfektionierte mein Deutsch. Danach arbeitete ich mich mühsam hoch. Weiterhin begleitet von altfunktionärsmäßigen Querschüssen. Doch heute habe ich mein Lebensziel erreicht, was ich nie zu hoffen gewagt hätte.«

Inzwischen war Lena Breitenecker auf beide zugekommen. Walli kam nicht mehr dazu, Worte des ehrlichen Bedauerns auszudrücken.

»Hallo, hier finde ich dich, Walli! Frau Karnikoff, ein echt schöner Platz mitten in der Wiener City, den die Galerie hat. Und die Bilder sind äußerst interessant. Diese packende Auseinandersetzung mit den Widrigkeiten des Lebens. Kommen Sie, ich zeige Ihnen eines, das ich unbedingt kaufen möchte. Walli, wir kommen gleich wieder!« Lena zog, ohne die Reaktion abzuwarten, Olga

Karnikoff mit sich. Die Freundin zeigte ihre Begeisterung ganz offen.

Gäste strömten weiter in die Galerie. Da entdeckte Walli endlich Silvia Manner, die doch noch gekommen war. Sie winkte ihr auffällig zu, was diese nicht registrierte. Daher entschloss sie sich nun für die harte Tour und jodelte über all die Köpfe der High Society hinweg ein lautes: »Juhuuu!«

Jetzt richtete nicht nur Silvia ihren Kopf in Richtung des schallenden Urlauts, sondern auch die gesamte geladene Gesellschaft. Walli Winzer schaffte es wieder einmal im Handumdrehen, die gesamte Aufmerksamkeit eines Raums auf sich zu ziehen. Sie winkte den Gästen mit beiden Händen zu und rief: »Ich wünsche euch weiterhin viel Spaß!«

Silvia lachte und kam mit Anna Szabo im Schlepptau geradewegs auf Walli zu. »Wir haben es leider nicht früher geschafft. Aber jetzt sind wir ja da!«

Walli Winzer herzte beide und freute sich, nach längerer Zeit auch Anna endlich wiederzusehen. Die Nichte ihrer nervigen Nachbarin Sybille Karner war charakterlich erfreulicherweise ganz anders. Nach dem Mord an ihrer Lebensgefährtin Alice in einem Wald bei Großlichten besuchte sie ihre Tante allerdings nicht mehr. Walli hatte den Fall damals aufklären können, während Silvia Manner Anna seelisch unterstützt hatte. Noch heute waren die beiden Frauen eng miteinander befreundet. Sonst war da nicht mehr, soviel Walli Winzer wusste.

15. KAPITEL

Wie oft war er diesen Weg gegangen? Er wusste es nicht. Unzählige Male mussten es gewesen sein. Der Weg war nicht lang und nur ein paar Hundert Meter weit vom Hof entfernt. Aber wenn er dort ankam, wäre er bereits erleichtert. Er wusste, dass ihm jemand zuhören würde. Jemand für ihn da wäre. Er nicht mehr allein sein würde. Und er sich obendrein durch einige Schlucke Wein gleich viel besser fühlen würde.

Franz Steinrieder ging die Hauptstraße entlang. Links und rechts sah er immer wieder Felder, die zwischen Häusern durchlugten. Sie waren abgeerntet. Hatten ihren Zweck erfüllt. Waren bereits fertig gemacht worden für den Winter.

Doch so fertig und ausgelaugt, wie Franz sich jetzt fühlte, waren sie sicher nicht. Sie alle gehörten Bauern, die sich um sie kümmerten. Darauf achteten, dass der Boden über genügend Nährstoffe verfügte. Die Erde locker genug war und die Wintersaat bald gepflanzt werden konnte. Im Frühjahr würde dann genügend Kraft vorhanden sein, um aus dem Boden neues Pflanzenleben hervorzuholen.

Um den jüngeren Steinrieder kümmerte sich allerdings niemand. Damals nicht, heute nicht. Er war immer nur mitgelaufen. Neben der vielen Arbeit, versteht sich, die seine Eltern, seit er denken konnte, am Weinhof gehabt hatten.

Aus ihm war kein großer Redner geworden. Manche sagten, man müsse ihm jedes Wort aus der Nase ziehen. So ein Blödsinn! Wenn er etwas zu sagen hatte, sagte er das auch. Kurz und bündig, wie es eben seine Art war.

Dass die meisten heute nur noch auf ausuferndes Geschwätz hörten, dafür konnte er doch nichts. Auch dafür nicht, dass seine Meinung oft im lautstarken Sprechdurchfall anderer unterging.

Aber hier im Wirtshaus, wo er gleich ankommen würde, war das anders. Hier hörte man ihm zu. Egal, wie viel oder wenig er sprechen würde. Außerdem lockerte ein bisschen Wein meist seine Zunge.

Franz war neugierig, wen er heute alles im Wirtshaus treffen würde. Ihn hatte es gleich nach seiner Ankunft vor wenigen Tagen einmal hierhergezogen. Hatte sich gewundert, dass die Karin jetzt hier arbeitete. Kellnerte. Sie war seinerzeit eng mit der Sabine befreundet gewesen. Als sie noch seine Freundin und nicht mit Robert verheiratet war.

Karin hatte er lustig und heiter in Erinnerung. Sonst war sie auch eine von der wortkargen Sorte. Eine echte Waldviertlerin, eben wie er ein echter Waldviertler war. Das kam ihr wahrscheinlich jetzt im Wirtshaus zugute. Das Zuhören. Die Ruhe, die sie ausstrahlte. Nichts Hektisches war an ihr.

Ausruhen.

Seelisches Ausruhen.

Vom Alltag. Den Sorgen. Von allem Lauten und Grellen, was langsam durch immer mehr Betriebsansiedlungen und den damit verbundenen Wohlstand hier herauf ins Waldviertel kam.

Klar brauchten die Leute die Arbeit. Aber die Gemütlichkeit von früher – wenn auch nur die scheinbare, wie er wusste –, die gab's in dieser Form nicht mehr. So hatten die Waldviertlerinnen und Waldviertler immer weniger Zeit. Es war nicht so stressig wie in der Stadt, aber irgendwie anders eben. Der Stress der Ungewissheit. Was künftig noch alles kommen würde?

Franz Steinrieder betrat den Gasthof von Plankenstein. Die Tür knarzte. Es hatte sich hier seit damals, seit seiner Jugend, nichts verändert. Er ging durch eine Aluminiumtür der 1970er-Jahre. Mit geripptem, klarem, aber trotzdem undurchsichtigem Sicherheitsglas. Auf der Innenseite hingen wie früher die Veranstaltungs- und Festankündigungen der kommenden Wochen für die gesamte Umgebung. Man konnte unschwer erkennen, dass seit damals nichts finanziell investiert worden war. Die Förderungen waren schlichtweg ausgelaufen und alles blieb beim Alten.

Obwohl das Kamptal auch bei Touristen seit über einem Jahrhundert sehr beliebt war, war der Ansturm von anno dazumal heute überschaubarer geworden. Viele fuhren damals mit einer putzigen Bimmelbahn von Krems weg, wohin sie vorher die Franz-Josefs-Bahn von Wien aus gebracht hatte. Auch heute gab's diese Route noch. Und es reiste sich auf dieser wunderbar. Auf jeden Fall bequemer als früher. Ökotouristen nutzten sie immer mehr. Diese einfache und entspannte Form der Anreise. In eine kulturell belebte, landschaftlich malerische und noch kostengünstige Region. Mit prämiertem Weißwein!

»Ja, bring mir a Viertel weiß. Was hast 'n?« Franz Steinrieder war zuvor unerkannt eingetreten, was aber nicht lange anhielt. Das hatte man also auch noch immer nicht verlernt: dieses wort- und grußlose Anstarren jedes scheinbar Fremden, der einen Raum betrat. Dieses Glotzen, bis man sich an einen Tisch oder an die Theke gesetzt hatte. Das Dabeisein und Lauschen, was Sache war. Und sei's nur die Bestellung! Wahrscheinlich würde es noch mehrere Generationen brauchen, um diese tiefsitzende, lästige Gewohnheit dem Letzten abzugewöhnen, dachte Franz Steinrieder.

Karin Reutner kam zu ihm und lächelte gewohnt freundlich: »Riesling, Kalvarienberg, Schönberg 2018, der ist heuer etwas ganz Besonderes. Ich hab ihn da. Willst ihn kosten?«

Franz bejahte.

Sie ging hinter die Theke und brachte ihm kurze Zeit später ein Glas.

»Sehr gut. Ja, geh, bring mir a Achtel von dem. Dann probier ich später noch was anderes.«

In die regionale Wirtsrunde hinein sagte Karin Reutner: »Na, was sagt's ihr? Der Franz Steinrieder is' wieder da! Nach so vielen Jahren. Bist da eigentlich nur aufm Luxusdampfer gwest, wie'st vorgehabt hast? Oder auch woanders?«, fragte sie ihn beim Gehen.

Franz Steinrieder räusperte sich aufgeregt. Ihm war die plötzliche Aufmerksamkeit ein bissl peinlich.

»Ja, ich war nur aufm Schiff. Da war gnug zu tun.«

»Und wo bist überall hinkommen?«, fragte sie weiter und machte die alte braune Holztür zum Kühlbereich schnell wieder hinter sich zu.

»Frag lieber, wo i net gwest bin!« Franz leerte den letzten Tropfen aus dem kleinen Probierglas.

Karin kam an seinen Tisch und stellte ihm den Riesling hin.

»Na, des gibt's ja net: der Franz!« Ein Mann mittlerer Größe stand auf und ging an den Tisch des Neuankömmlings. »Kennst mi no'?«

»Jo, freilich, der Aichinger Karl bist. Kann mi no' guat an di' erinnern. A Hitzkopf woarst. Immer glei' an alles ran. Bist des immer no'?«

»Was net. Won mi' wos ärgert – scho'! Hob ghört, dass d' wieder da bist. Zur Prämierung von eurem Wein war i am Hof. Gsehn hab i di aber net. Hab no' mit'n Loisl gredt, bevor er – gestorbn is'.«

»Na, gredt kann ma nit sagen. Anbrüllt hast ihn! I hab's vom Eingang weg ghört. Aber du warst jo dann glei' weg. Ka Wunder, dass du mi net gsehen hast!«

»Und? Wie geht's jetzt weiter?«

»Ka Ahnung! Wer ma sehen! I möcht jetzt auf jeden Fall neu anfangen. Irgendwo. Mit was Eigenem.«

»Na, da kommt dir der Tod von deinem Vater ja ganz recht!«

Franz Steinrieder verzog keine Miene und nahm einen kräftigen Schluck aus seinem Glas. »Was geht di das an?«, polterte er darauflos.

»Na, i mein nur. Ihr wart ja nie so gut miteinand, wenn i mi zurückerinnere.«

Franz antwortete nicht, blieb starr und signalisierte dadurch, dass er wenig am weiteren Gesprächsverlauf interessiert war. Viel lieber allein sitzen wollte.

»War's net so?«, versuchte Aichinger einen weiteren Vorstoß.

»Lass mi! Worum is' bei eurem Streit eigentlich gegangen?«

»Der feine Alois hat wieder einmal einen Alleingang mit der obersten Politik ohne uns gmacht. Er hat auf Bio umgesattelt und das für die ganze Region erklärt. Heast, i hab erst neue Maschinen gekauft. Die Bank will ihr Geld. Das muss ich erst amoi verdienen. Da kann i net scho' wieder in die Bodenumstrukturierung investieren und dann a no' ohne Spritzmittel weniger Ertrag erwirtschaften. Wie soll des gehen? Kannst du mir des sagn?«

»Ohne Agrarförderungen no' dazua! Und vü mehr Arbeit is' des a!«, schrie ein Zweiter vom Stammtisch her.

»Der Loisl hat gwusst, dass ma' an Baum aufstellen werdn. Aber jetzt hat er die Rechnung eh kriegt.«

»Heast Koarl!«, rief Karin jetzt von der Theke aus. »Loss den Franz in Ruah. Kaum is' er do, drahst scho' an! Wenn'st zu viel trunken hast, dann geh lieber glei'!«

Da sein ungebetener Gast keinerlei Anstalten machte, zur Gruppe zurückzukehren, stand Franz Steinrieder auf und setzte sich zu Karin Reutner an den Tresen. Sie war eifrig dabei, abgewaschene Gläser mit einem Tuch aufzupolieren.

»Jo, is' besser, wenn'st di hersetzt. Wenn der was trunken hat, weiß ma nie, was dem mit seinen Mannern no' einfällt«, raunte Karin ihm leise zu. »Erzähl, wie geht's euch nach dem Tod vom Loisl?«

»Lass mi. I wü net darüber redn«, blockte Franz Steinrieder ab. »Gib ma no' a Viertel von dem!«

Er schloss die Augen und versuchte, seine Umgebung auszublenden. Nur kurz. Denn das grobe Geräusch des rustikal-traditionellen Viertelglases, das vor ihn hingestellt wurde, holte ihn wieder zurück. Er nahm es am Henkel und führte den Riesling zum Mund. Er leerte mit einem Zug ein Drittel des Glases.

Franz Steinrieder schaute trüb vor sich hin.

Karin tat, als würde sie nichts bemerken. Erst als er sich

wieder an sie wandte, schaute sie von ihren blitzblanken Gläsern hoch.

»Und wie war's so, die ganze Zeit über?«, fragte er.

Karin Reutner rückte näher an ihn heran. »Hat si' net viel verändert. Wie'st merkst, auch der Karl und die andern nicht.«

Franz Steinrieder grinste benommen: »Jo, der Depp!« Er nahm wieder einen Schluck. »Und? Sonst? Hast jemanden?«

»Jo, i war kurz verheiratet. Aber weißt eh, wie's so geht. Die viele Arbeit. Ma hat zu wenig Zeit füreinander. Und die Dienste am Abend. Die muass i mochn, sonst mochts glei a andere. Da im Waldviertel findet ma schnell jemanden. Und in meinem Alter? Da findet ma so leicht ka Arbeit mehr. Beim Feuerwehrfest hat der Manfred dann a andere kenngelernt. Des war's dann mit uns.«

»Der Manfred! Geh, hör auf! Den host da gnommen? Des gibt's do net. Tuat ma leid für di.«

»Passt scho'. Is' scho' a Zeitl her. Und bei dir? Frauen?«

»Genug. Einmal war's länger, einmal kürzer. Viele fesche Touristinnen, die auf einen Abenteuerurlaub aus sind. Da muass ma gar net viel anstellen. Und wenn ma da so ein halbes Jahr durch die Welt reist und mit der fixen Crew auf engem Raum lebt, gibt's a Vertrautheit mit der Zeit. Da gab's dann scho' was Längeres. Aber zu mehr hat's net greicht.«

»I hoff aber, net no' wegen der Sabine! Wegen damals?« Karin Reutner sah ihn herausfordernd an.

»Na. Des woar amoi!«, sagte Franz Steinrieder bestimmt und leerte den Rest seines Glases auf einmal. »Des Gleiche!«, bestellte er bei Karin nach.

»Wir sein wirklich a lustige Clique gwest. Du und die

Sabine. I und der Walter. Schene Zeiten woarn des damals. Wie ma immer in die Disco gfahren sind. Zuerst mit die Mopperln, die dauernd hin woarn. Ihr hab's die dann repariert. Und kannst di erinnern, wie unseres nimma gangen is' und du dreimal mit jedem einzeln gfahren bist? Mit'm Auto war's dann besser. Da konnt ma a in Wald fahren – und …« Karin grinste wissend, stellte Franz ein neues Viertel hin und schaute ihn dabei nicht an. »Du woarst sehr in die Sabine verknallt. Dass sie sich dann für den Robert entschieden hat, hat uns alle überrascht. Ja, sie war die Elegante. Wollte etwas darstellen. Und für euern Vater war immer klar, dass der Robert das Gut erben würde. Der war halt dann ihre Investition in die Zukunft.«

Franz schnaubte nervös, hielt sich aber zurück.

»Entschuldige. Es is' do wirklich scho' so lang her!«

»Hör auf mit die alten Gschichten. Mir reichen die jetzigen schon. I will, dass die Hüttn endlich verkauft wird. I nimm das Geld und geh ganz woanders hin. I fang noch einmal von vorn an!«

Franz Steinrieder trank weiter, jetzt offensichtlich weniger aus Genuss, da seine Schlucke immer größer wurden.

»Ja, aber Franz! Ist dir die Lana egal?«

»Wieso?«

»Na, wann bist du denn weg?«

»Vor fast 17 Jahren.« Karin ließ ihn allein zurück und räumte die Gläser ins Regal.

»Was heißt das? Wieso fragst denn?

»Nur so. Is' ma grad eingfallen.«

Franz Steinrieders rote Gesichtsfarbe kam jetzt nicht nur vom angestrengten Nachdenken darüber, was Karin damit gemeint haben könnte, sondern von der Wirkung des Weins, die sich deutlich bei ihm bemerkbar machte.

»Franz, i glaub, es is' besser, du gehst jetzt und kommst a anders Mal wieder.« Karin Reutner sah zur lauter gewordenen Stammtischrunde und einigen neuen Gästen, die gekommen waren. »I kann jetzt nimma mit dir weiterratschen. I hab was zu tun. Neue Gäst'. Und des Mittagsessen muass i servieren. Also, bis bald!«

Karin Reutner rauschte in den Küchenbereich ab.

KAPITEL 16

Ins Weingut wollte er nicht sofort zurückkehren. Franz Steinrieder beschloss daher, vorher noch die Kellergasse am Rande des Orts entlangzugehen.

So gerne war er früher in Plankenstein gewesen. Seine Ausbildung zum Koch hatte er hier angefangen. Im Wirtshaus. Später dann ging er aufs Internat der Gastroschule in Krems. Ohne Auto war das allerdings weit weg gewesen.

Auch ohne Familie und ohne Freunde zu sein, fiel ihm damals nicht leicht, so jung, wie er war.

Er hatte Angst. Große Angst. Angst, die ihn seither nicht mehr losließ. Ihn immer wieder heimsuchte.

Unangekündigt. Jetzt häufiger.

Weshalb ihn phasenweise Panikattacken überkamen, konnte ihm bisher niemand erklären. Diese Seelenklempner! Wann wussten die überhaupt einmal etwas?

Im Internat hatte man ihn wenigstens wahrgenommen. Nicht sofort. Nein.

Zuerst war es bedrückend wie zu Hause. Niemand beachtete ihn. Keiner fand freundliche Worte. Nur, wenn etwas zu erledigen war und sich niemand anderer dafür fand, wurden die Kommilitonen auf ihn aufmerksam. Erinnerte man sich an ihn. Freundschaftlich war es ohnehin nicht. Mehr im Befehlston. Ohne Ausweichmöglichkeit. Damit gleich alles klar war.

Erst mit der Zeit lernte er, sich durchzusetzen. Sonst wäre er übrig geblieben. Klar gab's manchmal lustige Streiche. Wenn auch nicht immer lustig für ihn.

Später erst kapierte er, dass es sich oft um Mutproben gehandelt hatte, mit denen die Hierarchie in Männergruppen hergestellt wurde.

Raufereien duldete man im Internat nicht, und sie wurden streng bestraft. Daher verlegten sich die Rädelsführer seines Jahrgangs auf andere Bereiche, eher psychologischer Natur.

Apropos Jahrgang: Seine erste Erfahrung mit Wein sammelte er nicht nur zu Hause am Weingut seiner Eltern. Hier, in der Kellergasse, gab es Menschen, die sich Zeit für ihn nahmen. Ihm vieles erklärten. Da war nicht immer so viel Hektik wie am Steinrieder-Hof.

Oft überprüften die Großväter der kleineren Weinbauernfamilien genießerisch den aktuellen Stand der Weingärung. Zur Belohnung genehmigten sie sich nebenbei ein Gläschen aus früheren Jahrgängen. Sie wirkten entspannt und gut gelaunt. Für Franz hatten sie immer ein offenes Ohr. Er war willkommen.

Sie hatten dann vor ihrem Keller auf einer Heurigenbank gesessen. Franz hatte sich zu ihnen gesellt. Anfänglich hatte er nur ein Kracherl bekommen, das die Bauern als Durstlöscher für Kinder ebenfalls im Keller hielten. Später hatten sie ihn langsam in die Kunst des Weintrinkens eingeführt. Vieles wusste er von daheim. Den Rest hatte er hier gelernt. Vor allem der Reininger Seppl, dem verdankte er viel. Doch der war jetzt schon lange nicht mehr.

Franz Steinrieder setzte sich an eine der Holzsitzgruppen und schaute sich jeden Keller einzeln an. Sie waren alle in den vergangenen Jahren frisch renoviert worden. Keiner war so verfallen wie noch in der Zeit, wo sie für ihn Zuflucht bedeutet hatten. Zuflucht vor einem Familienbetrieb, in dem es bloß Arbeit gab. Wo er eine Arbeitskraft unter vielen war.

Was einmal aus ihm werden sollte, worin seine Talente lagen, darüber hatte sich niemand Gedanken gemacht. Auch seine Mutter nicht. Sie hatte stets nur Augen für alles Große und Erfolgreiche. Und das war neben seinem Vater eben Robert.

Robert!

Da war er wieder.

In seinen Gedanken.

In seiner Wut.

In seiner Abneigung.

Er verabscheute ihn!

Franz wünschte sich, dass es ihn endlich nicht mehr gäbe. Er verschwinden würde aus seinem Leben, genauso wie sein Vater nicht mehr da war.

Jetzt. Plötzlich. Endgültig.

Sich keine Gedanken mehr über ihn machen zu müssen. Ihn vergessen zu dürfen. Damit er, Franz, sich wohler fühlen konnte. Endlich. Damit nicht mehr diese Panikattacken ausbrachen. Die nur mit einem zu tun hatten, darüber war er sich sicher: Robert!

Franz Steinrieder merkte, wie ihn diese Gedanken ins Schwitzen brachten. Schweißperlen standen ihm auf der Stirn. Er begann zu zittern und merkte, dass das Atmen immer beschwerlicher wurde.

Er musste weg. Weg von diesem Ort.

Der Wein, den er eben getrunken hatte, stieg ihm zu Kopf. Er fühlte sich berauscht. Benebelt. Die Erinnerungen.

Sie kamen wieder. *Er musste weg.* Weg von hier. Hinein in die Weinberge. Wo er allein war. Allein mit der Natur. Wo alles leichter wurde, was ihn quälte.

Was die Karin ihm da als Floh ins Ohr gesetzt hatte. Was die Leute munkelten. Was er nicht glauben konnte. Zu reden hatten sie immer etwas. Aber das?

Franz Steinrieder war den ersten Hang gleich hinter dem Keller hinaufgeklettert. Er hatte sich an den Sträuchern hochgezogen und nicht erst weiter vorne den Feldweg genommen. Sein schwarzes T-Shirt mit der Aufschrift »Hard Rock Cafe« war völlig durchgeschwitzt. Er zog es aus und wischte sich damit den Schweiß aus der Stirn, dann von der Brust. Danach zog er es wieder an.

Franz Steinrieder stand jetzt am Saum eines Weingartens, der sich sanft abfallend in die Landschaft einfügte. Er genoss den Ausblick über die Weite der Kamptaler Weinhügel, die ihn beinahe an Landschaften in der Toskana erinnerte.

Ihm fielen die grünen Trauben auf. Manche begannen bereits, ins Gelbliche zu reifen. Bald würde die Ernte beginnen. Auch er würde dabei sein.

Franz beschloss, den Heimweg zum Weingut durch die Gärten zu nehmen. Er brach eine der Dolden vom Rebstock und begann während des Gehens, die Spritzmittelrückstände mit den Fingern abzuwischen. Er aß eine Traube nach der anderen.

Das Gehen beruhigte ihn.

Als Franz Steinrieder wieder am Hof ankam, war auch seine Verzweiflung verschwunden. Er hatte sich beruhigt. Es war eben, wie es war, sagte er sich. Alles bereits Geschichte – sein Vater war tot.

Mutter und Robert müssten jetzt das Gut verkaufen. Darauf würde er Wert legen. Auch wenn seine Mutter das im Moment nicht wollte. Doch leben würde sie bestimmt nicht ewig. Sie könnte mit dem vielen Geld nach Wien ziehen.

Und Robert? Dem fiel sicher etwas ein. Ein neues Geschäft. Der fiel immer auf die Butterseite des Lebens.

Er selbst würde das Geld nehmen und endgültig fortgehen. Weit weg von hier. Und niemals wiederkehren. Sich dann irgendwo ein Weingut kaufen und ein Restaurant eröffnen. Davon verstand er etwas. In Südamerika. Chile oder Argentinien. Wo man das für weniger Geld bekam. Vielleicht nahm er sich dort dann auch eine Frau. Dunkelhaarig müsste sie sein. Die gefielen ihm am besten. So wie die Karin. Oder immer noch: Sabine.

Die Mutter musste verkaufen! Sich einmal für ihre Söhne einsetzen!

Nie hatte sie sich eingemischt. Nie nur ein Wort gesagt. Gegen den Vater. Gegen die Art, *wie* der sich durchgesetzt hatte. Und jetzt wollte sie sich verwirklichen. Jetzt mit 60! Gegen ihre Söhne!

Die war völlig durch den Wind. Um nicht zu sagen – lächerlich!

Franz Steinrieder betrat das Haus. Von der Eingangshalle aus sah er im Wohnzimmer Sabine Steinrieder mit dem Rücken zu ihm stehen. Sie war dabei, Unterlagen in Ordner einzusortieren.

Franz zögerte, ob er stören sollte.

Er entschloss sich, an den Türrahmen des Zimmers zu

klopfen, um auf sich aufmerksam zu machen. Doch es war so leise, dass sie ihn nicht gleich hören konnte. Währenddessen blickte er ins repräsentative, überwiegend modern eingerichtete Zimmer. Es hatte sich viel verändert, seit Sabine dort wohnte – und er vor Jahren ausgezogen war.

Sie war noch immer so schlank, zierlich und attraktiv wie damals. Die Haare trug sie jetzt blond. Das war neu. Passte ihr aber auch gut, wie er feststellte.

»Hallo, Franz!« Sie drehte sich nach ihm um und sah ihn erstaunt an. »Wo tauchst du denn plötzlich auf?«

»Wieso? Ich war im Wirtshaus. Hab alte Bekannte getroffen. Jetzt bin ich wieder da.« Mehr sagte er nicht, blieb kurz angebunden.

»Wen hast denn ’troffen?« Sabine Steinrieder schloss den Ordner, um einen neuen vor sich auszubreiten.

Franz blieb stumm.

»Ja, einige von uns sind in Plankenstein geblieben. Die meisten hat’s aber anderswohin verstreut, wie’s im Waldviertel so oft der Fall ist. Bei dir war’s ja auch so!«

Spätestens jetzt war der Augenblick gekommen, in dem Franz Steinrieder sich entscheiden musste, ob er lieber gehen oder das Gespräch vertiefen wollte. Wobei – er hatte sich bisher kaum daran beteiligt.

Franz entschied zu bleiben. »Die Karin gibt’s no’ und der Aichinger is’ a no’ doblieben in Plankenstein.« Es klang weiterhin unverbindlich. Zwei alte Bekannte eben, die sich nach langer Zeit trafen.

Sabine wandte sich wieder ihrem Ordner zu. »Jaja. Wissen tun ma jetzt kaum etwas voneinander. Es ist nicht mehr so wie früher. Der Robert liefert unseren Wein ins Lager vom Wirtshaus. Aber sonst gibt’s wenig Kontakt.«

»Ja, alles ändert sich.«

Einige Sekunden Stille.

Franz ärgerte sich über den schleppenden Verlauf des Gesprächs. Daher beschloss er, nach dem zu fragen, was er wissen wollte. Nicht herumzureden: »Und – wie geht's dir mit dem Robert? So all die Jahre?«

Sabine Steinrieder unterbrach ihre Arbeit und wandte sich ihm zu: »Gut. Es ist ein geruhsames Leben, in dem's uns an nichts fehlt. Mit viel Arbeit zwar, aber von nichts kommt eben nichts.«

Shit! Genau das wollte er nicht hören! Er wollte hören, dass sie die falsche Wahl getroffen hatte. Dass sie es bereute. Lieber bei ihm geblieben wäre. Sich besser nicht für Robert entschieden hätte. Sich also endlich eingestand, dass Robert nicht zu ihr passte – sondern er! Und nur er!

All das hörte Franz aber nicht. Er versuchte, nach außen hin gelassen zu wirken.

Nervöses Räuspern. Sein Atmen wurde kürzer.

Schließlich nahm er alle Kraft zusammen, um die schmerzliche Wut, die augenblicklich in ihm hochstieg, zu unterdrücken. Sein Blick, mit dem er Sabine fixierte, war ernst.

Sie ließ sich nicht davon irritieren und schlichtete leidenschaftslos das letzte Blatt Papier in den neuen Ordner ein. Dann legte sie ihn zur Seite und widmete sich endlich ihrem Gegenüber. Sie verschränkte die Arme und fixierte ihn. »Franz, ich muss dir etwas sagen. Das war kein Zufall, dass ich mich damals für Robert entschieden habe. Ich war schwanger.« Sie hörte zu sprechen auf. »Ich wollte stabile und sichere Verhältnisse. Das mit dir war eine lustige, exzessive Zeit. Auf Dauer wäre das mit uns beiden nie gut gegangen. Außerdem wolltest du auf einem Schiff arbeiten …«

»Wieso sagst du das? Jetzt. Du hast mir damals so viel bedeutet!« Das Heute verschwieg er.

»Du verstehst immer noch nicht: du *mir* aber nicht!«

Das Gespräch schaukelte sich in einer Heftigkeit hoch, die beide nicht hatten kommen sehen.

»Gib's zu! Du wolltest nur das Weingut!«, polterte Franz Steinrieder los. »Nur darauf hattest du es abgesehen. Sonst auf nichts! Alles war dir recht, das zu erreichen. Du hast gewusst, dass Robert es später leiten würde. Vater wollte das immer so. Wahrscheinlich hast du dir deshalb auch von ihm noch schnell ein Kind machen lassen!«

Während er dies aussprach, wusste Franz Steinrieder, dass er mit seinem Vorwurf zu weit gegangen war. Sabines allerletzte Zuneigung hätte er jetzt ein für alle Mal verloren.

Doch es kam anders: »Du hast recht: Es war Berechnung von mir. Eben, weil ich schwanger war – aber von dir!«

Sie sah in ein fassungsloses Gesicht.

Franz Steinrieder glaubte, nicht richtig gehört zu haben. Leere breitete sich in ihm aus. Die Welt um ihn herum begann sich zu drehen. Bedrohlich. Er musste sich auf den Beinen halten. Nicht umfallen! Nur das nicht! Jetzt nicht! Sein Atem wurde ruhiger. Stockte fast.

Er hatte nicht gemerkt, wie Sabine inzwischen an ihm vorbeigegangen war, um die Wohnzimmertür hinter ihnen zu schließen. Er stand weiterhin auf seinem Platz. Starr. Wie vom Blitz getroffen.

Regungslos.

An vieles hatte er in der Vergangenheit gedacht. An Vorwürfe, die er ihr noch sagen wollte. Musste! Schmerzen, die sie ihm bereitet hatte. Damals. Heute. Dass er sie nicht vergessen konnte. Sich gedanklich nahezu an ihr festkrallte. Fast obsessiv.

Loskommen. Loskommen wollte.

Und jetzt das! Ein Kind. Mit ihr!

Franz Steinrieder rang nach Worten. Passenden. Sie kamen nicht. Nur ein Gestammel: »Wer wusste davon?«

»Dein Vater und – deine Mutter.«

»All die Jahre! Dieses Loch, in das ich da hineingefallen bin! Du? Wegen dir! Und ich wusste nicht …«

Franz Steinrieder sprach nicht weiter. Die Tür ging auf und ein junges Mädchen kam herein. »Streitet ihr? Wieso ist es so laut bei euch? Wieso habt ihr die Tür geschlossen? Ist sie doch sonst nicht.«

Sabine Steinrieder ging auf ihre Tochter zu und versuchte, sie zu umarmen. Sie entzog sich, wohl aufgrund der angespannten Stimmung im Raum.

Franz starrte sie unentwegt an. Als sei sie ein Schreckgespenst. Nicht Wirklichkeit.

Lana erschrak darüber und verließ hastig den Raum.

Die abrupte Bewegung holte Franz Steinrieder wieder aus seiner Gedankenwelt zurück. Er sammelte sich, schrie aber kurz darauf völlig ungläubig und verstört darauf los: »Meine Mutter!?«

Schmerzverzerrt sah er Sabine an, stürzte in den Vorraum und rannte brüllend die Stiegen in den ersten Stock hoch. Er riss die Zimmertür seiner Mutter auf, verschwand in dem Raum. Kurz darauf: ein gellender Schrei!

Sabine stand noch auf der Treppe, als Franz langsam aus der Tür kam. Verwirrt. Höchste Anspannung und Verzweiflung waren ihm grauenvoll ins Gesicht geschrieben.

Robert kam inzwischen von der anderen Seite des Verbindungsgangs gelaufen. Schockiert blieb er auf halbem Weg stehen. Sabine, die zuvor in Renates Zimmer gestürmt war, kam atemlos heraus und hielt sich am Türstock fest: »Sie ist tot!«

17. KAPITEL

»Sagen Sie, Grubinger, können Sie nicht endlich diese verdammte Stiege reparieren lassen? Jedes Mal, wenn ich zu Ihnen in die Polizeistation komme, bleibe ich mit meinen Schuhen an einem dieser breiten Betonrisse hängen. Irgendwann wird das noch böse enden!«, malte Walli Winzer den Teufel an die Wand. Sie schloss die Tür hinter sich, stützte sich an der Wand ab und richtete den Riemen ihrer High Heels.

Sepp Grubinger blickte nicht hoch, sondern dokterte weiterhin mit einem kleinen Schraubenzieher an einer Heftklammermaschine herum.

»Was machen Sie denn da?«

»Arbeiten. Ich muss für den Nachschub bei den Klammern sorgen. Die neue Ladung ist mir jetzt auch noch im Schaft verrutscht. Eine Spielerei ist das!« Grubinger stocherte weiter. »Ah, warum nicht gleich!«, atmete er erleichtert auf.

Sepp Grubinger griff nach ein paar Blättern und heftete sie an einem Ende zusammen. Dann legte er sie auf einen neben ihm stehenden Stapel mit anderen Dokumenten. Langsam blickte er hoch und bemerkte eingeschnappt: »Sie können ja Oberst Weichselbaumer anrufen und Ihre Anregung deponieren. Bisher hat sich noch niemand bei mir beschwert, und gestolpert ist auch keiner. Andere schauen halt. Außerdem: Wenn *ich* das anfordere, dauert das sowieso wieder ein Jahr, bis jemand vorbeikommt.«

»Gehen S', sein S' net kindisch, Grubinger! Was soll denn das? Bei irgendjemandem ist es halt das erste Mal. Der verletzt sich dann! Also, stellen Sie sich nicht so an. Machen S' was!«

Walli Winzer merkte Sepp Grubingers unmittelbare Enttäuschung über den Vertrauensverlust seiner obersten Behörde in Krems an. Dabei konnte sie doch nichts dafür, dass Weichselbaumer ihr das Oberkommando der geheimen Ermittlung im Fall Alois Steinrieder übertragen hatte!

Natürlich hatte Grubinger die Kontakte zur Polizei. Er saß schließlich auch am Polizeicomputer und konnte recherchieren. Als ausgebildeter Polizist war er daher für sie unentbehrlich. Nur die Erfahrung mit gröberen Sachen fehlte ihm halt. Und dann vielleicht noch a bissl das Kombinieren der Fakten.

Der soll sich nicht so anstellen!, dachte Walli. Sonst müsste er auch seinem direkten Chef, dem Adi Platzer, Bericht erstatten. Jetzt würde er das in Weichselbaumers Auftrag eben bei Walli Winzer machen müssen. Dass er sich daher so blöd anstellte, fand sie entbehrlich.

Grubinger war außer sich. Dass sich die Winzer jetzt aufspielte, nervte ihn sehr. Das hatte er gebraucht! Dass Frauen hier im Waldviertel auch noch das Sagen bekommen. Nicht, dass er etwas gegen sie persönlich hätte. Das nicht. Aber sagen lassen von so einer? Einer neurotischen Stadtpflanze, wie die Winzer eine war? Darauf konnte er leicht verzichten.

Nur von seiner Resi ließ er sich etwas sagen. Da wusste er, dass er sich auf sie verlassen konnte. Immer! Weil die nämlich einen Hausverstand hatte. Und ihn mochte. Aber diese Amateurdetektivin? Nur weil ihr hier oben im Waldviertel offenbar langweilig geworden war, spielte sie sich auf? Mehrmals schon! Sollte sie halt wieder in die Stadt ziehen! Und nicht andere hier oben herumkommandieren. Wie ihn. Als wäre er nicht schon lange genug Polizist! Inzwischen hatte er bereits einiges an Methoden drauf. Konnte auf Erfahrung zurückgreifen!

Sepp Grubinger hielt beim Nachdenken inne: Na ja, auch wenn dieser Mord seine Vorstellungskraft ziemlich ausreizte – insgeheim tippte er auf einen der zornigen Weinbauern. Vielleicht den Aichinger Karl. Weil der immer so aufbrausend war. Immer wieder hatte er gegen die Steinrieders gewettert. Irgendwann war ihm halt der Geduldsfaden gerissen. Schließlich hatte der Steinrieder auch noch den wichtigen Preis für den Kamptal DAC Riesling Reserve 2017 eingeheimst. Dann hat's den Alten erwischt. Klassisch! Irgendwie beinahe eine logische Konsequenz!, ertappte er sich bei seinem noch unbestätigten Verdacht.

»Grubinger, ich komm nicht nur auf ein Plauscherl zu Ihnen, sondern ich hab inzwischen mit der Mizzi Troger gesprochen. Die hat sich um die verletzte Katze gekümmert. Als ich die bei ihr abgeholt habe, hat mir die Mizzi einiges erzählt.«

Sepp Grubinger hob langsam den Blick und wandte sich Walli Winzer zu. Was sollte sie erfahren haben, was er nicht sowieso schon wusste? Immerhin kannte er die meisten Großlichtener eine gefühlte Ewigkeit. Er kannte ihre Eigenheiten und ihre Stärken. Bei manchen konnte

Grubinger sich lebhaft vorstellen, dass sich noch einiges an krimineller Energie weiterentwickelt haben mochte. Da schaute er, dass er sich im Wirtshaus neben sie setzte und mit ihnen plauderte. Sie erzählten ihm oft ihre Sorgen und Nöte, und meistens fiel ihm etwas Passendes ein, um ihnen aus der Patsche zu helfen. So schaukelte sich weniger Emotion hoch. Die Leute achteten doch ein bissl aufeinander.

Was also sollte die Winzer wissen und er, Grubinger, nicht? Na ja, sie ging die Leute eher direkt an. Das war halt ihre Art. Eben aus der Großstadt. Da war Zeit Geld. Da gab's kein langes Herumfackeln um etwas. Da war man gleich bei der Sache. So amerikanisch eben. Das mochte er nicht. Diese Oberflächlichkeit.

Und Geld? Das gab's hier sowieso nicht. Nie. Im Waldviertel. Nicht einmal wirklich bei den Adeligen, die hier seit Jahrhunderten auf Wald- und Forstwirtschaft setzten. Der Borkenkäfer und die Klimaerwärmung machten den Wäldern zu schaffen. Und das kostete Geld! Viel Geld!

Doch die Waldviertler Karpfen, die fühlten sich nach wie vor wohl. Drum waren sie neben den Nadelwäldern und dem Mohn *das* Markenzeichen der Region, und zwar heute noch.

»Sagen Sie, Grubinger! Wollen Sie nicht hören, was ich erfahren habe?«, fragte Walli Winzer genervt.

»Klar doch. Sicher!« Er lehnte sich mit verschränkten Armen trotzig abwartend an die Stuhllehne.

»Also, der Alois Steinrieder machte seit den 1980er-Jahren Weingeschäfte mit den Russen. Er war schon Funktionär in der Zeit vom österreichischen Glykolskandal. Klingelt da etwas bei Ihnen?«

»Na, net wirklich. Wenn Sie Illegales ansprechen wollen: Ich möcht' nicht wissen, wie lange man den Fusel noch im Geheimen verkauft hat. Eigentlich sollte man alles vernichten. Das hat man vor allem in den großen Weingenossenschaften gemacht. Aber was die Leute in ihren privaten Weinkellern versteckt lagerten, das weiß ich nicht. Da gab's sicher Kontrollen. Aber wie genau die waren? Und wer kontrolliert wurde? Die eigenen Funktionäre?« Er hielt kurz inne: »Machen Sie sich selbst Ihren Reim darauf.«

»Ja, alte G'schichten. Wer weiß, wer damals wen vernadert hat und wer wen nicht? Wer manches zu seinem Vorteil ausrichten konnte, und wer auf der Strecke blieb? So etwas nagt an einem und kann sich später emotional zuspitzen … zum Beispiel, wenn einer von damals dann auch noch mit seinem Riesling prämiert wird!«, ergänzte Walli.

Bingo! Also doch der Aichinger Karl!, triumphierte Sepp Grubinger innerlich. Sagen wollte er der Winzer noch nichts. Der echte Polizist war eben doch er. Mit professionell kriminalistischem Spürsinn. Sollte der Weichselbaumer der Winzer das Kommando übergeben. *Er* würde den Täter zur Strecke bringen! Und das schon bald. Na, die würden schaun!

Sepp Grubingers Stimmung besserte sich schlagartig. Er zeigte sich Walli Winzer gegenüber kooperationsbereit und widmete sich jeder weiteren kritischen Ausführung, die sie über die Familienmitglieder der Steinrieders äußerte. Zugegeben: Das alles war nicht ohne!

Ziemlicher Familiengnatsch, den sie da beisammenhatten. Sepp Grubinger wurde nachdenklich. Irgendwie sogar verunsichert. Sein Polizeigewissen sah ein, dass allen verdächtigen Spuren nachgegangen werden musste. Und tatsächlich: Die Winzer hatte gute Arbeit geleistet! Aber sagen würde er das nicht. So weit käme es noch!

Schnüffeln also konnte sie. Und wühlen in schmutzigen Sachen. Davor hatte er immer ein bissl Scheu und Ekel. Die Schmutzwäsche anderer zu waschen. Die Winzer war da anders. Auch, dass Harry Kain sich an den Glykolskandal erinnern konnte, wie er von Walli wusste, und damals an der Aufdeckung mitgearbeitet hatte, war nicht von Nachteil.

»So, jetzt Sie, Grubinger! Sind die Obduktionsergebnisse schon da?«, platzte Walli Winzer in seine Gedanken.

»Ähm, ja. Sie sind da.«

»Und? Muss ich Ihnen alles aus der Nase ziehen? Was war's?«

»Er starb an einer Vergiftung. Es war Blausäure, die man ihm verdünnt wahrscheinlich in sein Weinglas gemischt hat. Maximal 30 Minuten vorher.«

»Also doch das, was ich vermutet hatte. Die betont rosa Hautfarbe im Gesicht und an den Händen hat mich darauf gebracht.«

»Noch dazu ein Gift, das hier praktisch jeder Landwirt in seinem Betrieb hat, vermutlich sogar vorrätig in den Scheunen mancher Weingütern.«

»Hm, eine Todesart, für die jetzt mindestens 500 Leute infrage kommen. So viele waren damals bei der Prämierung. Darüber wird sich Oberst Weichselbaumer nicht freuen, wenn ich ihm das am Telefon erzähle.«

Auf Walli Winzers Gesicht entstanden augenblicklich Stirnfalten, die sie um Jahre älter machten. Sorgenfalten. Gut nur, dass sie sich jetzt selbst nicht sehen konnte, dachte Sepp Grubinger. Denn wie er sie kannte, wäre es das Einzige, was sie wirklich aus der Fassung bringen konnte.

Ihn brachte hingegen jetzt vielmehr ein Diensttelefonat aus der Fassung: Im Weingut Steinrieder gab's die nächste Tote!

18. KAPITEL

Noch immer war er außer sich.

Hatte sich im alten Weinkeller des Familienerbguts versteckt.

Die Polizeiwägen, die Spurensicherung und der Mediziner, sie alle hatten ihn fertiggemacht. Wie sie ihn gleich als Verdächtigen zu präsentieren versuchten!

Dabei hatte er seiner Mutter nur ein Glas roten Weintraubensafts gereicht, worum sie ihn gebeten hatte. Gleich darauf hatte sie geschrien, sich die Brust gehalten, kaum noch Luft bekommen und war wenige Minuten später tot umgefallen.

Er hatte ihr helfen wollen, doch jede Mühe war vergebens. Regungslos hatte sie plötzlich vor ihm gelegen. Er hatte Hilfe holen wollen, doch da standen Sabine und Robert bereits vor ihm.

Vor allem wie schnell Robert da gewesen war, verwunderte ihn. Sonst hielt er sich zu dieser Zeit nie im Haus auf. Erledigte seine Geschäfte außerhalb oder befand sich im gegenüberliegenden Teil des Anwesens, im Büro. Aber jetzt? Jetzt war er unglaublich schnell da gewesen.

Im Augenblick wollte Franz Steinrieder Abstand. Abstand von den Ereignissen. Abstand von all den Personen um ihn herum. Die ihn bedrängten. Ihn sogar verdächtigten.

Er war in den alten Weinkeller geflüchtet. Jenem Unort aus seiner Kindheit, wohin er oft weggesperrt worden war. Jetzt ein Zufluchtsort, in dem er Geborgenheit suchte.

Der Keller. *Die* Keller in Österreich. Die Keller von Plankenstein.

Angst-Orte.

Sehnsuchts-Orte.

Zuvor hatte Franz Steinrieder die kostbaren Weinflaschen dort begutachtet. Sie lagerten im hinteren Teil. In einem begeh- und versperrbaren Humidor. Denn für sie musste garantiert werden, dass die Temperatur während der Lagerung die gleiche blieb. Nur dann hielten sie lange Zeit.

Viele der Superreichen, die schon alles zu besitzen schienen, legten jetzt ihr übriges Kapital in Weinkostbarkeiten an. Sie waren bereit, Unsummen dafür auszugeben. Hielten Weinjuwele als Wertanlage wie Goldbarren oder teure Gemälde. In Hochsicherheitstrakten. Hinter Panzerglas.

Die kostbarsten Weinkeller befanden sich übrigens jetzt in modernen Hochhausanlagen, vorwiegend in New York und Moskau. Der alte Weinkeller, wie ihn noch Schlösser und Stifte besaßen, hatte schon lange ausgedient. So hatte sich mittlerweile auch die gesamte Weinlandschaft verändert. Alles andere wäre Nostalgie.

Durch Hightechmethoden konnte die perfekte Weinlagerung wie in Museen für historische Kunstwerke geschaffen werden. Hochsicherheitsdruckmelder schlugen bei kleinsten Veränderungen am Wein an. Gelungene Geschäfte wurden von Superreichen letztlich immer schon gerne vor historisch-legendären Weinschätzen wie Romanée-Conti (Burgund) oder Petrus (Bordeaux) abgefeiert. Getrunken wurde natürlich ein anderer edler Tropfen jüngeren Datums, der sich ebenso schmecken und sehen lassen konnte.

Solche, die um vieles noch kostbarer waren als jener, den er jetzt trank.

Wozu weder seine seelische noch seine physische Verfassung passten. Er bebte innerlich. Konnte sich kaum auf den Beinen halten. Die Ereignisse forderten ihn. Bis an seine Grenzen.

Franz Steinrieder kauerte am Boden, der in diesem Bereich des Kellers noch original aus Lehm war. Die kostbare 14.000-Euro-Weinflasche neben sich. Er hielt sein Glas gegen das sanfte Licht im Keller und betrachtete die fast öligen Schlieren, die sich am Glasrand abgesetzt hatten. Er musterte das satte Dunkelrot des Chateau Margaux 1990 und war zumindest in diesem Augenblick zufrieden.

Bis ihm der Tod seiner Mutter wieder einfiel.

Vor wenigen Stunden. Direkt neben ihm. Und ohne dass sie es in diesem Moment sagen konnte, hatte sie geglaubt, dass er es gewesen war. Er hatte es in ihren Augen gelesen. In ihren erstaunten. Dieser Ausdruck! Er würde ihn nie vergessen.

Vielleicht stimmte es. Immerhin hatte er seiner Mutter den Traubensaft gereicht. Daraufhin hatte sie diesen furchtbaren Anfall bekommen. Doch wie das Gift da hineingekommen sein konnte, war ihm schleierhaft. Er war es jedenfalls nicht gewesen. Zumindest nicht bewusst. Nicht vorsätzlich.

Nein!

Auch wenn er seinen Eltern oft die Pest an den Hals gewünscht hatte. Ja, das gab er zu! Wie sie oft durch ihn hindurchgesehen, ihn nicht wahrgenommen hatten. In seiner Kindheit. All die Zeit über.

Sie kannten seine Bedürfnisse nicht. Seine Wünsche. Seine Sehnsüchte.

Alles lief nebenbei. Neben der vielen Arbeit am Weingut.

Nichts von seinen Gedanken. Seinen Träumen.

Es war Aufmerksamkeit, die er sich oft genug von ihnen gewünscht hatte: von seinem Vater, seiner Mutter, auch von Robert, seinem älteren Bruder.

Und dann. Dann nahm Robert ihm auch noch seine Freundin Sabine. Heiratete sie. Das konnte er kaum glauben. Nicht ertragen.

Er war weggelaufen. Jahrelang. Wollte alles vergessen.

Doch jetzt war er zurück. Sah alle wieder, und sie schmolzen dahin. Einer nach dem anderen.

Als würde ihn plötzlich das Schicksal erhören. Endlich Gerechtigkeit walten lassen. Ihm das zugestehen, was die Ursache allen Übels war: das berühmte Weingut Steinrieder.

Jetzt hing endlich alles an ihm! Die Fäden lagen in seinen Händen.

Er war berauscht. Vom Wein. Im Kamptal. Den ganzen Tag über. Genau genommen schon seit Tagen. Seitdem er hier, in Plankenstein, angekommen war. Seitdem ihm sein Vater das Geld für einen Neuanfang verweigert hatte. Ihn wieder einmal zwingen wollte, Rücksicht auf das Weingut zu nehmen – und auf Robert.

Ihn, Franz, missachtete. Wie immer.

Und jetzt? Die Mutter war tot. Das Erbe ging zu gleichen Teilen an sie beide. Das Blatt hatte sich gewendet. Jetzt hatte er Robert in der Hand. Er war auf ihn angewiesen. Was er wollte, würde nun geschehen. Und dafür würde er sorgen – kompromisslos.

Franz Steinrieder schenkte sich nach und sah in die ruhigen Flammen der Kerzen, die er zuvor an Wandkandelabern angezündet hatte. Auch auf einem alten Holztisch stand ein dreiflammiger Kerzenleuchter. Schwach erleuchtete er den Raum.

Dieser Teil des Kellers war der älteste der Anlage. Bereits zu Großvaters Zeiten lagerten hier die wertvollsten Weine des Anwesens.

Das Licht flackerte plötzlich.

Die Kellertür ging auf.

Jemand kam herein.

Franz richtete sich auf, hatte Schwierigkeiten, sich zu erheben. Beim Versuch, sich abzustützen, torkelte er. Fiel zurück. Trotzdem fühlte er sich erleichtert. War stolz darauf, eine über Zehntausend-Euro-Flasche ganz allein ausgetrunken zu haben. Das war es wert gewesen. *Er* war es sich wert. Jetzt. Durch sein Erbe. Allen gegenüber!

Trotzdem war er außer Gefecht gesetzt. Durch seine Entscheidung. Hilflos saß Franz in der Ecke des kühlen Kellers. Drückte sich gegen die Lehmwand und wartete, was nun geschehen würde. Warum kam jemand? War ihm jemand gefolgt?

Die Unebenheiten in der Lehmwand verschwammen vor seinen Augen. Er fühlte sich benommen. Der teure Wein wirkte. Durch seinen Dauerpegel der letzten Tage nicht wirklich überraschend.

Tritte kamen näher. Ein Quietschen teurer Lederschuhe.

Franz spürte Unbehagen. Drückte sich fester an die Wand. Hielt die Luft an. Griff nach der Flasche. Vielleicht würde er sie noch anders gebrauchen müssen.

Ein Schatten an der Wand. Er wurde länger. Grässlich. Warf sein Zerrbild voraus.

Franz griff nach dem Flaschenhals, winkelte leicht den Oberarm ab. Hielt dabei die Luft an.

Plötzlich verschwand das Zerrbild. Und stattdessen?

Es war Robert.

»Hier bist du! Ich habe dich überall gesucht. Die Polizei ist weg und auch die übrigen Schaulustigen. Versteckst du dich etwa?« Er kam auf seinen Bruder zu und musterte ihn argwöhnisch. »Wie du wieder aussiehst! Ist das das Einzige, was dir zum Tod unserer Mutter einfällt? Dich volllaufen zu lassen?« Robert griff nach der Flasche, die Franz auf den Boden zurückgelegt hatte. Er sah kurz auf das Etikett: »Na klar! Und mit diesem teuren Wein auch noch! Du bist wirklich das Allerletzte!«

»Tu nicht so scheinheilig! Du warst es doch! Du hast Mama um die Ecke gebracht. Damit du so weitermachen kannst wie bisher.«

»Bist du von Sinnen? Völlig übergeschnappt?«

»Damit dir niemand im Weg steht! Aber da hast du dich getäuscht. Ich überlasse dir das Feld nicht. Nicht mehr. Nie wieder, Bruderherz! Du wirst sehen!«

»Du besoffener Volltrottel! Du weißt ja nicht mehr, was du redst! Du hast sie vergiftet wie auch Vater! Ich bin davon überzeugt, und ich werde alles in meiner Macht Liegende tun, um mitzuhelfen, dich zu überführen. Darauf kannst *du* Gift nehmen!«

»So eine Schnapsidee von dir. Und danach hoffst du, dass du das Weingut alleine bekommst, ohne mich.« Franz

Steinrieder lachte laut und hämisch. Er stand auf, schlurfte zum nächsten Weinregal und zog erneut eine Flasche heraus.

»Schluss damit!« Robert ging flotten Schritts auf ihn zu und wollte ihm die Flasche aus der Hand zu reißen.

Franz wehrte sich und stieß den Bruder gegen das benachbarte Regal.

Robert breitete seine Arme reflexartig zur Seite aus und versuchte so den Großteil der hinter ihm wankenden Flaschen zu stabilisieren. Einige gingen dennoch zu Bruch. Eine riesige Lache breitete sich zur Mitte des Kellerbodens hin aus und überzog im selben Moment den zuvor feinen Geruch nach alten Eichenfässern mit jenem von intensiver, beißender Weinsäure.

»Zehntausende Euro liegen jetzt auf dem Boden! Ich bringe dich um! Augenblicklich!«

Robert wollte sich auf Franz stürzen, der instinktiv nach der leeren Flasche von zuvor griff und sie an der Kante eines Eckregals mittig brach. Er wehrte seinen Bruder mit dem spitzen Stumpf in der Hand ab. »Na, komm nur. Dann war's Notwehr. Das werden die Leute dann sehen! Endlich! Na, komm, du Feigling! Ohne Papa und Mama! Jetzt bist du auf dich gestellt! Allein! Niemand wird dir helfen!«

Franz Steinrieder machte Anstalten, mit der Flasche in der Hand in Roberts Richtung zu torkeln. Dieser wich gekonnt aus. »Du bist ja krank! Verrückt! Wie wird das noch mit dir enden?« Er versuchte, ihm die Flasche zu entreißen.

»Indem ich dich überführe! Vorher wird kein Frieden einkehren! Niemals! Denn ich will auch meine Tochter Lana zurückhaben – und Sabine!«

»Drehst du völlig durch! Du weißt nicht mehr, was du sagst. Lana ist meine Tochter!«

»Was?« Lana Steinrieder stand plötzlich fassungslos im Durchgang: »Das kann doch alles nicht wahr sein!«

19. KAPITEL

Walli Winzer fegte mit der Hand einige Krümel ihres Müsliriegels vom Schoß. Den Rest hielt sie noch in der Hand. Mit vollem Mund sagte sie: »Das ist ja super, dass ihr mit uns kommt!«

»Wir wollen gleich sehen, wen ihr zu uns in den Reiterstall mitnehmt«, lachte Lisa und kickte Sandra erwartungsvoll in die Seite, die neben ihr im geräumigen Van saß. Sie hatte zuvor ihre Schuhe ausgezogen und ein Bein abgewinkelt auf den Sitz gestellt.

Walli saß auf dem Beifahrersitz und hatte sich zu den beiden umgedreht.

Sandra hatte sich an die abgeriegelte Seitentür gelehnt und blickte während des Redens immer wieder zum Fenster hinaus: »Die Landschaft ist ganz anders als bei uns. In der Ebene könnte man wirklich toll reiten.«

»Kein Wunder, dass die Ungarn sich seit Jahrhunderten so gut mit Pferden auskennen.«

»Vor allem mit Reitpferden. Die haben sie früher nicht nur für Militärs der österreich-ungarischen Monarchie gezüchtet, sondern auch für den Pferdesport«, bestätigte András Nagy. Der Stallmeister lenkte den Van, dessen Anhängerkupplung einen Pferdetransporter mitzog.

»Wie bist du auf dieses Zuchtgestüt gekommen?«, erkundigte sich Lisa.

»Übers Internet sind viele Reitställe miteinander verbunden. So wie wir mit dem in Sopron. Ich habe nach passendem Hengst für unser Gestüt gesucht. Und voilà: Gefunden habe ihn hier. Ich kenne Leiter Zoltán Zimbai, privat sehr lange. Na, hab ich gedacht, holen wir ungarisches Pferd zu uns.«

»Dann darf er die schönen Waldwege und Felder im Waldviertel entlangtraben.«

»Lisa, aber vorher muss er noch für Nachwuchs sorgen.« Sandra zwinkerte ihr grinsend zu.

Lisa tat, als hätte sie nichts gehört: »Aber zu landwirtschaftlicher Arbeit können Reitpferde nicht herangezogen werden?«

»Nein, Beine sind zu grazil. Braucht man festere, wie bei Haflingern«, erklärte András. »Die sind stark, können schwere Last ziehen.«

Eine tiefere Stimme meldete sich aus dem Hintergrund: »Heute machen Traktoren alle Arbeit aus früherer Zeit. Pferde müssen sich nicht mehr anstrengen. Einige Weinbauern verwenden aber seit Kurzem wieder Haflinger. Vor allem für steile Hänge in Weingärten. Sie ackern mit ihnen das Unkraut ein und lassen die Erntewägen von Pferden ziehen. Das ist besser für die Lockerheit des Bodens. Nachhaltige Bodensicherheit nennt man das.«

»Ah! Harry, wieder aufgewacht? Sie waren ja jetzt zwei Stunden lang nicht zu hören!« Walli sah langsam Harry Kains dunkelblonden Haarschopf mit einigen angegrauten Stellen aus der Versenkung auftauchen.

»Wie schnell die Zeit vergeht!« Er gähnte dabei und fuhr sich mit der Hand durch die zerwühlten Haare. Für

Mitte 50 besaß Harry immer noch dichtes Haar, das er etwas länger trug, als die Mode es eben vorsah. Ganz im Gegensatz zu András, der seine angehenden kahlen Stellen in einem einheitlichen Kojak-Look trug.

»Und die Haflinger müssen dann auf den schiefen Hängen stehen?«, beschäftigte Sandra weiter das Thema.

»Natürlich nicht ewig lang, sonst verkrampfen sich ihre Beine. Aber sie halten schon einiges aus.« Harry saß jetzt kerzengerade und sah zum Fenster hinaus, um sich zu orientieren. »Na, bald sind wir wirklich am Ziel!«

»Lisa, deshalb hat Mario beim letzten Clubbing irgendetwas vom Haflinger in der Mondscheinnacht gefaselt. Ich dachte, der spinnt wieder einmal.«

»Der will beim nächsten Vollmond mit seinen Weinbrüdern ein Ritual in den Weinbergen vorbereiten. Angeblich sei die Traubenernte dann besser. Die Trauben würden dadurch mehr Süße entwickeln. Und überhaupt: Vollmond! Ein magischer Zauber geht davon aus. Haben sie sich sicher von den früheren Hexenbeschwörungen hier im Waldviertel abgeschaut. Trotzdem wollen sie Frauen weiterhin nicht dabeihaben!«, grollte Lisa Breitenecker.

»Das braucht euch doch nicht zu ärgern. Sollen die Deppen haltmachen, was sie wollen!«, schaltete sich Walli Winzer zugegebenermaßen drastisch ein.

»Irgendwie stört mich das. Es gibt überall eine Möglichkeit, uns auszuschließen. Und sei's nur bei solch albernen Ritualen. Wenn die sich das mal nicht für später angewöhnen. Die alten Recken in diesen Männerclubs ziehen die Jungen mit ihrer Retro-Haltung mit. Österreich wird sich auf diese Art nie in seiner Verschrobenheit ändern!«

»Na, na. Da müsst ihr eben parallel dazu selbst etwas Neues aufziehen. Da könnt ihr euch dann persönlich super weiterentwickeln, auch für euer Berufsleben, so lernt man Teamwork. Globalisierung ist angesagt. Sollen die doch hier lokal weiterdümpeln. Bringen wird ihnen das nicht mehr viel. Es gibt erfreulicherweise immer mehr junge Männer, denen diese alten Geister ziemlich auf den Nerv gehen. Auch fachlich und rhetorisch sind solche Retro-Typen lange nicht mehr so firm wie früher!«, grinste Walli breit und stopfte den letzten Bissen ihres Müsliriegels in sich hinein.

»Trotzdem: Diesem Scheißer Mario werd ich noch einen Denkzettel dafür verpassen, dass ich wegen ihm ein Semester verloren habe!«, wetterte Sandra.

»Uns fällt schon was ein!«, bestärkte Lisa ihre Freundin.

»Du klingst ja schon wie deine Mutter in unserer wilden Studentenzeit!«, lachte Walli.

Die jungen Frauen blieben davon unbeeindruckt. »Außerdem hat Mario in seinem Bsuff davon gefaselt, er hätte Beweise, dass *er* es war. Aber wer? Und was?«, fiel Sandra noch ein.

Lisa hob unwissend die Achseln.

Walli drehte sich wieder in Fahrtrichtung und zeigte sich desinteressiert: »Kommt, Mädels, lasst dieses trübe Gerede über die Hirnlosen und genießt lieber unsere Reise. Wir fahren gleich über die Grenze!«

»Wir könnten hier in der Nähe gemeinsam mittagessen, dann schmeißt ihr mich beim Weingut von Luca Entkö hinaus und fahrt weiter zum Reiterhof. Was sagt ihr dazu?« Harry Kain hielt seinen Vorschlag für angenommen, da niemand etwas dagegen einzuwenden hatte.

Walli war richtiggehend überrascht, dass Harry sich einer Bemerkung über das eben Gesagte enthielt. Das entsprach nicht seinen üblichen Reaktionen, immer und überall das Tüpfchen auf dem I zu suchen. Offenbar war er ihrer Meinung oder zog es vor, lieber zu schweigen. Walli hätte es ihm in diesem Fall auch geraten!

Bei András hingegen vermutete sie, dass er nicht wirklich alles verstanden hatte. Die feine Sprachbarriere. Was in diesem Fall nicht von Nachteil war, denn er verhielt sich sowieso ausnahmslos allen gegenüber schwer in Ordnung.

»Harry, wo sollen wir haltmachen. Was schlagen Sie vor?«

»Gleich in Sopron gibt es das Restaurant ›Blumengarten‹. Da isst man hervorragend. Den Kaffee nehmen wir dann in der Altstadt, damit ihr die auch gesehen habt. Was sagt ihr?«

Kurz darauf ließen sich alle die Speisekarte von András Nagy genau erklären.

Die jungen Damen entschieden sich für gebackenen Camembert sowie gebackene Pilzköpfe mit Reis und Mayonnaisesoße. Walli war auf ein echtes ungarisches Letschoschnitzerl neugierig, Harry entschied sich für ein Gulasch und András erwartete ein Pörkölt.

»Was ist das eigentlich?«, fragte Walli Winzer.

»Traditionell wird hier in Ungarn meist Schweinefleisch in einem riesigen Kessel in Schmalz, Zwiebel und Knoblauch angeröstet. Danach kommen je nach Rezept unterschiedliche Ingredienzien dazu. Meist sind Paradeiser dabei und oft ein kleines Stück scharfer Paprika. Was man anderswo als *nem cipös*, also nicht scharf bezeichnet, isst man in Ungarn schärfer. Das muss man wissen, damit man sich nicht dazu verleiten lässt, Chilipaste dazuzugeben.« András Nagy zeigte auf einen Behälter mit einem kleinen Löffelchen neben Salz und Pfeffer. »Pörkölt heißt ›Eintopf‹«, schloss er seine Erklärung.

»Da gibt es bei uns auch eine ganze Reihe davon«, kommentierte Harry Kain. »Pörkölt wird oft an einem Wochenende zum gesellschaftlichen Ereignis. Wir zelebrieren so ein Essen gerne im Freien mit Freunden und Familie. Gekocht wird in einem Kessel über einer offenen Feuerstelle mit Holzscheiten. Das kann je nach Gericht eine ganze Weile dauern«, fuhr András fort.

»Genau das, was ich nie zu Hause esse!«, freute sich Lisa, dass sie sich für den gebackenen Käse entschieden hatte.

»Aber Gulasch isst du doch auch manchmal?«, fragte Harry nach.

»Ja, aber selten«, ergänzte sie.

»Auch das österreichische Gulasch ist ein Pörkölt. Denn unter ›Gulasch‹ versteht man hier in Ungarn eine Suppe. Da habe ich bei Nicht-Ungarn nach der Bestellung schon manche Enttäuschung erlebt. Daher sage ich das immer gleich dazu.« Harry freute sich, dass er seine Expertise sogar beim Essen beweisen konnte.

Die Gulasch-Geschichte kannte Walli noch nicht. Sie hoffte daher, dass ihr Letschoschnitzerl so serviert würde, wie sie es sich vorstellte. Und wenn nicht, dann würde sie sich eben zurückhalten. Ihre Körpermaße würden es ihr bestimmt herzlich danken.

Nachdem in diesem guten Restaurant alles zu ihrer Zufriedenheit verlaufen war, traten sie den von Harry vorgeschlagenen Spaziergang durch das Zentrum von Sopron an. Er ging vorbei an den frei gelegten römischen Ausgrabungen und den alten Stadtmauern mit einem kurzen Ausflug ins interessante, modern gestaltete Stadtmuseum – zum Leidwesen der jungen Frauen.

Endlich durften sie sich setzen und zeigten sich von so viel Bildung derart erschöpft, dass jeweils nur ein riesiger Eis-Coup ihre Lebensgeister wieder wecken konnte. Sie hatten sich ein Eiscafé mitten am Hauptplatz ausgesucht. Die Zeit schien hier stillzustehen. Kein Auto verbreitete Hektik. Die Menschen schlenderten langsam über das Kopfsteinpflaster, das vor einigen Jahren neu gesetzt und ausgebessert worden war.

»Diese malerische Barockkulisse samt mittelalterlichen Seitenstraßen diente vor einiger Zeit als Filmkulisse zu einem Mozartfilm«, freute sich András heute noch.

»Das bietet sich dafür super an! Bei uns am Stephansplatz mit seinen hässlichen Granitplatten wäre so etwas unmöglich. Da kommst du gleich in der Gegenwart an«, lästerte Walli.

»Auch wenn der Granit möglicherweise sogar aus dem Waldviertel kommt«, überlegte Sandra.

»Möglich ist alles«, stoppte Walli weitere Ausführungen, die ihre Vorhaben weiter in die Länge zogen. »Die Mädels und ich würden gerne, bevor wir unseren Hengst abholen, bei dem von dir empfohlenen Sattler vorbeifahren.«

»Einige Freundinnen brauchen neue Sättel. Bei einigen reiben die Nähte an den Pferderücken. Das könnte auf Dauer echt gefährlich werden. Wir wollen mal bei ihm vorbeischauen. Sehen, wie er arbeitet«, stimmte Lisa zu.

»Klar! Da bringe ich euch hin.«

»Wie lange, Harry, werden Sie am Weingut brauchen?«, fragte Walli.

Harry Kain kratzte sich am Hinterkopf und dachte kurz nach: »Ich denke, eineinhalb Stunden reichen. Danach gibt's sicher eine Verkostung. Da könnt ihr ja dabei sein, wenn ihr wollt.«

Walli Winzer und András Nagy bejahten. »Unser

Prachtstück haben wir dann schon im Pferdeanhänger. András, nur du solltest vielleicht nicht viel trinken.«

»Ich trinken gar nix. In Ungarn sind beim Autofahren null Promille!«

»Okay, wir sind später gleich an der österreichischen Grenze. Da ist es dann sowieso nicht mehr so streng.«

András hob dennoch abwehrend seine Hände. Auch die jungen Studentinnen schüttelten die Köpfe.

»Also, Harry, wie's scheint, bleiben nur noch wir beide als unverbesserliche Trunkenbolde übrig. In erster Linie soll alles Genuss sein, nicht Menge.«

»So ist es!«, bestätigte Harry Wallis Devise. Mit einem gemeinsamen »Auf geht's!« machte sich schließlich das kleine Grüppchen auf zum Van mit Pferdeanhänger.

Mittlerweile war es Nachmittag geworden. Die kleine Pferdetruppe hatte das Weingut erreicht, vor dem sie einige Stunden zuvor Harry Kain abgesetzt hatten. Das Interview musste fabelhaft verlaufen sein, denn Harry unterhielt sich noch immer mehr als gut gelaunt mit seinem Gegenüber. Dass Luca Entkö eine junge ungarische Winzerin war, schien eine angenehme Überraschung für ihn zu sein.

Sie erklärte spezielle Details und Vorzüge ihres Weinguts: »Wissen Sie, dass ich hier außerhalb von Sopron angesiedelt bin, wäre früher für Winzer aus der Umgebung eher ungewöhnlich gewesen. In den historischen Weingütern wurden die Weinkeller unterhalb der Wohnhäuser in der Altstadt angelegt. Man behielt so die Übersicht und den Schlüssel zu besonderen Wein-Kostbarkeiten.«

»Guter Wein war schon immer begehrt.« Harry lächelte charmant.

»Ja, fern der Stadt musste man immer mit Plünderungen durch Soldaten und Räuber rechnen. Außerdem war man während der Gärzeit schneller im Keller. Die Traubenhäute müssen in bestem Kontakt zum Most bleiben. Deshalb wird der Tresterhut hinuntergestoßen. Unser Soproner Wein war eben immer schon etwas wert!«

»Hervorragend!«, lobte selbst Walli Winzer.

»Heute lebt es sich hier in Fertörákos für mich und meine Familie besser als in der Stadt. Obwohl wir ein Geschäft im Soproner Burgviertel und ein Restaurant betreiben.«

Walli Winzer gefiel die moderne Weinkellerei mit einem auf Nachhaltigkeit errichteten Niedrigenergiewohnhaus und den angeschlossenen Verkaufsräumen.

Luca Entkö schenkte noch etwas aus ihrem jüngst prämierten Rotwein ein.

Auf der Rückfahrt dachte Walli Winzer daran, dass man mit Wein jetzt wirklich richtig Gewinn machen konnte, auch in Ungarn.

»Ja, viele Ungarn bevorzugen ihre heimischen Weine. In kommunistischer Zeit setzte man nicht auf Qualität, sondern nur auf Masse. Erst jetzt baut sich durch international ausgezeichnete Weine wie ihre langsam deren Bekanntheit aus. Frau Entkö pokerte hoch, hielt sich an einen Masterplan – und gewann!«

Walli Winzer gefiel die Geschichte der erfolgreichen Soproner Winzerin mit Mut und Visionen für ihre Region. Harry war derart aufgekratzt, dass niemand – nicht einmal András – seinen Redefluss zu stoppen wagte. Wenn er die Story nur halb so gut hinbekäme, wie er sie ihnen brühwarm erzählte, konnte sie im Magazin »Griaß di« nur ein Erfolg werden.

Lisa und Sandra waren vom Pferdekauf begeistert und dösten jetzt erschöpft vor sich hin. András war mit dem Tagesablauf ebenso zufrieden, sah im Rückspiegel immer wieder kontrollierend nach dem Pferdeanhänger und ergänzte ab und zu die Ausführungen Harrys, der am Beifahrersitz saß.

Offenbar hatte Harry Kain doch einen Kleinen sitzen. Zumindest klang sein Gerede zeitweise abgehakt und unnatürlich laut.

Oder war es doch Walli, die sich hatte berauschen lassen?

Sie lag auf der Rückbank hinter den Mädels und beschloss, nicht länger darüber nachzudenken. Gedankenverloren sah sie die aufgelassene Zuckerrübenfabrik in Siegendorf vorüberziehen, dann die Felder.

Das monotone Gleiten auf der Eisenstädter Schnellstraße Richtung A 21 ließ sie schließlich einnicken. Zwei Stunden würden sie noch bis Gföhl unterwegs sein. Harry würde mit Sicherheit dafür sorgen, dass der arme András die gesamte Fahrt über fix nicht einschlafen konnte.

20. KAPITEL

Es war fast dunkel, als Walli Winzer gegen 20.00 Uhr nach Hause kam. Der neue Hengst Rocky war anstandslos aus dem Hänger in seine Box gegangen. Er hatte sich interessiert umgesehen und einige Begrüßungsrufe losgelassen, worauf ihm prompt ein paar Stuten geantwortet hatten.

Rocky war wirklich ein guter Kauf gewesen. András Nagy schwärmte auch im Stall von ihm. Er habe einen entschlossenen Charakter und sei sozial verträglich, was nicht bei jedem Hengst der Fall sei. Walli verließ sich in allen Pferdeangelegenheiten auf András. Nachdem sie den Reiterhof vor einem Jahr nach dem Todesfall des Vorbesitzers übernommen hatte, hatte sie viel verändert.

So hatten beispielsweise die überwiegend rumänischen Stallburschen fixe Arbeitszeiten. Selbst in Österreich war das offenbar nicht selbstverständlich gewesen! So viele Reiterinnen und Reiter gingen täglich im Gestüt aus und ein. Niemand stellte solch widrige Arbeitsbedingungen infrage. Hauptsache, der Preis für die Pferdeeinstellung wurde nicht angehoben, schien deren einzige Sorge zu sein.

Das galt nicht für Walli Winzer!

Sie ließ einen Teil der Nebengebäude im Reiterhof zu Miniwohnungen mit Kochnische adaptieren und stellte sie als Dienstwohnungen kostenfrei zur Verfügung. Ihre

Arbeiter waren keine freien Dienstnehmer mehr, worüber man ja generell nicht einmal mehr lachen konnte, sondern wurden von ihr angestellt. András Nagy war gebürtiger Ungar. Auch er schätzte die ausgewiesene Pferdeexpertise der Rumänen.

Was sie noch miteinander verband? Nicht nur die gemeinsame Geschichte ihrer Vorfahren vor 1920, als sie alle noch Ungarn gewesen waren, sondern die tiefe Dankbarkeit Walli Winzer gegenüber. Auch wenn diese zeitweise ihre Launen zeigte. Die nahmen sie unkommentiert hin, wussten sie doch mittlerweile, dass sie es oft nicht so meinte.

Walli fühlte sich manchmal angespannt. Wollte fast aus ihrer Haut fahren. Wollte noch all das schaffen, was sie auch sonst unter einen Hut gebracht hatte. Aber in der Mitte ihres Lebens unterschieden sich Wille und Vorstellen immer häufiger voneinander. Für deren Umsetzung musste sie jetzt verstärkt auf die Unterstützung anderer vertrauen.

Zuvor hatte sie immer mit kleinen Teams und in fast familiären Strukturen gearbeitet. Die reagierten praktisch auf ihren Augenschlag. So wie das Silvia und Tobias in der Wiener PR-Agentur taten. Na gut, ganz so war es auch nicht immer. Aber für Walli zählt das Ergebnis. Wie jemand dorthin kam, da ließ sie freie Hand.

Jetzt hatte sie einen Teil ihres überschüssigen Kapitals in den Reiterhof investiert. Ihn vor dem Verkauf an einen Immobilienhai gerettet, der das Gestüt abreißen und noch mehr irreparable Bodenversiegelung betreiben wollte.

Aber vor allem vor diesem unseligen Josef Brunner, der – wie der Titel sagte – *Meister für die Bürgerinnen und Bürger* von Großlichten! So ein Hohn! Lächerlich war das! In Wirklichkeit hatte er das Amt nur für seine eigene Tasche übernommen.

Seine Machenschaften würden irgendwann einmal zu Ende gehen. Dafür wollte Walli Winzer sorgen. Der Bevölkerung alles deutlich machen. Gemeinsam mit Lena Breitenecker. Das nahm sie sich fix vor. Na warte, Brunner!

Walli zog die Eingangstür hinter sich zu. Kaum hatte sie die Schuhe ausgezogen und einen Schritt in Richtung Wohnzimmer gemacht, fühlte sie unter ihrem rechten Fuß etwas Kaltes, Nasses, Glitschiges.

Nein, das kann's doch nicht geben!

Kaum hatte sie ihren letzten Gedanken zu Ende gebracht, holte sie die Wirklichkeit wieder ein. Sie zog ihren angefeuchteten Fuß angeekelt zurück.

Vor ihr lag fein säuberlich ausgeweidet: eine tote Maus!

Das konnte nur von einem stammen: »Filou! Wo bist du? Warum frisst du das arme Tier nicht auf, sondern schleppst es mir noch ins Haus? Was soll ich damit anfangen?«

Walli wich vor der hingerichteten Maus zurück. In Wien wäre ihr das nicht passiert, rief sie sich in Erinnerung.

Mittlerweile mochte sie Natur zwar mehr als früher, aber an so etwas würde sie sich nie gewöhnen. Klar doch! Filou wollte ihr Gutes tun. Ihr seine Zuneigung beweisen. Denn für *sie* hatte er doch die Maus erlegt. Sich die Mühe gemacht, aus dem Kadaver auch noch die inneren Organe zu bergen und neben den Corpus zu legen.

Was das für Arbeit war! Und alles für Frauchen!

Filou himself kam nun von seinem Nickerchen aus Wallis Schlafzimmer. Er setzte sich verschlafen und wirkte verblüfft über die Fassungslosigkeit seiner Futterspenderin. Ihr Winseln konnte er offenbar überhaupt nicht zuordnen. Nach der Freude, die er vermutlich erwartet hatte, klang das nicht. Nichts konnte man diesen Menschen recht machen. Vor allem nicht *ihr*!, schien er zu denken.

»Filou! Wenn du das schon angestellt hast, hast du dann wenigstens die arme Kleine in Ruhe gelassen? Oder hast du sie auch angegangen?«

Also wirklich. Was Frauchen von ihm hielt! Als Kater war er zu Katzen meist charmant. Und die da war ja besonders süß!, wie er fand. Gut, dass man in solchen Momenten auch eine andere Seite an diesen Menschen kennenlernen konnte, die sie sonst vor einem tunlichst verbargen.

Nicht, dass er so ein Gejammere öfter gebraucht hätte, aber in dem Fall fand er es mehr als unangebracht! Menschen schenkten ihren Liebsten Juwelen. Er, als Kater, sortierte fein säuberlich Leber neben Milz neben Nieren – und filetierte das Herz der Maus! Ideell schenkte er Frauchen dadurch sein Herz! Genau das wollte Filou dadurch zeigen. Doch manchmal kapierte sie rein gar nichts.

Walli hatte sich inzwischen in die Küche begeben und die Küchenrolle samt nassem Schwammtuch ins Zimmer mitgenommen. »Brunner, genauso werden wir dich wegputzen. Du wirst sehen!«

Während Walli Winzer auf ihren Knien rutschte und vor sich hin schrubbte, kamen ihr wieder die Morde in den Sinn. Na gut, Brunner wünschte sie so etwas auf keinen Fall, aber ein bissl Sühne für seine Missetaten sollte schon sein.

Was aber hatte Alois Steinrieder begangen, dass ein Mord für jemanden der einzige Ausweg gewesen war?

Kurz darauf starb auch noch dessen Frau!

Walli wickelte den schlaffen, nur vom kleinen Skelett und Fell umsäumten Mäusetorso in das Papier der Küchenrolle und steckte ihn im Plastiksackerl in die Mülltonne. Ihr geringes anatomisches Wissen konnte sie unfreiwillig auch durch die genauere Studie der inneren Organe einer toten Maus erweitern, die sie ebenso rasch entsorgte.

Igitt! Endlich war die Tatortreinigung beendet.

Walli beschäftigte jetzt der Gedanke an die eigene Ermittlung. Alles war noch offen. Beim Vorbeigehen hob sie die Rolle und das gefaltete Schwammtuch vom Boden im Wohnzimmer auf, trug es in die Küche und wusch sich im Badezimmer die Hände.

Sie betrachtete sich im Spiegel. Ihre Ringe unter den Augen waren dunkler geworden und die Augenfältchen tiefer. Kein Wunder! Die Arbeit holte sie wieder ein, beklagte sie.

Vor Kurzem war sie ins Waldviertel gekommen, um Ruhe zu haben. Und jetzt? Kaum streckte sie die Nase wieder Richtung Wien, schien alles beim Alten zu sein. Der gleiche Trott. Die gleiche Oberflächlichkeit, die gleichen Menschen, die gleiche Hektik.

Okay, einige ihrer Freunde und Bekannten hatte sie auch ein bisschen vermisst. Es gab zwar Telefon, doch die persönliche Begegnung war dadurch nicht zu ersetzen. Mit Silvia, Tobias, Thomas und anderen. Das tat gut.

Aber von Negativkräften wollte sie sich fernhalten. Von Menschen und Orten, die ihr nicht guttaten. Ihr den Lebensnerv zogen. Das hatte sie sich in den letzten Monaten vorgenommen. Ganz fest.

Ja, sie, Walli, musste sich künftig wieder mehr aus der Schusslinie nehmen, wenn sie sich so im Spiegel betrachtete. Silvia Manner war dafür da. Die konnte das. Und sie, Walli Winzer, konnte jetzt – Mordfälle lösen! Sie sollte sich endlich nach der Pferde- und Galerieaktion wieder daranmachen, diese aufzuklären.

Über das Motiv war sie sich noch nicht im Klaren. Steckte ein Familienkonflikt dahinter? Der zwischen den beiden Brüdern eskaliert war? Der Streit ums Weingut. Aber auch die Mutter? Gleich Elternmord? Das wäre fast wie in einer antiken Tragödie. Wo Familienmitglieder einander an den Kragen gingen. Aber so etwas in Plankenstein, im Waldviertel?

Walli Winzer sah nach dem verletzten Kätzchen. Es lag in dem Katzenzelt und streckte schüchtern sein Köpfchen heraus. Offensichtlich hatte es sich bereits an Filou gewöhnt, da es seine Anwesenheit in keiner Weise zu beunruhigen schien. Es beobachtete Walli und zuckte zusammen, als diese es mit der Hand vorsichtig berührte. Es tat ihr gut. Sie blieb daher ruhig und musterte die Frau noch eine ganze Weile.

Filou saß wie gewohnt auf dem Serviertisch und sah interessiert zu.

»Ja, Filou, du kommst auch noch dran. Es ist ja alles gut, und ich bin stolz auf dich, dass du so gut Mäuse erlegen kannst!« Walli Winzer ging auf den Kleinen zu, kraulte ihn und küsste ihn links und rechts auf seine Ohren. Katzen mochten das zwar überhaupt nicht, doch Filou hatte

Nachsehen mit seiner Futterlieferantin. Was Katzen betraf, musste sie ja doch noch einiges lernen.

Zumindest eines hatte er schon erreicht: Sie ließ ihn auf dem Servierwagen sitzen. Das gab's noch nicht lange. Früher hatte sie ihn erbost weggescheucht. Doch seit Kurzem hatte sie es aufgegeben. Ja, so war es: Katzen hatten eben doch meist den längeren Atem.

Walli Winzer griff nach der Fernbedienung und schaltete das TV-Gerät ein. Nach einigem Herumzappen blieb sie bei dem alten Fritz-Lang-Krimi »M« hängen. In diesem Film wurde einer von der Bevölkerung als Mörder gebrandmarkt, der er nicht war.

Wie war das mit Franz Steininger und dem Aichinger? Sie hatte das Gefühl, dass nicht nur Grubinger, sondern auch die meisten aus dem Dorf auf einen von beiden tippten.

In angespannten Situationen holte Walli gerne ihren kleinen Humidor mit erlesenen Zigarren aus der historischen Kommode und zündete sich eine an. In solchen Momenten, die – Gott sei Dank – nicht oft vorkamen, suchte Filou ganz schnell das Weite. Seinem feinen Katzennäschen bekam das gar nicht gut. Da Walli Winzer seine Reaktion kannte, öffnete sie das Fenster, damit auch die kleine Rekonvaleszentin nicht darunter leiden musste. Sie blickte besorgt nach ihr. Doch nichts konnte das Kätzchen im Moment aus der Ruhe bringen. Es schlief tief und fest.

Walli Winzer sah im Nachbarhaus von Sybille Karner noch Licht. Sie stellte sich vors Fenster und paffte Zigarrenqualm genussvoll hinaus. Ihre Nachbarin tickte zwar anders als sie – das war nicht immer angenehm. Ganz anders als Anna, die Walli sehr mochte.

Anna war seit damals mit Silvia befreundet. Sie wünschte sich für beide, dass mehr daraus würde. In der Galerie waren sie ja schon gemeinsam unterwegs gewesen. Aber was sollte so ein Gedanke? *Musste* ja auch nicht sein. Freundschaft zählte auf Dauer vielleicht sogar mehr. Jedenfalls sollte sie zwecks guter nachbarschaftlicher Beziehungen die Karner einmal zu sich einladen. Auf einen Aperitif. Aber so wie die drauf war, trank die sicher wieder nichts. Gut, dann würde sich etwas anderes für sie finden lassen.

Walli Winzer klemmte die Zigarre in ihren Mundwinkel, nahm einen Drink und ließ sich in das bequeme Ledersofa fallen.

Die Stadtmeute in »M« hetzte gerade den vermeintlichen Täter über den Bildschirm.

Beklemmend.

Walli sah eine Weile zu, drückte dann die Zigarre aus und trank den letzten Schluck Martini. Danach rückte sie sich bequem zurecht, streifte die Decke über die Beine und sah dem dumpfen Treiben zu, bis ihr langsam die Augen zufielen.

21. KAPITEL

Für heute hatte sich Walli Winzer einiges vorgenommen. Zwar war sie in den Tagen zuvor bereits schwer beschäftigt gewesen, aber jetzt galt es, die Ermittlungen schrittweise voranzutreiben.

Diese Weinbruderschaft, von der die Mädchen gestern erzählt hatten, war ihr auch bei der Rückfahrt nicht aus dem Kopf gegangen. Für Walli war das Anlass genug, diesem Karl Aichinger einmal einen unangekündigten Besuch abzustatten.

Walli Winzer war daher schon früh aufgestanden, hatte sich im Badezimmer fertig gemacht und nahm gerade ein schnelles Frühstück ein, das ausschließlich aus einem Humpen Milchkaffee bestand, den sie in ihren Händen hielt.

In der Nacht hatte es geregnet, was im Waldviertel in den letzten Jahren viel zu selten vorkam. Bauern und Waldbesitzer beklagten das. Für den Tourismus war's allerdings gut, denn es gab mehr Sonnentage, die zum Wandern und Schwimmen einluden. Regnete es doch einmal, unternahmen viele Familien gerne Ausflüge zu einer der Burgen, die es hier zahlreich gab, um in Ausstellungen zu gehen.

Walli hatte auf Google den Wetterbericht für Großlichten und Plankenstein abgerufen und wusste, dass keine

Wetterwolke den heutigen Tag trüben würde. Sie hatte daher wieder auf helle Farben in ihrem Outfit gesetzt und eine hellgraue Armani-Hose mit einer farbenfrohen Bluse kombiniert. Das Blütendesign würde für gute Stimmung sorgen. Nicht nur bei ihr, sondern auch bei allen, denen sie begegnen würde. Immerhin war es ja Anfang September und im Prinzip konnte man noch von Spätsommer sprechen. Warum also schon vorzeitig mit dunklen Farben wie in Sack und Asche gehüllt herumgehen?

Als Walli sich Richtung Hinterausgang aufmachte, kam sie am großen Spiegel vorbei und betrachtete sich. Sie legte ihre Bluse so, dass sie, leicht dekolletiert, diskrete Einblicke ermöglichte. Zufrieden prüfte sie das Ergebnis. Ja, in erster Linie musste eine Frau sich selbst gefallen, dann würde der Funke auch auf andere überspringen.

Walli schnappte erneut ihren Kaffeebecher und stieß beschwingt durch morgendliche Lebensfreude die Tür zum Garten auf. Das funktionierte aber nur bedingt.

Sie ließ sich einen Spaltbreit öffnen, rammte etwas Schreiend-Fluchendes und fiel sofort wieder ins Türschloss zurück.

Walli hatte Mühe, nicht selbst gegen die schwenkende Tür zu knallen, blieb stehen und trat dann augenblicklich einen großen Schritt zurück. Puh! Also ihre Reaktionsfähigkeit klappte weitgehend und ihren Kaffee hielt Walli Winzer auch noch fest in der Hand.

Was war denn das gewesen? Oder besser gesagt: *Wer* war das?

Sie versuchte nochmals, langsam die Tür zu öffnen, kam damit aber nicht weit. Sie schien zu klemmen. Den Kaffee stellte sie sicherheitshalber auf eine Ablage im Flur. Ungeduldig und aufgeregt riss sie jetzt fester und ruckartiger an der Tür. Sie sprang auf und Walli stolperte regelrecht in die Arme von – Florian Wagner.

Er hatte sie im letzten Augenblick aufgefangen. Zuvor hatte sie ihm mit der Tür einen herben Schlag auf den Kopf versetzt. Er hatte sich daraufhin etwas benommen auf die Stufen vor der Tür gesetzt und prompt noch einen Hieb abbekommen. Florian war dann aufgestanden, und im selben Moment war Walli in voller Lebensgröße durch die Tür gedonnert.

Aufgefangen zu werden, war ihr keinesfalls unangenehm. Aber verblüfft war sie doch darüber: »Florian! Was machst du denn da?«

Florian Wagner hielt sie an sich gepresst und schien darüber nicht minder überrascht zu sein. »Vor einem Jahr haben wir deinen Garten angelegt. Dazwischen hat zwar der Bertl nach dem Rechten geschaut und eh brav die Pflege übernommen. Aber es war jetzt an der Zeit, dass ich selbst einmal vorbeikomm und schau, was los ist.«

»Ja, aber du hättest vorher anrufen können. Du konntest ja nicht wissen, ob ich zu Hause sein würde.«

»Das hätt' nix ausgmacht. Ich arbeit' ja nur draußen. Geräte, die i a bissl brauch, hab ich immer im Lieferwagen dabei.«

»Na, du bist gut!«, entrüstete sich Walli Winzer. »Und dass ich erschrecken könnte, wenn du so plötzlich vor der Tür stehst und ich nix davon weiß, daran hast nicht gedacht?«

Sie begann, sich energisch von ihm zu lösen, um wieder auf ihren eigenen Beinen zu stehen. Gleich zupfte sie Hose und Bluse zurecht.

Dass Florian dabeistand, war ihr egal. Sie war einfach nur sauer!

Solcherart Überfälle mochte sie nicht. Früher schon, jetzt nicht mehr.

Was wäre überhaupt gewesen, wenn sie im Haus mit strubbeligem Haar, ungeschminkt, nur im Morgenmantel samt Hauspantoffeln herumgeschlurft wäre?

Oh Gott! Vielleicht hatte Florian sie am Morgen so durch die Fenster gesehen! Übernächtigt und unausgeschlafen.

Nachdem sie gestern beim Fernsehen eingeschlafen war, hatte sie sich irgendwann in der Nacht ins Bett geschleppt und die Vorhänge nicht mehr zugezogen.

Na und wenn schon! Seine Schuld eben, wenn er sich seine Illusion zerstörte – und ihre!

Florian drückte ein wenig herum, als wollte er noch etwas sagen, wüsste aber in dieser verfahrenen Situation nicht, wie er damit herausrücken sollte.

»Walli, da ist noch was …«

Nun wurde auch Walli Winzer nervös. Sie sah ihn mitten in der Wiese mit ernster Miene stehen, unkontrolliert mit seinen Händen spielen. So ein großes, festes Mannsbild, das sie zuvor geistesgegenwärtig vor einem heftigen Sturz mit ungewissem Ausgang bewahrt hatte, stand jetzt wie ein Schuljunge vor ihr, der ihr beichten würde, mit seinem Fußball eine Fensterscheibe eingeschlagen zu haben.

»Ist was mit dem Garten?«, fragte Walli beunruhigt.

»Nein. Gar nix. Alles in Ordnung. Aber bei den Steinrieders gibt's was. Ich möcht's dir erzählen.«

Jetzt war Walli Winzer neugierig geworden: »Mein Kaffee ist mittlerweile kalt gworden. Ich mach mir einen neuen. Willst auch einen?«

Florian Wagner nickte, und sie gingen ins Haus.

Während Walli Winzer ein Pad nach dem anderen in die Kaffeemaschine einlegte, lehnte Florian Wagner am Türrahmen zur Küche.

»Schönes Haus. Von innen hab ich's ja noch nie gesehen.«

»Ja, Altes und Neues gemischt. Ich finde, es hat besonderen Charme, die Geschichte des Hauses etappenweise auch in der Einrichtung wiederzugeben. Natürlich werde ich mir keine alten Schulbänke hereinstellen, obwohl es sich um das ehemalige Schulhaus handelt, andere alte Möbel aber schon«, schwärmte Walli Winzer und reichte Florian eine Tasse.

»Komm, lass uns an den Tisch gehen«, forderte sie ihn auf und ging voraus ins Wohnzimmer. »Was wolltest du mir erzählen?«

Florian räusperte sich, kaute an seinen Lippen und suchte nach Worten: »Also, vor ein paar Tagen war ich bei den Steinrieders. Ich sollte ein neues Rankgitter an der Hausfassade befestigen, damit die Kletterrosen besseren Halt bekämen. Dazu stand ich auf der Leiter vor dem Fenster und musste ein Telefonat mithören, das Mario, der Junior, führte. Er war ganz aufgeregt und stammelte mehr oder weniger. Deshalb wurde ich aufmerksamer.«

»Jetzt mach's nicht so spannend. Komm zur Sache«, mahnte Walli, irritiert durch die Situation, allein mit Florian im Haus zu sein.

»Na ja, Mario stammelte irgendetwas von Weinbrüdern. Dann von einer Mutprobe … bloß, wenn sie ihn erwischten … Opas Schatulle … Familienschatz mit Fotos … am Dachboden gefunden … mitbringen … Treffen Mondschein-Weinlese … Ärger bekommen.«

»Was war weiter?«

»Er legte auf. Kurze Zeit später sah ich, wie er das Haus verließ. Dann bin ich ins Zimmer geschlichen und an den Ort, wo er die Schatulle versteckt hatte. Sie war nicht abgesperrt. Also öffnete ich sie.«

»Und? Was war drin?«

»Schmuck, alte Münzen, ein Vertrag und alte Fotos.«

»Hast du dir alles genauer angesehen?«

»Kurz. Es war ein Vertrag in kyrillischer Schrift und in deutscher Übersetzung.«

»Ist doch nichts Besonderes. Alois Steinrieder wollte mit einem russischen Unternehmen kooperieren. Das hat er auch gesagt. Als Gesellschafter in seinen Weinhandel aufnehmen.«

»Nur, der Vertrag war ein alter. Weil das Papier schon vergilbt war. Ich schaute ihn mir genauer an: einer aus dem Jahr 1985.«

»Aha, interessant«, murmelte Walli Winzer und wartete, was noch käme.

»Die Fotos stammten ebenfalls aus der Zeit und waren handschriftlich mit ›Russland, 1985‹ beschriftet. Es waren Gruppenfotos und ein Schnappschuss, der den Alois zeigte.«

»Und was stand in dem Vertrag?«

»Große Weinmengen wurden verkauft. Aus Österreich nach Russland.«

»Woher hat er damals so viel Wein genommen? Er setzte doch immer auf Qualitätswein und nicht auf Masse.«

»Ich hab ma scho' dacht, dass du dir dazu einige Gedanken machen wolltest.«

»Wie bist du überhaupt zum Weingut gekommen? Liegt ja in Plankenstein«, fragte Walli interessiert.

»Na, mit dem Auto kommt man heute überall hin. Da sind 20 Kilometer rein gar nix. Die Zeiten haben sich da auch für Firmen geändert.« Florian lächelte Walli liebevoll an, ohne aufdringlich zu wirken. Sie griff instinktiv nach ihrem großen Caffe-Latte-Becher und nippte verlegen.

»Klar, deshalb fand es Lena Breitenecker auch wichtig, das E-Car-Sharing für die Frauen aus Großlichten durch Spenden bereitzustellen. Viele können sich das mittlerweile gar nicht mehr wegdenken. Gemeinschaftlich einkaufen zu fahren oder ihre Kinder abzuholen.«

»Eine gute Idee!«, stimmte Florian Wagner zu und leerte den letzten Schluck seines Kaffees. Walli hatte den Eindruck, dass er allerdings noch nicht aufbrechen wollte, und fragte daher: »Wie geht's eigentlich dir?«

Das war offenbar die falsche Frage gewesen. Hektisch stand Florian im selben Augenblick auf, griff nach seinen klobigen Gartenhandschuhen und stammelte: »Also, Walli, es hat mich sehr gefreut. Ich wollt nur noch den Rest vom Bertl seiner Arbeit bei dir erledigen, weil der heute woanders eingesetzt ist. Hat mich gfreut, wieder einmal mit dir zu plaudern. Bis bald einmal.« Er winkte ihr zu, nahm erneut den hinteren Ausgang, sammelte seine Gartengeräte ein, stieg in den Lastwagen und war auf und davon.

Rumms!, dachte Walli. So schnell kann ein Aufbruch gehen. Dabei hatte es bei Florian eher nach Flucht ausgesehen.

Okay, soll er!

Dass sie kurz einmal sehr vertraut gewesen waren, konnte sie eben aus seinem Verhalten nicht erkennen. Vielleicht war es diese jüngere Frau auf dem Fest gewesen, die ihn für sie, Walli, hatte völlig unempfänglich werden lassen?

Na warte!, wenn Florian den Polizeioberst wieder in ihrer Nähe sähe, würde er schließlich ganz anders reagieren. Davon war sie überzeugt!

Und übrigens: Den aktuellen Lagebericht auch gleich mit Ludwig Weichselbaumer zu besprechen, war eine gute Idee!

Walli grinste und griff zum Telefonhörer.

22. KAPITEL

»Ich bin neugierig, ob er sich schon eingewöhnt hat!«

»Gestern war's ja kein Problem. Ich glaube, Rocky ist ein Glückskauf gewesen. Der scheint mit allen Tieren im Stall gut zu können.«

Lisa und Sandra, wieder im Doppelpack unterwegs, waren in Reiterinnenkluft bereits früh am Morgen am Gestüt. Ihr Weg führte sie direkt zur Neuerwerbung des Reiterhofs.

»Bei einem Hengst, der manchmal sehr wild und ausgelassen sein kann, weiß man ja nie …«

»… und oft spielen Stuten verrückt, wenn sie nur seinen Geruch wahrnehmen. Jede will ihn für sich haben.«

»Deshalb muss er oft alleine auf einer Koppel stehen, weil wegen ihm sowohl die Stuten als auch die Wallache durchdrehen.«

Lisa lachte: »Das ist ja fast wie bei einem Popstar, um den sich die Fans reißen!«

»So hab ich das noch nie gesehen. Du hast recht! Aber bei den Wallachen ist das eher …« Sandra blickte ihre beste Freundin vielsagend an.

»Ja, da ist es mehr der Neid, dass es keine Fohlen durch sie geben würde.«

»Dafür haben sie auf dem Reiterhof ein gutes Leben

und werden von den Besitzern, in den meisten Fällen Besitzerinnen, gehegt und gepflegt wie Mamis große Lieblinge.«

Lisa schüttelte grinsend den Kopf. »Das kannst du laut sagen. Bei dem Kult, den manche um ihre Tiere machen, glaubt man das fast.«

Die Reitkundigen kamen eben in den Stall, als sie ein herzzerreißendes Schluchzen hörten.

»Woher kommt das?«, fragte Lisa.

»Lass genauer hören.«

Die jungen Frauen gingen dem Weinen nach und sahen Lana in der Ecke des allerletzten Paddocks des Stalls sitzen, die Beine angewinkelt, fest von ihren Armen umschlungen und den Kopf darin vergraben. Es stand kein Pferd darin.

»Ja, Lana! Was ist denn los?« Sandra kniete sich neben sie und schaute sie mitleidsvoll an.

Das Mädchen hob langsam den Kopf und erwiderte traurig ihren Blick.

»Ist etwas mit deinem Pferd passiert? Oder hast du dich verletzt? Sollen wir jemanden holen?«

Lana wechselte ihre Position. Dabei suchte sie nach Worten, die sie schließlich mehr recht als schlecht stammelte: »Mir … kann niemand … helfen!«

Sandra und Lisa sahen einander sprachlos an. Was sollten sie nur mit der verzweifelten Reiterin tun?

»Möchtest du, dass wir wieder gehen?«, fragte Lisa nach.

»Nein, bleibt! Ihr seid die Einzigen, denen ich noch vertraue!«

Lisa und Sandra schauten verdutzt drein. Würden sie Lana weiter drängen, um etwas zu erfahren, würde sie mit Sicherheit noch zugeknöpfter reagieren als eben.

Lana wischte sich mit einem Handrücken die Tränen aus dem Gesicht, während sie mit der anderen Hand nach dem Taschentuch griff, das Sandra ihr reichte.

»Danke!« Sie schnäuzte sich ausgiebig. »Ich kann's nicht glauben. Seit Opa und Oma tot sind, ist bei uns zu Hause nichts mehr, wie es war. Jeder ist gegen jeden. Jeder verdächtigt jeden. Mario ist wie gewohnt scheußlich zu mir, und jetzt habe ich zufällig gehört, wie Mama meinem Onkel Franz gesagt hat, dass *er* mein leiblicher Vater ist! Wie geht denn das?!«

Lana heulte erneut wild darauflos.

Bei aller Bereitschaft, sie beruhigen zu wollen, fielen den beiden Reiterkolleginnen keine geeigneten Worte ein. Sie sagten daher lieber nichts.

»Dann hab ich noch gesehen, wie Mario gestern unsere Schatulle mit wichtigen Familienerinnerungen an sich genommen hat. Dabei ist auch mein Kaleidoskop drin, mein Glücksbringer. Es ist so schön! Jedes Mal vor einem Turnier oder einer Schularbeit schaue ich durch und wünsche mir, dass alles gut geht. Es hat doch für andere keine Bedeutung. Nur für mich. Außerdem sind Schmuck und alte Fotos von Opa drin.«

»Weißt du, warum er das gemacht hat? Und warum er dir dein Kaleidoskop nicht gibt?«

»Nein. Weiß ich eben nicht.«

»Ich glaube, das könnte so eine Mutprobe sein, wie sie die Weinbrüder von ihm fordern, damit er fix aufgenommen wird. Wichtig dabei ist, dass der Neophyt, wie sie solche Anwärter nennen, sich und seine Herkunft zur Gänze vor ihnen ausbreitet, keine Geheimnisse hat. Sich ihnen vollkommen ausliefert und Informationen über die eigene Familie hergibt. Die Weinbruderschaft

›Veritas‹ ist wie eine Sekte. Was dort gesagt wird, hat für das Mitglied oberste Priorität. Wichtig ist, sich völlig von der Familie zu lösen. Erst dann gilt man als vertrauenswürdig.«

»Aber Lisa, warum will jemand wie Mario bei so einer Art Sekte unbedingt dabei sein? Ich verstehe das nicht!«

»Sandra, die stellen das ziemlich geschickt an. Gaukeln Sicherheit und Geborgenheit vor. Die sogenannten Alten Herrn werden zum Vaterersatz. Sie sitzen an wichtigen Stellen, nicht nur in Österreich. So blöd kann keiner von denen sein, dass er nicht irgendwo unterkommt und anderen, die wirklich etwas können, den Platz wegnimmt.«

»Ja, aber den Wein muss ein Winzer schon selbst keltern. Das kann ihm keiner abnehmen.«

»Da unterstützen sie sich gegenseitig. Nicht nur bei der Herstellung, sondern ebenso beim Vertrieb und bei den Prämierungen.«

Lana hatte inzwischen aufgehört zu weinen und hörte aufmerksam zu, was die beiden Älteren wussten. »Ist ja krass!«, brachte sie knapp hervor.

»Was sagen eure Eltern dazu?«

»Ich weiß gar nicht, ob die das vom Mario überhaupt mitbekommen haben. Die sind ja mit anderem beschäftigt.« Lana fing wieder zu weinen an.

Lisa sandte Sandra einen genervten Blick zu. Die Frage hätte sie sich sparen sollen. Alles ging wieder von vorne los!

Sandra hatte allerdings eine Idee. Um wenigstens einen Teil von Lanas Schmerz zu lindern, schlug sie vor, die Schatulle zurückzuholen. »Ich hab auch noch eine Rechnung mit Mario offen. Und die Weinbrüder, die nehmen wir genauer unter die Lupe.«

»Morgen ist Vollmond. Da wollen sie zur Weinlese!«, verkündete Lisa bissig.

»Wir werden ihnen auflauern. Ich glaub, ich hab schon etwas. Daran werden sie sicher noch lange denken. Vorher schnappen wir uns die Schatulle«, grinste Sandra süffisant. »Seid ihr bereit? Lana, machst du mit?«

Die Schülerin dachte kurz nach, ihr Blick wurde wacher und ihre Stimmung besserte sich deutlich. »Ja, ich bin dabei!«

23. KAPITEL

Nein, das durfte doch nicht wahr sein! Immer klingelte das Mobiltelefon im ungünstigsten Augenblick. Walli Winzer hatte beide Hände voller Einkaufstaschen und stand mitten auf dem Parkplatz des Einkaufszentrums von Gföhl. Im Normalfall hätte sie es einfach weiterläuten lassen, bis ihre Hände wieder frei gewesen wären. Doch die Gelegenheit kam ihr recht, die schweren Taschen kurz abstellen zu können.

»Silvia, du bist es! Gibt es irgendetwas Besonderes?«, fragte Walli gleich vorweg. Denn Vormittagstelefonate mit ihrer Geschäftsführerin waren meist dienstlicher Art.

»Nein. Alles im grünen Bereich!«

»Na, dann ist es ja gut. Ich dachte nur, weil du schon um diese Zeit anrufst.«

»Immerhin ist es 11.00 Uhr. Da hat der Tag schon einiges an Stunden!«

Walli versuchte den Aufwind, den ihre PR-Agentur im letzten Jahr genommen hatte, tunlichst nicht mit ihrer Abwesenheit in Verbindung zu bringen. So war's denn doch sicher nicht. Silvia hatte daher kürzlich entschieden, den sporadischen Arbeitseinsatz ihrer Chefin künftig wieder fix einzuplanen und die Arbeit einfach anders aufzuteilen. Sie hatte daher für kleinere Dinge eine Praktikantin und einen Praktikanten engagiert. Die fingen bereits früh an. Tobias und sie wechselten einander wöchentlich mit der Agenturleitung ab. Sie kamen dann früher ins Büro, um den Youngsters das Notwendige beizubringen.

»Ach, und diese Woche bist du mit der Jugendaufsicht dran?«, lachte Walli und war froh, diese Knochenarbeit nicht selbst erledigen zu müssen. Obwohl sie junge Leute gerne mochte. Aber ihnen erst das Einmaleins der PR beizubringen, dafür war sie zu ungeduldig geworden. Wie sie Silvia kannte, hatte diese sicher den richtigen Griff bei der Auswahl gehabt. Sie glaubte an ihre einstige Mentee und hatte ihr dafür völlig freie Hand gelassen.

»Sie sind sehr bemüht und stellen sich gar nicht so ungeschickt an. Sie haben Potenzial.«

»Bestens. Sag … wenn's jetzt nicht absolut wichtig ist, können wir ja auch in einer halben Stunde weiterplaudern. Ich stehe gerade an der Tankstelle und muss wegfahren. Ich melde mich!«, ließ sie Silvia keine Wahl mehr, darauf zu reagieren.

Walli wollte für Wien keineswegs das Bild erwecken, mit Lebensmitteln in der Hand und anderen »desperate Housewives« vormittags mutterseelenallein auf einem Supermarktparkplatz zu stehen.

Schrecklich abgedroschen war das!

Niemand sollte so etwas mit ihr, Walli Winzer, in Verbindung bringen. An einer Tankstelle zu stehen, gab da schon mehr her, war sie sich zwar nicht sicher, hoffte es jedoch.

Eine Stunde später saß Walli in einem gemütlichen Gastgarten in Gföhl und hatte einen kleinen Kaffee vor sich stehen. Ihr Einkauf befand sich mittlerweile im Auto und sie hatte Silvia erneut am Telefon: »Was ich dir noch sagen wollte, Walli, aber das muss unter uns bleiben, versprichst du mir das?«

»Silvia, bitte, was machst du für ein Aufsehen. Ich hab doch keine Ahnung, was du meinst! Wie soll ich dir da etwas versprechen? Wobei ich sowieso die Verschwiegenheit in Person bin!« Darüber musste sogar Walli lachen.

»Na gut. Du weißt, was ich meine. Also: In der Galerie sind Irregularitäten aufgefallen.«

»Aha. Inwiefern?«

»Sonja Frey ist auf Unregelmäßigkeiten bei der Einfuhr von Bildern aus Moskau gekommen. Nadja hat es mir erzählt.«

»Geht das also noch immer: Schmuggel aus dem Osten? Warum überrascht mich das nicht, Silvia?« Walli nahm genervt einen Schluck Wasser, bevor sie weitersprach. »Was oder wen vermutet ihr?«

»Für die Zollabwicklung verantwortlich ist, jetzt halte dich fest: Olga Karnikoff.«

»Na, da habt ihr ja schnell jemanden ausgemacht. Das heißt doch nicht automatisch, dass sie das Ganze initiiert hat. Was ist überhaupt passiert?«

»Einem Galeriemitarbeiter ist ein neu überstelltes Bild aus der Hand gefallen. Als er es aufhob, war der Rahmen verrutscht. Darunter befand sich aber noch etwas. Und jetzt rate mal, was?«

»Spann mich nicht auf die Folter. Was?«

»Ein echter Monet, wie sich herausstellte!«

»Da bin ich platt! Wem fällt so etwas ein?«

»Die Polizei vermutet: vor Jahren in Frankreich gestohlen, in Moskau zwischengelagert und kehrt jetzt zum illegalen Kauf nach Europa zurück. Vielleicht geht das

Gemälde auch von hier aus nach China oder Indien, zu einem der vielen neuen Millionäre, die es dort gibt.«

»Was sagt Frau Karnikoff dazu?«

»Behauptet natürlich, nichts davon zu wissen. Ihre Expertise seien Weine und Pharmazie. Von Kunst verstehe sie nichts. Hätte daher nur deren Transport abgewickelt.«

»Auch ein bissl blöd, sie direkt darauf anzusprechen. Und was ist mit dem Oligarchen Dimitri Olschiraska? Was denkt der?«

»Da ist die Polizei noch dran, den überhaupt einmal zu erwischen. Offenbar nicht so leicht, telefonisch an den ranzukommen.«

»In dem großen Russland gibt es offenbar viele Funklöcher. Wie hier im Waldviertel«, lachte Walli. »Vielleicht hält er sich auch deshalb so gerne hier auf …«

»Na komm mal. Jedenfalls entbehrlich spannend finde ich die ganze Sache. Wie geht's eigentlich mit den Morden voran? Schon weitergekommen?«

»Wir haben gerade einige aufgebrachte Winzer im Visier, und die Familienmitglieder stehen nach wie vor dringend unter Verdacht. Versprich mir, diese Olga im Auge zu behalten, und erzähle mir von ihr.«

Walli Winzer wusste zwar nicht, was das bringen sollte, aber allein um den Polizeioberst argwöhnisch gegen die russische Weinhändlerin zu machen, musste sie schon an ihr dranbleiben. Es ging eben nichts gegen gute Vorkehrungen. Auch in der Liebe!

Walli war dabei, ihr iPhone in das aktuellste Modell der Gucci-Handtaschenkollektion einzustecken, als Lena Breitenecker über den Platz ging und direkt auf sie zusteuerte.

»Du bist schon da? Ich dachte, wir treffen einander erst um 12.00 Uhr zum Mittagessen.«

»Ich war früher fertig und hab noch ein bissl telefoniert. Du bist auch zu früh dran!«

Lena lachte. »Ich wollte noch in Ruhe die Zeitungen lesen, wenn ich schon einmal herein nach Gföhl komme.«

»So ein Pech! Jetzt musst du doch glatt mit mir plaudern. Und nicht nur wie meistens per Handy! Die Zeitungen kannst du dir später kaufen und lesen.«

Neben allerlei Tratsch erzählte Walli Winzer auch vom Telefonat mit Silvia. Lena war über dessen Inhalt mehr als überrascht. »Alle Achtung! Das zieht ja Kreise von Wien ins Waldviertel!«

Walli hatte zuvor Harry Kain angerufen, ob er nicht auch zum Essen nach Gföhl kommen wollte. Das ließ er sich nicht zweimal sagen und traf Punkt zwölf im Gasthof ein.

Während des Essens erzählte Walli ihm gleichfalls vom Wiener Telefonat. Harry blieb erstaunlich ruhig und auf seinen Schweinsbraten konzentriert.

Lena hatte sich Mohn-Kaspresslaibchen auf Kräuterrahmsoße mit Blattsalat bestellt, und Walli entschied sich für Waldviertler Forelle, zubereitet nach Müllerin Art mit Salzkartoffeln.

Zur Nachspeise bestellte sie noch einen Mohnstrudel, den sie liebte, während Harry sich mit Waldviertler Mohnzelten, die aus Erdäpfelteig und Mohnmasse bestehen, belohnte.

Lena blieb beim Hauptgang, kein Wunder, dass sie ein wenig schlanker als Walli war.

Harry erzählte, dass er sich mitten im Artikel über die Soproner Winzerin befand.

Walli sah inzwischen Sepp Grubinger aus einer der Seitengassen kommen. »Hallo, Grubinger!«, rief sie laut über die Straße. Ihr guter Stimmsitz schaffte es regelmäßig, nicht überhört zu werden. Daher wandte der Dorfpolizist den Kopf Richtung seiner Namensnennung und steuerte die kleine Gruppe an. Er trug Uniform und kam eben aus einer Sitzung in seiner Polizeidienststelle Gföhl.

»Kommen Sie, setzen Sie sich zu uns!«, lud Walli Winzer den Polizisten ein.

Grubinger zögerte, entschloss sich jedoch dann doch dazu. Immerhin stand ihm jetzt eine Mittagspause zu, wenn auch eine bereits ziemlich späte. »Bitte das Menü mit den Schinkenfleckerln und der Nudelsuppe!«, orderte er beim jungen Kellner.

»Das geht leider um diese Zeit nimma. Nur noch à la carte, da gibt's die auch«, antwortete der junge Mann. Grubinger schaute betroppezt.

Walli glaubte, nicht richtig zu hören! Es war erst 13.15 Uhr, und es gab schon kein Menü mehr, obwohl es dasselbe Gericht à la carte sehr wohl geben würde!

Gegen solch willkürlich fremdenverkehrsfeindliche und hinterwäldlerische Gewohnheiten in einigen dunklen Ecken Österreichs und des Waldviertels hatte sie entschieden etwas. In bestimmendem Tonfall befahl sie: »Junger Mann, Sie kneifen jetzt augenblicklich Ihren kleinen Knackarsch zusammen, gehen ganz schnell in die Küche und bringen dem Herrn Inspektor sofort ein Menü an den Tisch. Wir haben zu dritt mittags ausgiebig à la carte bei Ihnen gegessen, jetzt wird es Schinkenfleckerl für eine weitere Person auch als Menü geben. Verstanden? Sagen Sie das Ihrem Chef!«

Schockiert machte der Waldviertler kehrt und brachte wenige Minuten später kommentarlos die Nudelsuppe.

»Geht doch, Grubinger!«

Sepp Grubinger schien die Durchsetzungsfähigkeit der Wienerin zu überzeugen. Genüsslich und zufrieden löffelte er seine Suppe und hörte ihren Neuigkeiten aufmerksam zu.

24. KAPITEL

Der Mond schien hell.

Sein umflorter Kranz hatte sich mittlerweile fast vollständig aufgelöst.

Wie eine überdimensionale Straßenlaterne erhellte er die Umgebung. Trotz der Dunkelheit konnte man noch immer die ineinander verschachtelten, unterschiedlich geformten Felder deutlich erkennen.

Der Weinberg, auf dem sich Lisa, Sandra und Lana versteckt hielten, lag auf einer kleinen Anhöhe, die einen malerischen Ausblick über die Landschaft freigab. Sie hatten noch bei Tag festgelegt, wo sie in der Nacht ihre Beobachtungsstelle einrichten wollten, von der aus sie überall gute Sicht hätten. Als Versteck wählten sie einen dichten Haselnussstrauch, hinter dem sie zur Tarnung eine olivfarbene Decke ausbreiteten, auf der sie warteten. Alle drei waren in Schwarz gekleidet. Sandra hatte zuvor ihre Wimperntusche spendiert, womit sie sich Stirn und Wangen gefärbt hatten.

So saßen sie nun und warteten auf ein Schauspiel, das ihnen schon bald geboten werden sollte – das hofften sie wenigstens.

»Also, mir ist irgendwie gruselig, da zu warten«, hoffte Lana, dass sie ihr Mut nicht verlassen würde.

»Lange wird's nicht mehr dauern. Es ist eh gleich halb zwölf. Vorbereiten müssen die ja immerhin auch noch was«, schaute Lisa auf die Uhranzeige ihres nur schwach beleuchteten Handys.

»Wenn *die* also kommen, warten wir die Weinlese zur Gänze ab. Sobald ihr Voodoo-Zauber beginnt, schleiche ich mich an den Wagen mit den aufgeladenen Trauben und ziehe die Verriegelungsstäbe hoch. Dann hängt die lose Klappe runter. In dem Moment, wo sie losfahren und über die Unebenheiten des Feldwegs poltern, haben sie schon die Hälfte verloren. Bis alle am Weingut vom prahlerischen Alfi Schlieringer ankommen, ist auf dem Anhänger sowieso nix mehr drauf! Na, die werd'n schauen!«

Unterdrücktes Kichern folgte.

»Reißt's euch z'ammen, und seid's leise! Nicht, dass einer von denen vorausgeht und uns zuhört. Dann is' alles vorbei, bevor's richtig losgegangen is'!«, versuchte Sandra, den Ernst der Lage ins Bewusstsein zu bringen. »Nachher könn' ma laut sein, wie ma wollen, aber jetzt nicht!«

»Ich schleich mich, wenn sie kommen, gleich an die Schatulle heran, leere deren Inhalt in meine Umhängetasche und stattdessen die Katzenscheiße hinein. Wird echt eine Überraschung sein, wenn sie sie aufmachen!« Lisa zeigte auf ein Plastiksackerl, das sie weit weg von sich hielt und, davon angeekelt, mit der anderen Hand die Nase kniff.

»Ihr seid's echt arg!«, machte sich Lana ganz klein. »Was soll denn ich dabei machen?«

»Du bleibst sitzen und beobachtest alles genau. Läuft irgendetwas nicht nach Plan und kommt jemand, pfeifst du mit dieser Vogelwasserpfeife Alarm. Verstanden?« Lisa führte einen kleinen mit Wasser gefüllten Mini-Tonkrug zum Mund und blies sanft in den Schnabel hinein. Ein Zirpen wie von einer echten Nachtigall kam aus diesem kleinen Ding.

»Das klingt ja echt!«

»Probier auch mal!«

Lana erwies sich als sehr lernfähig. »Aber nur, wenn Gefahr im Verzug ist!«, insistierte Lisa nochmals eindringlich.

Sandra öffnete ihren Rucksack und holte einige Feuerwerkskörper hervor, die von Silvester übrig geblieben waren. Sie war sich sicher, dass später der wunderbare Sternenhagel die beste Ablenkung von ihrem Verschwinden sein würde. Niemand würde ihnen dadurch so schnell nacheilen.

Sandra deponierte die Feuerwerkskörper und hob plötzlich aufgeregt ihren Kopf: »Ich glaub, sie kommen! Ich sehe die Fackeln und den Pferdekarren! Alles wie abgemacht! Na warte, Mario und ihr Weinbrüder!«, zischte sie ihren Schlachtruf.

»Was singen die da?«, fragte Lisa leise.

»Das sind keltische Fruchtbarkeitsgesänge, die sie irgendwo ausgegraben haben und mit denen sie den alten Naturgottheiten für die bevorstehende Ernte danken«, wusste Lana von Mario.

»Wie albern«, bemerkte Lisa und schüttelte belustigt ihren Kopf. »Eigentlich gar nicht passend für diesen Männerklub, denn bei den Kelten hatten die Frauen gar keinen so schlechten Stand.«

»Sei jetzt still, Lisa! Sie kommen langsam näher.« Sandra legte sich mit den Bauch. Die anderen taten es ihr gleich. Sie verharrten eine Weile so und schauten zu, wie die Burschen die Tür eines Weinkellers öffneten und allerlei Sitzgelegenheiten herausholten. Einige von ihnen formten daraus einen Sitzkreis auf dem Plateau. Andere stellten auf einem Extratisch Weingläser und Sodawasserflaschen ab. Zwei schlugen mit Bolzenhämmern Halterungen in den Boden, in die sie Fackeln steckten.

Die Kreismitte zierten ein Korb mit Weintrauben und Gefäße mit unterschiedlichen Gesteinsarten: Löss, Quarzsand und Lehm, wusste Lana. Aus ihnen setzte sich nämlich der fruchtbare Boden für den Qualitätswein im Kamptal zusammen.

Der Haflinger wurde schließlich so gewendet, dass er nicht ins Fackellicht schauen musste und sich nicht ängstigte. Der Anhänger stand weiterhin hinter ihm. Mit Pferden kannten sie sich offenbar aus, wenn auch sonst mit vielem nicht. Sonst hätten sie beispielsweise kein Problem mit Frauen.

Sandra schnaufte erbost. Vor allem, wenn sie an ihr verlorenes Semester durch Mario zurückdachte. So ein kleiner Scheißer! Na, warte! Das zahl ich dir heim!, dachte sie für sich.

Die Schatulle entdeckten sie auf einem alten Holztischchen etwas abseits, da sie offensichtlich erst für Marios Aufnahme nach der Weinlese benötigt wurde. Der Schein der Fackeln beleuchtete sie matt.

Nach einem Gebet und einigen Zeichensetzungen an den Gefäßen verteilte sich die Bruderschaft über den gesamten Weinberg.

Lisa schlich sich jetzt unbemerkt zur Schatulle. Sie kippte deren Inhalt schnell in ihre Tasche und erreichte danach atemlos das Versteck.

»Geschafft! Erster Punkt erledigt!«

Die beiden anderen jungen Frauen ballten ihre Fäuste zum Triumph. Alle blieben dabei stumm.

Jetzt hieß es warten.

Warten, bis die Weinbrüder den Wagen so voll als möglich mit Trauben beladen hatten. Und das würde lange dauern.

Ziemlich lang sogar!

»Schlaf nicht ein, Lana! Halte durch!« Sandra schien sich mental auf ihren baldigen Einsatz vorzubereiten.

Endlich wurde die letzte mit Weintrauben gefüllte Butte auf den Anhänger geleert und die Metallstifte in die Verriegelung der Vorrichtung gesteckt. Sandra spannte sich merklich an. Gleich würde sie mit ihrem Vorhaben starten.

Der Letzte der Weinbrüder nahm seinen Platz im Kreis ein. Die Fackeln erleuchteten mystisch jeweils die gegenüberliegenden Gesichter von unten. Etwas Unwirkliches ging von allem aus.

Ein unheimlicher, faszinierender Grusel. Fast wie in einem Horror-Film!

Während ihr monotones Gemurmel begann, schlich sich Sandra im geeigneten Moment weg. Das Ende des Anhängers war der Böschung zugewandt. Sandra positionierte sich seitlich davon. Sie zog vorsichtig die Stifte heraus. Den letzten musste sie einige Male hin- und herbewegen, weshalb ein kleines Quietschen zu hören war.

Sandra stockte.

Einer der Weinbrüder drehte sich in ihre Richtung. Sie drückte sich dicht an den Wagen und verharrte in dieser Position.

Die anderen Mädchen wurden nervös. Sie konnten Sandra nicht mehr sehen und wussten daher nicht, was los war.

Lana hielt ihre kleine Vogelpfeife fest in der Hand.

Eben begann sich Sandra aus ihrer Position zu lösen, als ein Aufschrei das Entdecken des unerwarteten Inhalts in der Schatulle meldete.

Sandra erschrak und lief einige Schritte. Ein junger Mann hatte ihr aufgelauert, sprang hinter einer Hecke hervor und jagte ihr nach.

Aus der Ferne verfolgten Lisa und Lana die Bewegung. »Schnell! Wir müssen etwas tun!« Lisa war verzweifelt.

»Wo ist das Feuerzeug?«, fragte Lana besonnen.

»Da!« Lisa griff nach der getarnten Decke, auf der es lag und reichte es ihr.

Sie schlich an die Feuerwerkskörper und entzündete sie. Einen nach dem anderen, was die Weinbrüder in Panik versetzte und sie unkoordiniert das Weite suchen ließ.

Inzwischen lief Sandra, so schnell sie konnte. Doch bis zum Waldrand würde es noch dauern! Es war zwar nicht mehr weit, aber doch!

Sie drehte sich um. Schon kam er näher! Wohin nur mit ihr?

Verzweiflung!

Sein zorniges Gesicht ängstigte sie.

Sandra spürte, dass er ihr schon dicht auf den Fersen war, drehte sich noch einmal um.

In dem Moment kam er ihr bereits so nahe, dass er sie beim schwarzen Blouson erwischte und ihr im Handumdrehen einen Ärmel auszog.

Mit einer instinktiven Drehung schaffte es Sandra, dass ihr Verfolger plötzlich mit der Jacke allein dastand. Mitten auf dem Feldweg. Nach einer Schrecksekunde wollte er weiterlaufen, stürzte jedoch über die Grasrille am Weg.

Das gab Sandra den Vorsprung.

Auch wenn sie einander von Angesicht zu Angesicht gegenübergestanden waren, konnte er sie mit Sicherheit nicht erkannt haben. So dunkel, wie es war.

Sie lief weiter.

Schnell.

So schnell sie konnte.

In den Wald. In den Hohlweg hinein.

Weiter.

Noch ein wenig. Dann einen Haken nach links schlagen, dachte sie. Instinktiv gingen immer alle nach rechts. Das hatte Sandra schon oft beobachtet. Und darauf hoffte sie auch jetzt!

Sandra presste sich mit dem Rücken an eine der mächtigen Fichten.

Sie hörte Keuchen. Er war da! Hielt am Weg in ihrer Höhe.

Für welche Richtung würde er sich entscheiden? Für ihre?

Warum war er so hartnäckig hinter ihr her? Ließ sie nicht gehen?

Ihr Verfolger entschied sich für rechts. Sandra war erleichtert! Kauerte aber weiter hinter dem Baum.

Das Knacksen seiner Tritte entfernte sich, während das Feuerwerk mittlerweile in vollem Gange war.

Ihre Freundinnen konnten es also selbst zünden – auch ohne sie. Perfekt!

Doch wie ging es Lisa und Lana? Hatten die Männer sie entdeckt? Wenn ja, konnten sie fliehen? Hoffentlich!

Sandra merkte, wie anstrengend alles für sie geworden war.

Erschöpft lehnte sie sich gegen den Baumstamm – und schlief ein.

25. KAPITEL

»Ich freu mich riesig über unsere enge Partnerschaft mit Russland. Das Waldviertel und Russland. Was willst du mehr? Zwei Regionen im Aufschwung! Noch dazu, wo mein Großvater und andere so einen engen Bezug zu Russland hatten. Stalingrad! Also, es war zwar damals so … also ich meine, die Zeiten im und nach dem Zweiten Weltkrieg waren für alle anstrengend … also in der Vergangenheit … ich mein … da ist es ja jetzt schon viel besser! Und die Freundschaft zu einem russischen Dorf kann heute manchmal enger sein als zur nächsten Nachbargemeinde!« Peppi Brunner, Bürgermeister von Großlichten, stand vor Olga Karnikoff und gluckste anbiedernd.

Die Russin nahm seine Ausführung gelassen und kommentarlos hin.

Brunner fühlte sich dadurch bestätigt und fuhr fort: »Die Verbundenheit zwischen Großlichten und Plankenstein ist natürlich ebenso freundschaftlich. Mein nächster Weg wird der Besuch bei meinem Amtskollegen Ernst Pfaffinger sein. Zuvor wollte ich noch die Gelegenheit nützen, Sie zu treffen. Schön, dass Sie aus Wien wieder zu uns gekommen sind.«

»Vieles hier erinnert Herrn Olschiraska und mich wirklich an Russland: die Wälder, Felder …«, entgegnete Olga Karnikoff emotionslos.

»… und sicher auch das einfachere Leben im Gegensatz zum übrigen Österreich.«

»Ein wenig haben Sie recht. Aber im Vergleich zum Leben auf dem russischen Land, vor allem in Sibirien, wo ich einige Zeit verbracht habe, ist das hier Wohlstand.«

Brunner räusperte sich und war bestrebt, die gute Stimmung aufrechtzuerhalten, auch wenn er jetzt schneller zur Sache kam: »Ja, wir wollen doch, dass sich überall langsam die Verhältnisse bessern. Daher freue ich mich weiterhin über die kleinen finanziellen Zuwendungen, die Herr Olschiraska im Sinne der regionalen Weiterentwicklung an uns vergibt.«

Olga nickte matt und übergab Brunner ein in Zeitungspapier gewickeltes Kuvert, während sie weiter in Richtung Sitzgarnitur im Hof des Weinguts Steinrieder ging.

»Sie können sich wie immer darauf verlassen, dass alles unter uns bleibt. Ich sorge weiterhin verlässlich dafür, dass die Verwendung von Spritzmitteln im landwirtschaftlichen Bereich in meiner Umgebung gleichbleibt.«

»Wir sind dabei, auch andere chemische Stoffe als bisher auf den Markt zu bringen, aber die Testphasen und die Markteinführung dauern noch. Daher wäre uns allen gedient, Bewährtes weiterhin zu erhalten!«

»Sie können sich auf mich verlassen. Die Gewinne der österreichischen Niederlassung werden nicht zurückgehen. Schon in meinem Interesse als stiller Teilhaber.«

»Das Festhalten am konservativen Weinbau wäre noch eine Zeit lang ganz gut.«

Josef Brunner lachte bestätigend. »Die Zeiten, wo ma unseren Bauern eingeredet haben, dass alles so harmlos ist, weil's ›Pflanzenschutzmittel‹ heißt, sind allerdings vorbei. Damals haben sich sogar einige, weil ihnen im Sommer beim Spritzen aufm Feld heiß war, unter den Sprüher gestellt und sich mit Pestiziden statt Wasser abgekühlt. Danach haben sie, ohne die Hände zu waschen, ihre Jause gegessen. Später haben sie sich gewundert, dass sie Blasenkrebs bekommen haben. So blöd muss ma amal sein, dass ma uns das alles geglaubt hat!« Brunner lachte hämisch. »Aber es trifft eh immer nur die Dümmsten! Ein Naturgesetz eben.«

Olga Karnikoff verzog keine Miene und antwortete nicht darauf.

Josef Brunner erkannte, dass er damit den Bogen der Konversation überspannt hatte, und fuhr verbindlich fort: »Dem Pfaffinger werde ich das schon noch klarmachen. Einige Schauergeschichten, seit Neuestem sagt man ja ›Fake News‹ dazu, werden mir sicher einfallen. Obwohl, jetzt habn wir in Großlichten an Fall, wo a Kind, da es der Vater beim Spritzen immer mit aufs Feld gnommen hat, als die Mutter beim Billa an der Kassa arbeiten musste, mit zwölf Jahren Leukämie bekommen hat. Die Ärzte unterstellen, das sei von den Spritzmitteln, die die Kleine eingeatmet habe. Damit mehr verkauft wird, hab ich halt jahrelang dafür gesorgt, dass die doppelte Dosis unter die Leute gebracht wird. Dass die ihre Kinder während der Traktorfahrt in den Sprühnebel hineinsetzen, wer denkt denn an so was? Aber keine Sorge, das bekommen wir auch noch hin!«

Brunner fungierte während der gesamten Konversation praktisch als Alleinunterhalter. Olga Karnikoff gab sich davon unberührt. Es schien, als würde sie inzwischen ganz anderes denken und ihn einfach nur reden lassen.

»Der Pfaffinger wird darauf achten, dass die Winzergenossenschaft noch einige Zeit Widerstand leistet gegen die neuen gesetzlichen Bioanreize. Jetzt, wo der Alois Steinrieder nicht mehr unter uns weilt und das weiter forcieren kann.« Die letzten Worte sagte Josef Brunner eher leise und blickte sich vorsichtig nach allen Seiten um. Olga Karnikoff blieb regungslos.

»Ah! Da kommt ja unser neuer Chef vom Weingut!« Brunner stand von der Heurigenbank auf, die nicht mehr im hinteren Bereich neben dem Eingang zum alten Weinkeller stand. Aus Gründen der Pietät hatte man sie im Eingangsbereich der hauseigenen Weinhandlung aufgestellt.

Robert Steinrieder kam mit einer Weinflasche aus dem Geschäft und setzte sich zu ihnen. »So, Frau Karnikoff, den kann ich Ihnen auch gerne nach Moskau mitgeben.« Er schenkte beiden eine Kostprobe in bereitgestellte Gläser ein. »Er ist ein 2016 Pinot noir Reserve, also gehaltvoller mit ein bissl mehr Alkoholgehalt. Er schmeckt vollmundig, merken Sie es? Der Rotwein ist im Kamptal zwar nicht so heimisch wie im Burgund, aber dennoch gelungen. Die Rebsorte haben wir von dort übernommen.«

»Ja, von dem nehme ich auch noch 500 Flaschen mit. Zu den anderen dazu.«

»Unser Wein ist schon biologisch hergestellt und unterscheidet sich daher vom konventionellen Weinbau. Wir versuchen, weitgehend auf herkömmliche Pflanzenschutzmittel zu verzichten, und setzen auf Pflanzenstärkung.«

»Was verwenden Sie dazu?«, fragte Olga Karnikoff.

»Präparate wie Hornkiesel und Hornmist sind wichtig, aber auch andere Pflanzenauszüge kommen bei uns unterstützend zum Einsatz. Wissenschaftlich erwiesen ist die Wirkung von allem nach wie vor nicht, aber wie Sie merken, es funktioniert!«

»Ja, ihr schwört halt darauf und könnt viele davon überzeugen. Eine Glaubensfrage ist das«, ergänzte Bürgermeister Brunner.

Ein neuer Gast hatte sich inzwischen zu ihnen gesetzt.

»Servus Bertl!«, begrüßte ihn Robert Steinrieder. »Na, net nur!«, fuhr er fort. »Es hilft auch. Wenn eine Pflanze von sich aus stark genug ist, wird der Weinstock gegen Krankheiten weniger anfällig. Entwickelt sich trotzdem eine, verwenden auch wir ganz sanfte synthetische Spritzmittel. Da bleibt uns nichts anderes übrig.«

»Geh, Robert, jetzt red net a so. Bioweinbau is' genauso a massiver Eingriff vom Menschen in die Natur. Wenn ihr den mittleren Grünstreifen und des Unkraut zwischen den Rebstöcken einackert, dreht ihr 20 Zentimeter Boden um. Durchs Pflügen wird der Lebensraum von vielen Tieren zerstört. Sie verenden oder Vögel fressen sie«, ergänzte Bertl.

»Außerdem spritzt ihr Biowinzer mit Kupfer, einem Schwermetall, das im Boden nicht mehr abgebaut werden kann. Ihr geht's chemisch gegen Pilze vor und verwendet Schwefeldioxid. Ganz zu schweigen vom Traktor, der die Bodenschichten im Laufe der Jahrzehnte immer dichter zusammenpresst. Die Mikroorganismen und damit die bessere Nährstoffversorgung von Pflanzen und Tieren werden dadurch auf Jahrhunderte hinaus verringert. So schaut's aus!«, triumphierte Brunner mit seinem Insiderwissen vor Robert.

»Ihr gabt recht«, gab Steinrieder unumwunden zu. »Des is' alles a Problem. Wir versuchen's auch zu verringern.

Verwenden kaum Pestizide. Wollen weg von unnötiger Chemie. Was man mit ein bissl Sorgfalt auf natürlichem Weg auch erreichen kann. Das is' schon was! Deshalb kann auch nie zu 100 Prozent Biogarantie zertifiziert werden. Das ist für einen Weinherstellungs- und -verkaufsbetrieb, wie wir einer sind, technisch praktisch nicht machbar. Obwohl sich der Vater sehr bemüht hat. Er war einmal in Russland und hat dort Pflanzenstärkungsmittel kennengelernt, die hier unbekannt sind. Warum vertreiben Sie als russischer Pharmakonzern die nicht? Sondern die Symptombekämpfungsmittel aus den USA und anderen Staaten?«

Olga schwieg.

»Gut, die wären halt viel billiger als die der wissenschaftlichen Forschung. Bei den im Westen Herkömmlichen müssen erst einmal die immensen Entwicklungskosten hereinkommen. Das ist das Teure daran«, versuchte Bertl die Antwort darauf zu finden.

Aus dem Verkaufsraum kam Sohn Mario mit einem Korb voll Nussbrot. »Danke, Mario! Setz di zu uns. Is' im Moment eh nix los«, ermunterte ihn der Vater.

Mario begrüßte die Runde. Er schaute Olga länger als üblich an. Sein Vater lächelte, als verstünde er, dass einen jungen Mann eine attraktive Frau zeitweise durchaus verwirren konnte.

»Was ist im Vergleich zum Bioweinbau der Demeterweinbau?«, fragte Olga schließlich interessiert, ohne auf das Vorherige Bezug zu nehmen: »Wir fangen in Russland ja erst jetzt so richtig mit Weinbau an.«

»Der ist auf Ganzheitlichkeit ausgerichtet, also 100-prozentiger Einklang mit der Natur. Aber vom theoretischen Ansatz her genauso praktisch kaum umsetzbar.«

Mario sah Vater Robert an und ergänzte: »Sie arbeiten wie beim biologischen Weinbau, versuchen darüber hinaus aber Planeten- und Mondkonstellationen einzubinden. Ernte bei abnehmendem Mond soll beispielsweise die Haltbarkeit des Weins verlängern. Die Weinlese erfolgt nicht mit dem Traktor, sondern oft mit Pferdefuhrwerk und per Hand, dem Boden zuliebe.«

»Ja, und das ist auf jeden Fall besser als mit Erntemaschinen, die für Billigweine eingesetzt werden. Tiere wie Maikäfer und andere landen mit in den Behältern und bleiben in der Maische. Pfui! Deren Kadaver trinkt man dann mit! Kein Spaß, sondern Ernst! Das is' bei euch aber net der Fall?«, distanzierte sich jetzt auch Peppi Brunner von mangelnder Weinqualität.

»Deshalb kaufst du den Wein auch bei uns, Brunner! Und net bei deine Leut' mit den Weinlesemaschinen!«, lachte Steinrieder. Er schenkte sich ein und hob sein Glas auf die Runde: »Besser, man zahlt a bissl mehr und hat a gutes Produkt. Trinkt halt a bissl weniger, dann ist der Preis gleich herin. Soll ja in erster Linie ein Genuss- und kein Rauschmittel sein. In diesem Sinne: Prost, auf unsere Gesundheit! Übrigens, habt ihr das Feuerwerk und den Tumult gestern gehört? Die Weinbruderschaft übertreibt seit Neuestem, würd ich sagen. Das finde ich nimmer lustig.«

Josef Brunner blieb ruhig. »Ja also, ich find da nix dabei.«

»Normalerweise sind Weinbrüder a lustige Partie, die sich um alle Belange des Weins kümmern. Frauen sind seit einiger Zeit bei manchen in Niederösterreich auch Mitglieder. Aber die in unserem Ort?

Mit keltischen Bräuchen und was weiß man noch?

Einige germanische, würde ich vermuten. Frauen nehmen unsere net auf. Weigern sich.«

Mario blieb stumm und beobachtete seinen Vater, der darüber verärgert war. »Tun sollten wir schon was dagegen. Was sagst du dazu, Mario?«

26. KAPITEL

»So, ich wollte euch sagen, dass ich doch fix als Kandidatin bei der nächsten Bürgermeisterwahl antreten möchte.«

»Na endlich. War auch langsam Zeit!«, schlug Walli Winzer euphorisch die Hände zusammen und schaute erleichtert gen Himmel. Irgendwie war ihr danach, obwohl sie es schon lange nicht mehr mit der Amtskirche hatte. Aber für das, was so lange hatte auf sich warten lassen, konnte nur eine höhere Bestimmung den letzten Ausschlag gegeben haben.

»Alle Frauen im Ort mögen dich, Lena. Viele werden dich unterstützen. Die Charity-Aktion für das E-Car letztes Jahr zieht ihre Kreise. Seitdem reden die Leut' auch wieder mehr. Man interessiert sich füreinander. Die Mütter können ihre Kinder leichter zum Spielen hin- und herbringen, Erledigungen machen und einkaufen fahren.«

»Jo, und dei Vorschlag mit der Online-Liste, wo sich jede und jeder samt Telefonnummer zeitgerecht eintrogen kann, is a super Idee. Falls a Termin länger dauert, als ma glaubt, is' sie gleich zur Hand. Streitereien gibt's bisher koa«, ergänzte Mizzi Troger.

»Ich hab mir das gründlich durch den Kopf gehen lassen. Ich will nicht mehr zusehen müssen, wie das Schlitzohr Brunner ein krummes Ding nach dem anderen dreht.

Immer fließt dabei etwas in seine eigene Tasche. Er macht das allerdings so geschickt, dass auch für die Gemeinde etwas herausspringt. Aber die letzten Male war's einfach schon zu viel«, ärgerte sich Lena Breitenecker, erkennbar an einigen roten Flecken am Hals. Solche bekam sie immer dann, wenn sie sich ehrlich aufregte – wie jetzt wegen Josef Brunner.

»Das hoit ma net aus! Das is ja genauso unerträglich wie … ja, wie ein Mohnzuzl! Kennt ihr den noch?« Mizzi schaute in fragende Gesichter. »Den hat man im Waldviertel jahrhundertelang eingsetzt, um die Säuglinge während der Feldarbeit ruhig zu halten. Das woa a Schnuller aus Stoff, in den Mohn eingefüllt war. Babys und Kleinkinder sein infolge benebelt am Feldrand unter die Bäume g'legn. Nicht selten blieben manche später geistig zurück – wurden zu legendären Dorfdeppen, die alle ausg'lacht habn.«

»So etwas gibt's heute hoffentlich nicht mehr. Gott sei Dank hamma jetzt Mähmaschinen und die Frauen müssen nicht mehr beim Ernten mitmachen, sondern bleiben während der Karenzzeit so gut es geht zu Hause. Männer machen das ja weiterhin net so gerne. Aber das mit den großen Mengen von Spritzmitteln, die viele heute noch verwenden, haben sie noch immer in ihren Köpfen. Verwenden einfach zu viel! Und jetzt ist die arme Janine Ehrengruber an Leukämie erkrankt. Eine wirksame Therapie wird sehr teuer. Da müss' ma unbedingt helfen.«

»Is' eh klar! Aber sag, das war's, was du uns mitteilen wolltest und uns hergetrommelt hast? Mitten am Tag?«, fragte Walli und schlürfte aus ihrer Kaffeetasse.

Lisa, die jetzt vom Küchentisch aufstand, ging ins Wohnzimmer und kam mit einem olivgrünen Rucksack zurück. »Also, die Mama hat g'meint, dass ich euch den Inhalt daraus zeigen sollte. Weil der auch mit den Steinrieders zusammenhängt.«

»Aha, wie kommt das in dein Ränzel?« Walli war überrascht.

Sandra, die neben ihrer Mutter auf der Bank um den Tisch saß, erzählte die Mondschein-Geschichte mit den Weinbrüdern und jene aus dem Wiener Studentenheim mit Mario, die sowohl Mizzi als auch Walli sprachlos werden ließ.

In die allgemeine Ratlosigkeit hinein platzte unerwartet Resi Grubinger. Sie hatte einen ihrer köstlichen Mohngugelhupfe mitgebracht. Er stach die gekauften Kekse zum Kaffee, die Lena aus ihrem Vorrat hervorgeholt hatte, eindeutig aus.

Nachdem jede ein frisches Stück vor sich liegen hatte, kam Resi auf den Punkt. »Sagt, was ist mit euch los? Is' ja fast so ruhig wie in der Kirche. Kennt ma' sonst net von euch«, erfasste sie die Situation.

Lisa leerte den Inhalt des Rucksacks in der Mitte des Tischs, neben die Kuchenplatte mit dem Mohngugelhupf.

»Na bums, nicht schlecht. Was ist das?« Resi hörte auch die Geschichte und verstummte danach wie die anderen. Alle starrten auf das Durcheinander, das vor ihnen lag.

»Hm, also das Allerheiligste vom Alois Steinrieder, das der Mario als Mutprobe für die Weinbrüder gestohlen hat.« Walli grübelte vor sich hin. Sie griff nach dem Papier mit den kyrillischen Buchstaben und hielt es gedankenverloren in ihrer Hand. »Irgendjemand kann damit vielleicht etwas anfangen?«

Lena sortierte die Fotos und legte sie nach dem Durchblättern wieder zurück.

»Erinnerungsfotos und ein russischer Vertrag. Vielleicht interessierte genau dieser Inhalt die Weinbrüder? Sonst, würde ich sagen, wüsste ich nicht, warum sie Mario dazu anhalten sollten, die Schatulle heimlich mitzunehmen.« Walli stützte ihren Ellbogen auf und fuhr sich ratlos mit der Hand durchs Haar. Mit einem Handgriff rückte sie sofort die in der Aufregung derangierte Frisur wieder in die gewünschte Fasson.

»Auch wenn ich schon ein bissl Angst gehabt hab, dass sie uns bei dem Schabernack entdecken, finde ich es im Nachhinein richtig cool von uns! Es hat Spaß gemacht, denen eins auszuwischen«, erzählte Sandra begeistert. Sie setzte sich aufrecht hin, und fast konnte man den Eindruck gewinnen, dass die sowieso schon große junge Frau noch an Größe zulegte. »Na ja, wie mir der Typ so plötzlich nachgelaufen ist, habe ich mir schon kurz gedacht, meine letzte Stunde hätte geschlagen. Aber wie man sieht: Wir sind doch vifer als alle Brüder zusammen. Niemanden von uns haben sie erkannt. Die rätseln immer noch, wer ihnen das angetan hat!«, freute sie sich.

»Na, da bin ich ja grad richtig gekommen!« Resi Grubinger zog eine Grimasse. »Ich hab mich gefreut auf eine gemütliche Plauderrunde. Aber jetzt rätselt ihr auch schon alle wie mein Sepp!«

»Ist er noch immer zornig, weil mich der Weichselbaumer um die Nachforschung gebeten hat? Nix für ungut. Der Sepp ist ein Superpolizist in Großlichten. Aber wenn er mit Wien korrespondieren müsste oder manches vor der Polizeiinspektion Gföhl im Auftrag von Dr. Weichselbaumer eine Zeit lang geheim halten sollte, würde ihm das wahrscheinlich nicht so leichtfallen.

Durch die Detailrecherche am Computer ist er sowieso eingebunden.«

Resi Grubinger seufzte. »Aber treffen tut das den Pippo sehr! Er fühlt sich richtig ausgebootet. Vor allem vom Oberst Weichselbaumer. Wenn sich das herumspricht, dass er ihm das Vertrauen entzogen hat …«, jetzt sah man Frau Grubingers ernsten Blick, »… können wir von hier wegziehen. Ich hoff', ihr versteht, was i mein! Seine Autorität wäre im Keller.«

Walli Winzer versuchte, beruhigend zu wirken. »Ich verspreche Ihnen, alles wird gut. Niemand wird erfahren, was Weichselbaumers ursprünglicher Auftrag war. Immerhin war Ihr Mann gleich zur Stelle, wo die anderen in der Polizeistation Plankenstein ausgelassen hatten. Das muss noch geklärt werden, was da los war. Sich für eine Region dienstlich auch von Großlichten aus zuständig zu fühlen und einzusetzen, wird ihm mit Sicherheit hoch angerechnet werden. Dass da ein Beamtenchaos ausgebrochen war, möchte der Polizeichef mit Sicherheit vertuschen.«

Walli blickte hilfesuchend zu Lena, die gleich verstand und einhakte: »Keine Sorge, wir machen das schon. Was jetzt wirklich ansteht, ist, dem Bürgermeister Brunner das Handwerk zu legen.«

Walli übernahm wieder: »So, Lena Breitenecker, es ist jetzt an der Zeit, dass du dich als Bürgermeisterkandidatin in Stellung bringst. Damit unser Ort so lebenswert bleibt, wie er ist, und nicht durch mafiose Zugeständnisse abgewirtschaftet wird. Die Menschen sollen hier gesund bleiben und weiter zufrieden leben können.«

Resi verstand: »Wie ich den Pippo kenne, ist ihm das Schicksal des an Leukämie erkrankten Mädchens nicht egal. Ich bin überzeugt, dass er bereit wäre, gegen den Brunner zu ermitteln und seine Ohren am Stammtisch im Wirtshaus offen zu halten.«

»Ja, da hat er wirklich eine Begabung«, ermunterte Walli Winzer die Polizistengattin.

»Seht ihr, wenn Frauen zusammenhalten und sich auch Männer für Gerechtigkeit und Fairness einsetzen, kann man schon einiges erreichen.«

»Absolut, Lena. Ich hab übrigens gedacht, dass nach den 1980er Jahren die Gesellschaft vom Umweltbewusstsein her nicht wieder kippen würde. Fehlschluss bei manchen.«

»Man derf das net so hinnehmen. Mein Mann wird uns sicher unterstützen! Das mit der Sandra und ihrem verlorenen Semester … warum hast uns denn nix gsagt?«, war Mizzi Troger entsetzt.

Sandra schwieg. »Ich wollt nicht, dass ihr mich als unfähig anseht. Bei der Lisa läuft alles so gut – und bei mir?« Ihre Mutter legte die Hand auf den Arm und schüttelte ungläubig den Kopf.

»Aber heimgezahlt haben wir ihm das und den anderen auch!«, lachte Lisa laut.

Lena wusste, dass sie als Spaßbremse kurz in die Jubelstimmung hineinmoralisieren würde, grinste aber dabei: »Grenzen zeigen ist immer gut. Auch wenn's echt gewagt von euch war und, Lisa, ich gerne andere Mittel gesehen hätte, als euch in Gefahr zu begeben – aber …«, Lena sah nach Wallis Bestätigung, »ich bin irrsinnig stolz auf euch!«

»Ich erzählt jetzt auch ein Geheimnis: Deine Mutter und ich haben in unserer Jugend so einige Aktionen gegen engstirnige, gemeine Wichtigtuer geführt. Und auch uns hat es Spaß gemacht, andere zu schockieren. Manche besonders Gemeine haben tatsächlich abgelassen. Vivat der Gerechtigkeit!« Walli griff nach ihrem Kaffeehäferl und riss es in die Höhe. Auch die anderen taten es ihr gleich und feuerten einander für die gemeinsamen Vorhaben an.

Resi Grubinger zögerte ein wenig. Für solche Verschwörungen war sie sonst nicht zu haben. Ihr Reich war die Küche, ihre Kinder und ihr Mann. Aber was sie jetzt über Josef Brunner gehört hatte, reichte auch ihr: »Vivat!«

27. KAPITEL

Es ging nichts über einen beschaulichen Spaziergang quer über die Felder. Walli Winzer war froh, dass diese zeitweise extreme Hitze, wie sie diesen Sommer an manchen Tagen auch das Waldviertel heimgesucht hatte, vorbei war. Nicht viele Tage waren es gewesen, aber diese hatten ihr gereicht. Erfreulicherweise kühlte die Tagestemperatur in der Nacht deutlich ab. Die rundum liegenden Wälder sorgten für angenehme Kühle. Bei offenem Fenster zu schlafen, brachte daher nicht nur harzigen, wunderbaren Waldgeruch ins Schlafzimmer, sondern war zugleich so etwas wie eine natürliche Bioklimaanlage. In der Stadt hingegen mit den aufgeheizten Hausfassaden und den Asphaltstraßen war das unvorstellbar.

Erst um 7.00 Uhr früh, die Zeit, zu der Walli früher aufgestanden war, hatte die Temperatur so abgekühlt, dass man für einige Stunden entspannt durchatmen konnte. Da hatte sie dann versucht, so viel als möglich zeitlich unterzubringen. Was sie bis 12.00 Uhr nicht geschafft hatte, musste bis zum nächsten Tag warten. Am Nachmittag versuchte sie, Termine ausschließlich in klimatisierten Büros abzuwickeln.

Dachte Walli Winzer zurück, dann erschien ihr früheres Leben im Vergleich zu heute wie ein Dasein in einer geschlossenen Raumstation, wo man Natur gar nicht mehr wirklich erlebte. Denaturiertes Leben eben! Sie war von klimatisierten Büros in ihr klimatisiertes Auto und abends in ein klimatisiertes Nobelrestaurant geeilt. Kein Wunder also, dass allein durch solch einen Lebensstil die Erderwärmung steigen müsste!, dachte sie.

Jetzt aber waren ihre Lebensumstände andere geworden.

Sie freute sich vor allem auf ihr Date mit Polizeioberst Weichselbaumer. Er hatte Walli in das neue Restaurant »Riedenblick« eingeladen. Natürlich wollten sie die aktuellen, noch ungelösten Mordfälle besprechen. Zugegeben: nicht gerade sehr romantisch. Aber danach würde sie einen abrupten Themenwechsel vornehmen, malte sie sich aus. Den schnöden Alltag einfach hinter sich lassen und Interesse an seinem Privatleben bekunden. Falls er überhaupt darüber sprechen würde. Wollte.

Denn, wenn er sich zierte, wusste Walli Winzer Bescheid, dass er gebunden war. Dennoch hatte sie das Gefühl, dass da etwas zwischen ihnen war. Etwas, was beiden zu gefallen schien. Das sich weiterverfolgen ließ.

Leicht – ungezwungen – auf Zeit. Besser, als zu warten, bis man alt und verschrumpelt wäre. Das war nicht das Ihre.

So ein kleiner Flirt hingegen hielt ihr Leben in Schwung. Brachte ihre Seele zum Klingen. Und nicht nur die, schmunzelte sie bereits erwartungsvoll vor sich hin.

Und auf jeden Fall keine Komplikationen! Solche wären das Letzte, was Walli in ihrem Privatleben brauchte! Nie und nimmer.

Nach ihrer gescheiterten Ehe mit Thomas hatte sie sich geschworen: keine Vorwürfe mehr, keine Eifersucht, keine

Verbindlichkeiten! Keine echten Gefühle! Keine Enttäuschung! Nur noch *Genuss* – ohne Verantwortung.

Die nämlich forderte ihre Umgebung sowieso genug von ihr!

Noch immer.

Nicht aber in ihrem Privatleben. Da wollte Walli Winzer frei sein.

Forever!

Inzwischen war Walli bei ihrem Haus angelangt.

Der Weg von Lena Breiteneckers Hof über die Felder bis hierher, den nahm sie manchmal gerne zum Nachdenken. Ließ ihren Audi A6 stehen und ging zu Fuß. Bis vor Kurzem undenkbar für sie, doch jetzt ein Teil ihres Lebensgefühls geworden. Walli Winzer erlebte bewusst die Jahreszeiten auf den Feldern.

Am schönsten empfand sie die Mohnblüte Anfang Juli. Es gab zwar nur ein Feld entlang des Verbindungswegs zwischen ihr und Lena, doch das erstrahlte dann in voller Pracht. Obwohl es Anfang September längst abgeerntet war, blieben diese schönen Bilder weiterhin in ihrer Erinnerung.

Sie schloss die Haustür auf.

Nanu? Kein Begrüßungszeremoniell von Filou? Kein Miauen, wie sonst, wenn sie nach Hause kam?

Oft lag der Kater bereits auf dem Wohnzimmerteppich und erwartete sie. Also, nicht dass Walli das wirklich so gewollt oder gebraucht hätte. Diesen Druck, rasch nach Hause kommen zu müssen. Diese Regelmäßigkeit. Aber wie sie jetzt bemerkte, vermisste sie es, wenn Filou einmal von seiner Gewohnheit abließ.

Walli Winzer nahm ihre Tasche mit ins Wohnzimmer und stellte sie auf einem der Stühle am Esstisch ab.

Sie blickte in die Runde: weit und breit noch immer kein Kater zu sehen! Und die Kleine lag auch nicht in ihrem Katzenhäuschen.

Was Filou mit der armen verletzten Katze angestellt hatte, wollte sie sich gar nicht ausmalen. Was sie aber vielmehr wusste, war, dass Katzen sehr eifersüchtig werden konnten, wenn ihre Halter anderen gegenüber Interesse zeigten. Offenbar zählte Filou zu der besitzergreifenden Sorte. Doch das würde sie ihm dringend abgewöhnen müssen!, dachte Walli für sich. Freute sich aber im selben Augenblick über seine Zuneigung ihr gegenüber.

Aber die Kleine ohne Namen müsste erst einmal gesund werden. Nur dann darf sie wieder hinaus in die Natur. Besitzerin oder Besitzer hatten sich bis jetzt keine gemeldet. Obwohl Mizzi Troger ein Foto der Katze samt Beschreibung sowohl an die Rathaus- als an die Kircheninformationstafel geheftet hatte. Wallis Mobilnummer stand auch darauf, um sie abzuholen.

Weit konnte die Kleine mit ihrer lädierten Hüfte und der heftigen und großen Wunde vom Hundebiss nicht sein. Aber leider hatte sie das Fenster im Erdgeschoss offen gelassen, daher konnten die Katzen nach Belieben ein- und aussteigen.

Walli blickte auf die Zimmeruhr und stellte fest, dass sie keine Zeit mehr für weitere Überlegungen hatte, denn um 19.00 Uhr sollte sie bereits im Plankensteiner Restaurant sitzen.

Gehetzt begann sie daher, ihre Wohnung noch nach dem Kätzchen zu durchsuchen.

Vergebens.

Rasch stellte sie sich unter die Dusche, um danach eines der neuen Yves-Saint-Laurent-Kleider aus dem Kasten zu holen. Walli Winzer bog in ihr Schlafzimmer ein und visierte den weißen Schrank an. Mit einem Schrei des Entzückens blieb sie plötzlich vor ihrem Bett stehen.

Sah das süß aus!

Filou und die Kleine lagen mit einigem Abstand nebeneinander. Beide hatten geschlafen und machten nun langsam ihre Äuglein auf. Filou blieb relaxt, obwohl Walli Hektik verbreitete. Doch die war er von ihr gewöhnt und sie verging auch wieder.

Die Kleine ohne Namen hingegen zog ihr Köpfchen ein und suchte erschrocken nach einer Fluchtmöglichkeit, die sie im ersten Augenblick nicht fand. Sie sah nach dem Kater, der die Situation voll im Griff zu haben schien und ihr mit einem Auge zuzwinkerte, wohl ein Zeichen, gelassen zu bleiben. Das Kätzchen legte sein Köpfchen wieder auf die Tagesdecke und verharrte in dieser Schutzposition. Jede Geste Wallis wurde genau beobachtet. Ihre Äuglein verfolgten sie, ohne den Kopf zu wenden.

Komm! Lass sie! Die wird jetzt einige Zeit hier vor dem Spiegel herumtanzen. Du wirst sehen! Mit einem Kleid nach dem anderen. Obwohl sie bereits weiß, welches sie nehmen wird. Aber das macht sie immer so. Um sicher zu sein, welches für heute das richtige ist. Es macht sie glücklich. Danach werde ich einige Male herzergreifend miauen. Dann macht sie sich auf in die Küche, und kurz darauf haben wir unser Abendessen. Vorher wird sie uns streicheln und danach nochmals ins Bad abschwirren.

Gesagt – getan!

Die Kleine war völlig überrascht und sehr angetan von diesem Homeservice. Ermattet trottete sie anschließend hinter Filou her und ließ sich für ein längeres Nickerchen diesmal im Katzenhäuschen nieder.

»Na, ihr beiden! Seid schön brav, bis ich wiederkomme. Vielleicht nicht allein. Verwüstet mir daher nichts. Verstanden?« Walli räumte gutgelaunt den Inhalt ihrer Gucci-Tasche in jene von Yves Saint Laurent um und behielt ihren Autoschlüssel gleich in der Hand. Kurz darauf fiel die Haustür ins Schloss, der Motor startete und Walli brauste los.

Die Katzen rekelten sich wohlig. Wunderbar, jetzt war endlich wieder Friede im Haus!

28. KAPITEL

Als Walli ihren Audi am Parkplatz abgestellt hatte und den Gastgarten betrat, saß Ludwig Weichselbaumer bereits an einem der Tische und las Zeitung. Das Klappern von Wallis Schuhen ließ ihn aufschauen. Sie hatte dieses Modell extra zum schwarz-weiß gemusterten Designerkleid ausgesucht. Sie fand, dass diese sie nicht nur größer erscheinen ließen, sondern ihrem Gang zusätzlich etwas Verwegenes gaben.

Ja, anderswo als hier! Die widrigen Umstände hatte sie glatt verdrängt.

Denn sie vergaß zuweilen, dass das Kopfsteinpflaster, das es auf manchen Waldviertler Hauptplätzen gab, ihrem eleganten Auftreten einen Strich durch die Rechnung machte. Sie storchte mit überlegten Tritten auf den Steinflächen, immer mit Bedacht, nicht zwischen den einzelnen Fugen abzustürzen. Jetzt, wo ihr Weichselbaumer aus der Ferne zusah, versuchte sie sich zusätzlich noch, so leicht als möglich zu machen, um ja keinen Sidebreak hinzulegen.

Alles ging gut, und sie stand freudestrahlend vor ihm. Er begrüßte sie höflich und rückte ihren Stuhl zurecht.

Walli hatte sicherheitshalber ein Cape mitgenommen, das sie jetzt gut über ihre Schultern breiten konnte.

Anfang September musste man im Waldviertel bereits mit kühlerer Abendluft rechnen. Selbstredend tat sie das nur so weit, damit nicht zu viel von ihr verdeckt wurde. Den Schulterbereich ließ sie durchblitzen. Schließlich hatte ihre kostspielige Anti-Aging-Bodylotion manches ziemlich gut hinbekommen. Also zeigte sie, was sie hatte. Raus damit!, stachelte sie sich an, setzte sich aufrecht hin und warf ihr Dekolleté nach vorn.

Walli Winzer bemerkte, wie Polizeioberst Weichselbaumer vor ihrer angepriesenen Weiblichkeit in die Knie zu gehen begann. Yeah! Das gefiel ihr. Ihre Oberhand für den Verlauf des Abends war gesichert.

Wie in alten Wiener Zeiten! Schnell, zusätzlich noch ein bisschen mit der Oberweite gewackelt. Und? Ging doch! Die Schlacht mit dem Oberst hatte sie gewonnen. Er würde ihr aus der Hand fressen, dessen war sie sicher.

Verschämt vergrub Ludwig Weichselbaumer seine Nase in die Speisekarte. »Sie sind natürlich mein Gast!«, flötete er. Walli verspürte seinen verstohlenen Blick in ihrem Kleidausschnitt. Sollte er doch! Da war auch etwas zu sehen, nicht wie bei anderen. Alles dran! Und: naturecht!

»Sehr freundlich von Ihnen«, quittierte Walli Winzer Weichselbaumers Vorschlag erneut mit einem Lächeln.

»Ähm, was sagen Sie zu Bachforelle mit Petersilerdäpfel?«, schlug er vor.

»Joooo«, zögerte Walli, um sich dann doch für etwas anderes zu entscheiden: »Mir ist heute eher nach Lamm. Das gibt es nicht überall. Und das hier ist aus der Region: gegrillte Waldviertler Lammkeule mit Kräuterbutter und Braterdäpfel«, las sie vor.

»Das verstehe ich. Einige Bauern lassen seit Jahren Lämmer auf brachliegenden Feldern weiden. Sie sorgen damit für Landschaftspflege und füttern die Tiere nachhaltig.«

»Ich finde, es sieht auch für den Fremdenverkehr putzig aus, wenn Lämmchen malerisch auf der Weide stehen. Sollte man an mehreren Orten machen.«

»Außerdem ist deren Fleisch sehr gesund. Ab und zu sollte man sich so etwas gönnen.«

»Noch ein Grund, mich heute dafür zu entscheiden.«

»Ja, und ich werde mich, weil die Jagdzeit in den Waldviertler Wäldern langsam beginnt, einem geschmorten Rehrücken auf Wacholdersoße mit Erdäpfelkroketten widmen.«

»Und welchen Wein wollen wir dazu nehmen?«

»Zu beiden Gerichten passt Rotwein. Bleiben wir im Waldviertel?«

»Gerne!«

»Dann schlage ich einen Pinot noir aus dem Kamptal vor. Was sagen Sie?«

»Hervorragend!«, freute sich Walli Winzer auf den edlen Tropfen. Nach dem ersten Schluck war sie begeistert. Der Kellner hatte ihnen einen etwas schwereren, bereits einige Jahre alten empfohlen, der besonders gut zu den würzigen Mahlzeiten passte.

»Dieser Blaue Portugieser, ich nenne ihn immer noch so, wie wir ihn früher genannt haben, hat's ganz schön in sich. Da brauchen wir bald eine geeignete Essensunterlage.«

Die ließ nicht lange auf sich warten. Der Kellner brachte ein Potpourri an Gemüsesticks mit Kräutersoße und einem Brotkorb. Weichselbaumer reichte ihn Walli, die sich daraus elegant einen Kornspitz nahm.

Nach anfänglich kokettem Small Talk lenkte Weichselbaumer das Thema schließlich auf die Mordfälle. »Vielleicht wollen wir unseren Informationsstand abgleichen, bevor die Hauptspeise folgt.«

»War es tatsächlich Mord an beiden? Beim Steinrieder vermute ich: ja. Seine hellrosa Hautfarbe würde darauf hinweisen. Sonst wäre er ja langsam immer blasser geworden. Da schlägt sogar mein Amateurwissen an.«

»Ins Schwarze getroffen! Sensationell. Ja, er wurde vergiftet. Mit Blausäure. Wenn er noch länger vor Ihnen gelegen wäre, hätten Sie es auch an den roten Leichenflecken bemerkt. Unser Gerichtsmediziner hat es mir bestätigt. Das Gutachten über seine Frau steht noch aus. Alois Steinrieder dürfte etwa 40 Minuten vor seinem Tod vergiftet worden sein. Mit verdünnter Blausäure. Wahrscheinlich war sie in dem Wein, der sich in seinem Magen befand.«

»Hm. Guter Zeitpunkt. Mitten in der Menschenmenge. Getrunken hat er am Beginn der Festreden mit uns. Aber dazwischen waren noch der Einzug der Winzerkönigin, die Rede des Landesrats und die Weinprämierung.«

»Und das alles hat Steinrieder noch aktiv miterlebt.«

»Dann waren da auch die erbosten Weinbauern, darunter ein besonders zorniger, der später nochmals zurückkam, wie ich beobachtete.«

»Okay, interessant«, vermerkte der Polizist.

»Nicht zu vergessen seine Söhne und die Schwiegertochter. Alle wirkten angespannt. Freude über die Auszeichnung war für mich bei denen nicht zu bemerken.«

Merkwürdig. Warum hatte Walli plötzlich den Eindruck, dass Weichselbaumer an dieser Stelle ablenken wollte?

Zu mehr kamen sie nicht, da der Kellner bereits die Speisen brachte. Hinter ihm ein taffer Lehrling, der den Salat- und den Beilagenteller mit den Kroketten trug.

Walli freute sich.

Sie wollte sich diesen Betrieb merken, der noch bereit war, Lehrlinge in Österreich auszubilden. Denn von unwilligen Praktikanten hatte sie bereits die Nase voll. Solch arrogante Helikopterkinder, die nicht anpackten, sondern gewohnt waren, dass Mama und Papa alles für sie erledigten, hätte sie längst aus ihrer Firma geschmissen. Deshalb suchten sie und Silvia selbst alle Praktikanten gewissenhaft aus. Nur der, der auch wirklich wollte, bekam eine Chance.

Das führte Walli wieder näher an Weichselbaumer heran.

Er aß inzwischen inbrünstig sein Wildgericht. Dass es ihm schmeckte, konnte Walli Winzer zweifelsfrei sogar hören. Daher verkniff sie sich die Frage. Seine großen Bissen schlang er ambitioniert in einem Tempo hinunter, das Walli beinahe unter Zugzwang brachte, mitzuhalten.

Das Essen verlief daher, was die Konversation betraf, weniger anregend, wie es zuvor jenes über die Ermittlungen gewesen war.

Als Ludwig Weichselbaumer merkte, dass Walli Winzer mit ihrer Lammkeule noch länger brauchen würde, bestellte er einen weiteren Blauen Portugieser. Walli hatte das halb volle Weinglas vor sich stehen und erweiterte ihren Getränkereigen um ein Glas Sodawasser.

»Wissen Sie, ich trenne Wein und Soda voneinander. Aus Gründen des Genusses. G'spritze verfälschen mir das gute Weinaroma. Ich halte es lieber so. Im Magen kommt dann alles zusammen. Aber vorher war's für mich Genuss pur!«

Weichselbaumer erzählte von seinen ersten Weinerlebnissen und davon, dass die Lebensumstände im Kamptal immer schon besser als im übrigen Waldviertel waren: »Wissen Sie, dort, wo Wein wächst, gibt es meist Wohlstand, was sich zwar bei uns, im Gegensatz zu anderen österreichischen Weinregionen, immer noch in Grenzen hält. Aber wir wollen nicht klagen. Es läuft alles hervorragend. Die Markenbildung ist voll im Gange.«

Walli fiel wieder der Landesrat ein, der nach der Prämierung lange neben Alois Steinrieder gestanden hatte. Vielleicht hatte der Weinbauer versehentlich den vergifteten Wein getrunken, der für den Politiker bestimmt war?

Polizeioberst Weichselbaumer verstummte nach Wallis Bemerkung. Sie nützte die Gelegenheit, aufzustehen und den Besuch der Toilette anzudeuten. Üblicherweise war das eines ihrer Rituale, zu überprüfen, ob nach dem Essen der Lippenstift noch richtig saß. Sie legte ihr Cape ab und ging in ihrem großzügig dekolletierten Sommerkleid in den Restaurantbereich.

Es war drin nicht sehr voll, da die meisten Besucherinnen und Besucher einen der wohl letzten schönen Abende dazu nützten, im Freien zu sitzen. Zwischen grünen Hecken und umgeben von einem eindrucksvoll gepflegten Blütenmeer. Walli kannte sich inzwischen mit Pflanzen und Blumen besser aus. Manchmal ertappte sie sich sogar dabei, im Vorübergehen mit ihren Fingern einige welke Blüten und Blätter aus den Beständen ihres Vorgartens zu zwicken. Etwas, was sie vor Kurzem nie interessiert hätte.

Aber nein! Das gab's jetzt nicht! Konnte es nicht geben. Sicher sah sie schlecht!

Da saß doch tatsächlich Florian Wagner schräg von ihr mit dieser Tussi vom Weinfest an einem Tisch. Sie war halb so alt wie er! Dass er sich das getraute. In aller Öffentlichkeit! Sich mit so einem Kindchen zu zeigen.

Männer hatten eben einfach keine Hemmungen!

Muteten ihrer Umgebung wirklich einiges zu. Unerhört war das!

Walli tat so, als hätte sie nichts gesehen, und ging an ihnen vorbei in den Waschraum. Ihr direkter Weg führte sie zum Spiegel.

Gut sah sie aus, stellte sie fest. Vom Sommer noch braun gebrannt. Nicht zu viel, denn aus gesundheitlichen Gründen machte man das nicht mehr, hatte ihr die Kosmetikerin geraten. Auch ihre Ringe unter den Augen, die sie nach langen Nächten in Wien immer überschminkt hatte, waren nicht mehr da. Ja, das kam vermutlich daher, dass man im Waldviertel abends früh die Gehsteige hochklappte und Walli daher auch viel früher im Bett landete.

Überhaupt wirkte sie optisch frischer. Ganz allgemein, wie sie fand.

Walli Winzer rückte näher an den Spiegel und betrachtete sich noch genauer. Auch die Naturkosmetiklinie, die sie seit Kurzem verwendete, leistete bereits gute Arbeit. Ihr Teint war nahezu faltenlos geworden. Was sich sofort änderte, dachte sie nur an Florian Wagner da draußen mit seiner *Amour fou*.

Sie kniff die Augen, wie sie es immer machte, wenn sie nachdachte. Doch es fiel ihr derzeit nichts Passendes ein, wie sie Florian draußen begegnen würde. Sollte sie sich denn überhaupt etwas anmerken lassen oder ihn besser ignorieren? Sie war ratlos. Der Augenblick würde entscheiden.

Aber warum ärgerte sie das überhaupt? Sie war doch mit Weichselbaumer da.

Zugegeben, sie fand den Abend etwas ernüchternd. Aber immerhin, eine nette Abwechslung in der Waldviertler Pampa.

Walli Winzer hatte ihr Selbstbewusstsein wieder etwas aufgemöbelt, tätschelte das Make-up auf ihren Wangen ein wenig in Form und rauschte ab, hinaus ins Reich der Lüste.

Florian Wagner schien sich prächtig zu amüsieren. Er lachte raumgreifend, wie sie ihn bisher nie erlebt hatte.

Durch den Schwung, mit dem sie die Tür aufgestoßen hatte, sah auch seine Begleitung interessiert in ihre Richtung.

Walli fixierte sie, weshalb der Blick der jungen Frau ebenfalls deutlich länger als üblich an ihr hängen blieb.

Jetzt drehte sich auch Florian Wagner um, der mit seinem Rücken bisher leicht seitlich zu Walli gesessen hatte. Sein Blick verriet ihr, dass ihm gefiel, was er sah.

Zu dumm! Und dann saß er mit dieser Tussi da und nicht mit ihr?

Walli Winzer zog ihr Interesse augenblicklich ab und stürmte in den Gastgarten. Ruppig griff sie nach ihrem Stuhl und wartete nicht Weichselbaumers linkischen Versuch ab, aufzustehen, um ihr Platz anzubieten. An seinen Essgewohnheiten zuvor hatte sie deutlich erkannt, dass er in Umgangsformen ungeübt war und daher wohl keiner Frau sonst in seinem Umfeld Platz anbot. Ein Tölpel eben.

Irgendwie kam ihr die Situation plötzlich absurd vor. Sie fühlte sich bei Ludwig Weichselbaumer deplatziert. Nicht zuletzt deshalb, weil er fast wortident wie in ihrem ersten Gespräch über Kamptaler Weine konversierte.

Mühsam, alles mit ihm.

Walli merkte jetzt schon, dass sie an diesem Abend nicht alt werden würde und sich auch ihre Wut von vorhin innerlich weiter aufzubauen begann. Um nicht zu explodieren, stand sie wortlos auf, verließ den Gastgarten, bückte sich und pflückte einen blühenden Löwenzahn von einem Wiesenstreifen ab.

Aus irgendeinem Grund erwärmte diese kleine Pflanze ihr Gemüt. Vielleicht deshalb, weil sie unverwüstlich schien. Sie hielt einfach durch. Eisern. Gegen alle Widrigkeiten. Von Frühling bis Herbst. War in der Stadt und auf dem Land zu finden. Manchmal durchstieß sie dicke Asphaltdecken. Sogar in Industriegebieten. Solche Tristesse wirkte dadurch beseelter. Irgendwie. Zumindest oberflächlich betrachtet. Ja, die Seele! Walli mochte Löwenzahn. Mit seinem freundlichen Farbton traf er ihr Herz. Berührte sie.

Aber nicht jetzt!

Augenblicklich kehrte ihr Zorn über Florian Wagner zurück. Sie stürmte ins Restaurant, sah sich nicht um, knallte Florian den frisch gebrockten Löwenzahn auf seinen Nachspeisenteller und verschwand wieder nach draußen.

Sie schnappte ihre Tasche und ihr Cape, schwafelte etwas von plötzlicher Unpässlichkeit und ließ den Polizeioberst allein zurück.

Sie öffnete mit der Fernbedienung noch im Gehen ihr Auto, warf ihre Sachen auf den Hintersitz und brauste los.

Was war das denn?

Ein kleiner, heller Streifen zeichnete sich am Horizont ab, es war noch nicht ganz finster geworden. Walli Winzer blieb neben der Straße an der Einfahrt eines Hohlwegs zum Wald stehen. Sie stieg aus, lehnte sich mit dem Rücken ans Auto und verschränkte ihre Arme.

Sie atmete ruhig. Jetzt. Und musste lachen.

So eine Kacke! Wie albern von mir!, dachte sie.

29. KAPITEL

Großlichten war ein beschaulicher kleiner Ort nahe der Kleinstadt Gföhl. Das Wort Hektik kannte man weder da noch dort. Alles lief in geregelten Bahnen ab. Alles war wie immer und würde wohl auch die nächste Zeit über so bleiben. Zumindest dachten das die meisten – auch Bürgermeister Josef Brunner.

Der schlenderte in gemäßigtem Tempo vom Parkplatz am Hauptplatz in Richtung Rathaus. Auf seinem Weg grüßte er einige, hatte jeweils ein paar persönliche Worte für sie übrig und ging auch an Walli Winzer vorüber, die er zuvor bereits mit geübtem Politikerrundblick wahrgenommen hatte. »Hallo! Griaß Si, Frau Winzer!«

Walli Winzer war eben aus der Filiale einer großen Drogeriekette gekommen und trug zwei Taschen voller Cremen, Duschbäder und Waschmittel. Nicht, dass sie nicht sowieso vieles davon zu Hause im Bad stehen hätte. Doch von diesen Billigangeboten kamen viele neue Produkte auf den Markt, die sie zwischendurch gerne mit ihren teuren Marken verglich. Oft mit wenig qualitativem Unterschied, wie sie feststellte. Den Preisunterschied machte bloß Werbung beziehungsweise die Qualität der Duftstoffe aus.

Die Duftmarke aber, die Brunner für Walli setzte, hielt

sich in Grenzen. Um nicht zu sagen: Er ekelte sie, sobald er auf sie zukam.

»Immer unterwegs, Frau Winzer, wie ich sehe. Voller Tatendrang.« Brunner sah auf ihre beiden Taschen und grinste herablassend. »Und? Wie gehen Ihre Nachforschungen voran?«

Walli war überrascht. Woher wusste er davon? Nicht viel fragen. Am besten gleich kontern, wählte die PR-Lady ihre Strategie.

»Sagen Sie, wo waren Sie eigentlich nach der Preisverleihung? Ich habe Bürgermeister Pfaffinger und die Herrn Schlieringer sowie Neudeck lange Zeit ohne Sie gesehen. Rückblickend muss das etwa um die Zeit des Mordes herum gewesen sein.«

Brunner wirkte verärgert: »Wieso wollen Sie das wissen? Sie waren doch selbst verschwunden.«

»Mag sein. Ich musste auf mein Date mit Steinrieder im Weinkeller warten und hatte noch ein wenig Zeit, mich umzusehen. Ich stand an einem Stehtisch mit gutem Überblick. Nach und nach erinnere ich mich an manches eben genauer.«

Josef Brunner fühlte sich merklich unwohl. »Wenn, dann kann ich nur kurz auf der Toilette gewesen sein und bin dazu ins Haus gegangen.«

»Gibt es jemanden, der das bestätigen kann?«

»Na, die Gesprächsrunde.«

»Die können doch bloß wissen, dass Sie weggegangen sind. Ich meine: Hat Sie jemand im Haus selbst gesehen?«

»Ich kann mich an niemanden erinnern.« Brunner wurde jetzt nervös. »Was soll das? Wollen Sie mich verdächtigen?«

»Nein, ich überprüfe nur alle, die auf dem Fest und in

der fraglichen Zeit nicht auffindbar waren. Wie ich merke, haben Sie für diese Zeit kein Alibi.« Walli freute sich, dass es ihr gelungen war, dieses ausgewiesene Schlitzohr zu verunsichern.

»Ich werde noch darüber nachdenken. Irgendjemand wird mich schon gesehen haben.«

Walli war sich sicher, dass er jemanden finden würde, der oder die ihn bestätigte. Zum Kotzen, dieses korrupte Politikerpack! Ein neuer Menschentypus musste ihrer Meinung nach dringend her. Einer, dem etwas an anderen Menschen gelegen war. Der sich für deren Wohl einzusetzen bereit war und nicht überwiegend für die eigene Tasche arbeitete.

»Wie geht's eigentlich der kleinen Janine? An deren Leukämieerkrankung dürfte der viel zu hohe Spritzmitteleinsatz in ihrer Umgebung schuld sein?«

»So etwas ist nicht leicht zu beweisen. Jeder Bauer ist eigenständig dafür verantwortlich und hat Erfahrung mit der Dosierung. Wollen Sie vielleicht unsere Bauern schlechtreden?«, ging Brunner sofort in die Offensive.

Walli Winzer ließ die Unterstellung an sich abprallen. Ihr Entschluss war wieder bestätigt worden: Mit politischen Funktionären wie ihm musste es endlich ein Ende haben. Dringend! Zum Wohl der Gemeinschaft. Kein Unrechtsbewusstsein, keine Bestürzung.

»Herr Brunner, wie lange gedenken Sie, noch Bürgermeister zu bleiben?«

Josef Brunner verstummte. »Ach was!«, wandte er sich ohne Gruß von Walli ab, überquerte den Hauptplatz und betrat das Rathaus.

Walli musste zugeben, dass sie sich ebenso über ihn ärgerte. Fasste sich aber gleich wieder. Wer verunsichert ist, macht Fehler. Auch er. Das wird er bestimmt! Darauf freute sie sich schon. Sie würde etwas finden, um ihn vor seinen Wählerinnen und Wählern ausrutschen zu lassen. Alles nur noch eine Frage der Zeit.

Gedankenverloren trottete sie zum Parkplatz, auf dem ihr Auto stand. Eine alte Klapperkiste, ein Citroen 2CV, ratterte an ihr vorbei, blieb stehen und legte den Rückwärtsgang ein.

»Walli, hallo! Sie sind schon da?«, wunderte sich der Fahrer.

»Hallo, Harry. Ich bin dabei, meine Einkäufe im Audi abzustellen. Sie können ja neben mir einparken.«

Der rasende Reporter Großlichtens tat wie ihm befohlen und stellte sich nach einigen Einparkversuchen neben sie.

Die Kofferraumtür war noch offen, als Walli einige Autos vor sich Sabine Streinrieder mit ihrem Schwager Franz heftig diskutieren sah.

Harry stand jetzt neben ihr: »Also, lustig geht's in der Familie wirklich nicht zu.«

»Ihre Tochter Lana soll von ihm sein, wird gemunkelt.«

»Und die hat sie dann dem Robert einfach so untergejubelt?«

»Scheint so. Wenn der das erfährt, dreht er durch.«

»Das müssen die miteinander ausmachen. Mir tut nur das Mädchen leid.«

Walli kam ein Gedanke: »Mir fällt ein, was ist, wenn das schon der Großvater gewusst hat?«

»Kann ich mir nicht vorstellen, dass sie ihm das gesagt hätte. Warum?«

»Ja, aber er könnte es irgendwie herausbekommen und sie dann damit erpresst haben.«

»Was? Und seine Ehefrau wusste auch davon? Deshalb musste sie daran glauben?«

»Hm. Das passt nicht zusammen. Unglaubwürdig. Zutreffender wäre, dass beide tot sind und die Brüder freie Fahrt Richtung Erbe haben. Das verbindet wiederum.«

»... und entzweit. Beide haben Unterschiedliches vor«, wusste Harry.

»Woher wissen Sie das?«

Der Reporter lachte: »Ich habe so meine Quellen. Diesmal: das Wirtshaus bei der Karin Reutner in Plankenstein. Die kennt den Franz von früher. Ich glaub auch, dass sie ein bissl ein Auge auf ihn geworfen hat. Sie quatschen halt miteinander.«

Walli Winzer fühlte sich überfordert.

Jetzt trippelte auch noch Olga Karnikoff über das Kopfsteinpflaster des Hauptplatzes.

Die hatte ihr gerade noch gefehlt.

Wallis Miene verfinsterte sich. Die Russin hatte sie offenbar hinter dem offenen Kofferraumdeckel nicht gesehen und ging direkt ins Rathaus. Sie wirkte souverän und zielstrebig, etwas, was Walli Winzer in diesem Moment gerade nicht war. Sie stand mit hängenden Schultern vielmehr vor einem Problem, das sie derzeit nicht zu lösen imstande war.

»Kommen Sie, bei einem guten Kaffee und einigen Mohnspezialitäten aus der Bäckerei vom Hannes Lechner da am Hauptplatz schaut die Welt gleich wieder anders aus.«

Walli hoffte das ebenfalls.

30. KAPITEL

»Eine Superreitstunde war das, Lana!« Sandra Troger glitt gemütlich auf dem Fahrrad neben Lana Steinrieder dahin. »Der András hat dir im letzten halben Jahr urviel beigebracht. Du wirst sehen: Nach deinem ersten Springturnier wirst du dich absolut sicher fühlen. Dann weißt du, wie du mit Stresssituationen umgehst. Mit Pferden lernt man auch echt viel für den Alltag. Zum Beispiel sich in andere einzufühlen. Ohne das geht bei Pferden nämlich nix. Die wehren sich sonst und werden nervös, aber das weißt du ja. Man muss ihnen genaue Direktiven geben. Sonst machen sie, was sie wollen.«

»Ja, und bei so einem großen Tier kann ich auf Alleingänge verzichten.«

»Da hast du recht!«

Beide lachten.

»Wie geht's dir eigentlich zu Hause?«

»Geht so.«

Sandra merkte, dass die Frage nicht zur bisher entspannten Heimfahrt passte, und versuchte, heiter zu bleiben.

Lisa fuhr jetzt langsamer. »Oma und Opa sind weg, und ich weiß nicht, wohin ich gehöre.« Sie war den Tränen nahe.

»Auf jeden Fall zu deiner Mutter! Und sie alle werden immer deine Familie bleiben!«, versuchte Sandra, Lana den Rücken zu stärken.

»Plötzlich mit einem anderen biologischen Vater? Wie soll das gehen? Ich will Robert!«

»Ich glaube nicht, dass er dich aus seinem Herzen reißen wird. Du bleibst seine Tochter. Er hat dich aufgezogen, und du bekommst einen zweiten Vater dazu! Schlecht?«

So wie Sandra das erklärte, musste Lana fast wieder lächeln.

»Eben!«

Nach einigen Metern bremsten sie. »Lana, ich muss jetzt da zu unserem Hof abbiegen. Du fährst ja noch weiter. Bis morgen dann!« Es gab eine schnelle Umarmung und ein Küsschen, wobei die Fahrräder ein wenig aneinanderklirrten. Dann brauste Sandra los und bald war von ihr nur noch ein kleiner, sich bewegender Punkt auf der Seitenfahrbahn zu sehen.

Lana fuhr weiter und kam nahe der Zufahrt zum Hof von der Straße aus in ein kurzes Waldstück hinein. Aus einiger Entfernung sah sie einen verhüllten Reiter mit weißer, spitzer Kapuze. Sie blieb instinktiv stehen und beobachtete, dass das Pferd seinen Reiter nur widerwillig im Sattel hielt.

Als es näher an Lana herangeführt wurde, riss es den Kopf hoch und scheute.

Ein zweiter Reiter kam dem ungeübten zu Hilfe und stellte sich hinter Lana, die inzwischen vom Fahrrad abgestiegen war. »Was soll das? Wer seid ihr?«

Die Verhüllten schwiegen.

Von der gegenüberliegenden Seite her kamen zwei weitere Reiter. Sie umkreisten Lana, was ihr erschwerte, aus der Position zu entkommen.

»Wer seid ihr?«, schrie sie nochmals.

Nach einigem Zögern antwortete einer: »Angst? Die sollte man überwinden lernen.« Höhnisches Gelächter.

»Hört auf damit. Lasst mich gehen!« Lana setzte sich wieder auf ihr Fahrrad und wollte an ihnen vorbeifahren. Der Gesprächige knallte ihr mit einer Peitsche vor die Reifen.

Und gleich noch einmal.

Sie blieb stehen und wich geschickt aus. Doch die Gruppe ließ sie nicht passieren und kreiste sie weiter ein.

Lana schrie jetzt vor Angst und bei dem Gedanken, was denn noch alles folgen würde.

»Wo ist die Schatulle? Wir wissen, dass du bei der Mondscheinaktion gegen uns dabei warst.«

Ein Peitschenhieb erwischte sie kurz nach dem Aufprall am Boden an der Nase.

»Ah!«

Schmerz! Lana griff im Affekt nach der Wunde. Als sie ihre Hand abzog, war die Innenfläche voller Blut. »Ihr Schweine!«, rief sie laut und verzweifelt.

Doch aufgeben? Nein, das würde sie nicht! Das wollten die erreichen! Sie einschüchtern. Ihr Angst machen!

Die hatte sie auch. Aber sie würde sich wehren. Sich gegen sie stellen. Wie es die anderen Mädels tun würden, wären sie bloß da!

Sie richtete sich blutverschmiert in der Mitte der Gruppe auf. Die rote Flut tropfte unentwegt aus der Nase auf ihre Kleidung. Den Peitschenschwinger ließ sie dabei nicht aus den Augen.

Er machte weiter. Wollte sie erneut erwischen.

Sie baute all ihre Energie auf, wartete den nächsten Hieb ab.

Nach dessen Aufprall am Boden schnappte Lana nach dem erschlaffenden Lederriemen. Mit einem Ruck zog sie ihren Peiniger vom Pferd. Er landete unsanft neben ihr, riss sie aber zugleich mit sich zu Boden. Durch die Wucht des Aufpralls rollten sie gemeinsam einige Meter weit. Danach beugte er sich über sie und drosch mit seinen Fäusten auf sie ein.

Lanas Schreie wurden immer verzweifelter. Sie versuchte, wegzulaufen – was nicht gelang. Schließlich schützte sie mit den Händen ihren Kopf.

»Aufhören! Hör auf!«, schrie einer der Geheimbündler jetzt aus Leibeskräften. »Es ist genug!«

Er sprang vom Pferd, riss sich die Kapuze vom Kopf und stellte sich neben Lana.

Mario! Ja, es war Mario! Gott sei Dank!, dachte Lana erleichtert.

»Verschwindet! Oder ihr bekommt es mit mir zu tun!«, brüllte er mit drohender Geste. »So war das Ganze nicht ausgemacht!«

»Hab dich nicht so! Wenn du's nicht anders willst, kann ich's auch dir gerne besorgen, du Weichei!« Der Rädelsführer grinste hämisch: »Nämlich eine Tracht Prügel!«

Alle lachten.

Er sprang vom Pferd und lief auf Mario zu. Zuvor riss er sich selbst die Kapuze vom Kopf und trommelte wie wild auf ihn ein. Die anderen feuerten ihn an. Mario wehrte sich, war aber im Kampf ungeübt und schien dadurch völlig überfordert.

Lana durfte das nicht kümmern. Sie verfolgte eine andere Idee. Sie lief auf die Straße und schrie laut um

Hilfe. Dem erstbesten herannahenden Auto signalisierte sie durch ihre Handbewegungen, stehen zu bleiben.

Einer der Geheimbündler stürzte sich sofort auf sie und riss ihr die Hände auf den Rücken.

Der Privat-Pkw hielt trotzdem an, und Sepp Grubinger stieg aus. »Was ist hier los?«, brüllte er, als er die Schlägerei voll im Gange sah. »Sofort aufhören, sage ich! Hört ihr?«

Der Angreifer ließ von Mario ab.

»Seid ihr verrückt? Wieso seid ihr so verkleidet?«

Dann sah er die blutverschmierte Lana genauer an: »Das gibt's doch nicht!« Er ging näher an sie heran und legte beruhigend seinen Arm um sie: »Wie geht's dir?«

»Sie haben mir aufgelauert, mich mit der Peitsche bedroht und geschlagen, mich dann umzingelt und festgehalten! Mario ist dazwischengegangen!«, schützte sie ihren Halbbruder.

»Stimmt das?«

Mario Steinrieder erzählte von der entwendeten Schatulle seines Großvaters, der Mutprobe, der gescheiterten Aufnahmezeremonie und der Rückholaktion seines Aufnahmestücks durch die Gruppe.

»Und da zieht ihr euch Kapuzen über wie der Ku-Klux-Klan in den Südstaaten der USA?«

Ein zweites Auto hielt auf der gegenüberliegenden Fahrbahnseite. »Grubinger, was ist denn da los?«, schrie jetzt Walli Winzer aus dem Wageninneren heraus. Sie erhielt keine Antwort, stellte den Motor ab und stieg aus.

Lana weinte schockbedingt hemmungslos.

»So! Mario, du sammelst alle Pferde ein und führst sie zurück zum Reiterhof. Ruf sofort den András an und verlang einen Zweiten, der dir dabei hilft. Denn ihr drei kommt gleich mir mit auf die Polizeistation, wo ich euch über Nacht einbuchten werde. Zur Ausnüchterung. So wie ihr nach Wein, Bier und Schnaps stinkt. Protokoll gibt's erst morgen, weil ich nämlich jetzt endlich einmal nach Hause fahren möchte. Lausbubenstreich war das für mich keiner. Dass das klar ist! Es war Freiheitsberaubung und Nötigung. Schau ma, was an Straftaten noch dazukommt. Mario, auch du bist morgen um 9.00 Uhr auf der Wachstube. Verstanden?«

»Ja«, antwortete der Jugendliche kleinlaut.

»Ihr anderen, steigt ins Auto. Und keine Mätzchen. Klar!«

Walli Winzer war über Grubingers Vehemenz einigermaßen überrascht. Er nahm sie beiseite und erklärte ihr, was er zuvor beobachtet und gehört hatte. Sie war fassungslos darüber, was sich soeben unter den Jugendlichen abgespielt hatte. Aber jetzt war's, Gott sei Dank, vorbei. »Komm, Lana, ich bring dich ins Krankenhaus und danach nach Hause!«

Grubinger hob ihr Fahrrad auf, legte die Rückbank von Walli Winzers Audi um und schob es hinein.

Das durfte doch alles nicht wahr sein! Wie der Spuk in einem schlechten Film. Walli war darüber bestürzt.

Zu Hause angekommen, griff Walli Winzer zur Martiniflasche und genehmigte sich einen trockenen. Den brauchte sie jetzt. Um sich einen echten zu mixen, hatte sie keine Energie mehr. Sie ließ sich in ihren Lieblings-Denkort, den Ohrensessel, hineinfallen und nahm ihren ersten Schluck.

Starker Tobak, das mit dem Ku-Klux-Klan. Und so etwas im Waldviertel!

Wie die Burschen nur auf so eine furchtbare Idee gekommen sein konnten? Mut und Furchtlosigkeit waren doch auch anders zu zeigen? Ohne Schikane.

Warum empfanden viele es als mutig, andere bloßzustellen? Zu entwürdigen? War es nicht mutiger, sich für andere einzusetzen?

Walli hatte einmal vom Mitglied eines Männerbunds in Wien gehört, dass ein Neophyt nackt mit Handschellen an die Sitzbank einer Straßenbahn festgebunden worden war. Er hatte das eine ganze Runde lang aushalten müssen, bis zur Endstation – und vor allen Fahrgästen.

Bitte, was war an solch einem Aufnahmeritual mutig? Angekettet? Aushalten? Augen zu und durch? So, wie später auch im richtigen Leben? Nicht mitdenken, einfach nur ausführen?

Durchhalten bei jeder aufgetragenen Gemeinheit, immer im Gehorsam der Gruppe agieren, statt situationsbedingt Verantwortungsgefühl, Grips und Empathie zu zeigen?

Was geschah, wenn einer nicht gehorchte? Das wäre für ihn vermutlich ein Ausschließungsgrund. Er wäre draußen aus allen Ämtern, war sich Walli Winzer sicher.

Neuer Schluck.

Zickenkriege waren auch nicht angenehm. Frauen verwendeten mitunter harte Mobbingmechanismen, um sich durchzusetzen. Schafften sie es nicht von allein, eine Konkurrentin auszuschalten oder kleinzukriegen, suchten sie Unterstützung bei Männern, wusste Walli aus eigener Erfahrung.

Jaja, das Leben war wirklich kein Ponyhof. Das Berufsleben mitunter schon gar nicht.

Sie hatte lange gebraucht, um dieser harten Gangart, die sie in dieser Form vorher nicht gekannt hatte, entgegenzuarbeiten. Denn Frauen zeigten sich mitunter schonungsloser als Männer. Klar doch! Für viele war es schwierig gewesen hinaufzukommen. Sich auf Dauer oben zu halten ebenso.

Mittlerweile relaxte Walli ein bisschen.

Sollen sie doch alle machen, wie sie glauben!

Der Martini begann in ihrer Hand langsam an Erfrischung zu verlieren, was Walli Winzer mit einem Würfel aus der kleinen Eisbox löste.

Schluck.

Der Gedanke an Silvia Manner ließ Walli Winzer jetzt zum Telefonhörer greifen. Was sich hier abgespielt hatte, musste sie loswerden.

Silvia wirkte über den Anruf einigermaßen überrascht. »Du lässt dich aber nicht auf gefährliche Nachforschungen ein? Walli, bitte mach das nicht!«

Diese wich einer Debatte aus und fragte nach News aus der Wiener Galerie.

»Stell dir vor, als die Polizei kam, war das Gemälde verschwunden!«

»Okay? Und was denkt ihr?«

»Olga Karnikoff war als Einzige in der Nähe. Sie übernimmt meist auch die russischen Lieferungen. Vielleicht war sie unaufmerksam, und sie wurde mit dem Schmuggel-Gemälde überrascht? Möglicherweise hat das Ganze aber System. Könntest du ihr daher ein bisschen auf den Zahn fühlen?«

»Als hätte ich nichts anderes zu tun?«

»Ich mein ja nur. So eine kleine Konversation? Unter Business-Frauen.«

Walli stöhnte, nippte an ihrem Glas und ließ sich genüsslich weiter Klatsch und Tratsch aus Wien erzählen.

31. KAPITEL

Lena Breitenecker beugte sich zur kleinen Janine hinunter. Sie drückte ihr zum Abschied noch ein Stofftier in die Hand und sagte ein paar ermunternde Worte. Auch Andrea Ehrengruber freute sich darüber. Die Mutter hatte die Zwölfjährige mit dem Rollstuhl ins Freie geschoben, um Lena nach draußen zu begleiten.

Die Kleine war am Vortag aus dem St.-Anna-Kinderspital in Wien nach Großlichten überstellt worden. Das war eine Spezialklinik für an Krebs erkrankte Kinder. Man hatte Janine dort wochenlang wegen ihrer Leukämieerkrankung behandelt.

Ursprünglich hatten sich ihre Eltern nichts Besonderes dabei gedacht. Janine war immer ein lustiges, aufgewecktes Kind gewesen. Zu jedem Schabernack bereit. Doch plötzlich wurde sie still und immer stiller. Schlief viel und lang. In der Schule gab es Beschwerden, dass sie nicht aufpasse. Und zuletzt schlief sie sogar während des Unterrichts auf der Schulbank ein. Ihre Mitschülerinnen und Mitschüler konnten sich vor Lachen nicht halten, denn auch ihnen wäre wegen des oft langweiligen Unterrichts danach gewesen.

Weniger lustig fand das allerdings die Lehrerin, die Janines Eltern deswegen in die Schule zitierte. Man tauschte sich gegenseitig aus und vereinbarte, Janine ärztlich untersuchen zu lassen. Dass gesundheitlich etwas mit ihr nicht stimmen könnte, vermutete die Lehrerin auch wegen Janines auffälliger Blässe und ihres gräulichen Teints. Das erschreckende Blutbild gab dann leider Klarheit.

Janine saß jetzt, geschwächt von den massiven Eingriffen im Krankenhaus – in einem Rollstuhl.

»Vielen Dank, Lena, dass du gekommen bist, und nochmals danke für die Aufmunterung!«

»Gerne doch, Andrea! Es wird schon werden, bin ich mir sicher!« Sie versuchte, Zuversicht auszustrahlen. Auch wenn ihr beim Anblick des kahlköpfigen Mädchens im Moment wirklich nicht danach war.

»Du waßt jo, mei' Mann und i sind beide aus Bauernfamilien. Da wird über Generationen scho' von di Männer her viel mit Spritzmittel gearbeitet. A jetzt tuan man no' damit.«

Lena blickte ernst und wandte sich zur Seite. Andrea ging ihr nach. »Die ham euch immer viel zu viel davon eingeredet! Die verwendete Dosierung war meist zu hoch! Die Böden san fast hin und jetzt kommen die Menschen dran.«

»Drum is' des dem Herrn Bürgermeister hoch anzurechnen, dass er jetzt Spenden sammeln möcht für die Janine. Charity-Events möchte er moch'n, unterstützt von ›Chelopharm‹, unserer Pharmafirma. Des find i echt toll von denen!«

Lena Breitenecker glaubte, nicht recht zu hören: der stille Teilhaber und die Pharmafirma! Beide ziemlich sichere Mitverursacher dieses kindlichen Leids, spielten sie jetzt auf Retter. Das konnte nicht wahr sein!

Wie unverfroren musste man sein, sich auf Kosten eines todkranken Kindes von der Gemeinde als umsichtiger Wohltäter abfeiern zu lassen. Und zugleich den Pharmakonzern »Chelopharm« als Sponsor anzuheuern!

Klar war es jetzt wichtig, dass Janine die bestmögliche Therapie bekam und Geld dafür aufgebracht werden konnte. Aber dass sich der Konzern als Mäzen ausgab und zugleich durch diese Charityaktionen die Bauern weiterhin werbestrategisch an sich band, war einfach dreist. Und Josef Brunner deckte alles. Vielmehr: Er profitierte mehrfach davon! Nicht nur als stiller Teilhaber finanziell, sondern ebenso als vermeintlich umsichtiger Bürgermeister bei der nächsten Wahl. So gingen Politik und Korruption!

In Lena Breitenecker stieg der blanke Zorn hoch. »Du, Andrea, dem würd i net übern Weg trauen. I hab g'hört, der steckt mit der Pharmafirma unter einer Decke. Und die hat eure Tochter indirekt auf dem Gewissen.«

Andrea Ehrengruber blickte hilflos. »Lena, i glaub des net. Der Peppi is' immer nett. Als Bürgermeister muass er a mit der Wirtschaft zammen. Aber des andere, des glaub i afoch net!«

Lena beschloss, nichts mehr darauf zu antworten. Offensichtlich hatte Brunner extrem loyale Fans, auch wenn diese sich mit seinen Machenschaften ins eigene Fleisch geschnitten hatten. Ja, manchmal wählten Kälber ihre Schlächter eben selbst.

Sicher, Andrea hatte jetzt Sorge um ihr Kind. Die besten Heilungsbedingungen müssten für die kleine Janine sichergestellt werden. Wahrscheinlich würde für Lena so wie für Andrea in solch einer Situation auch nur der Augenblick zählen. Der Gedanke ans Wohl des Kindes beruhigte Lena Breitenecker schließlich.

Trotzdem: Brunner darf nicht davonkommen. Nicht so!, nahm sie sich vor.

Lena Breitenecker disponierte um. Sie beschloss, nicht sofort in der Gärtnerei von Florian Wagner vorbeizuschauen. Sie wollte ihm einige ihrer geräucherten Käsespezialitäten vorbeibringen, weil er oft bereitwillig mit Blumenarrangements bei spontanen Catering-Anlässen aushalf.

Vielmehr wollte sie gleich Peppi Brunner im Rathaus von Großlichten einen Besuch abstatten. Lena wusste, wenn sie aufgebracht war, wirkte sie am überzeugendsten. Und das war jetzt ganz und gar der Fall.

Als sie die Amtsstube von Bürgermeister Brunner betrat, traf sie einen leeren Vorraum an. Es war Mittagszeit und die Sekretärin offenbar schon zum Essen nach Haus gefahren.

Die Tür zum Arbeitszimmer des Bürgermeisters ging auf und Brunner verabschiedete sich von einer Gruppe Männern. Das Gespräch schien recht launig verlaufen zu sein, da alle bester Stimmung waren.

Als Josef Brunner Lena sah, änderte sich seine Miene schlagartig: »Wir haben für heute geschlossen. Die Amtszeit ist vorüber. Bitte melden Sie sich morgen bei Frau Gansterer und lassen Sie sich einen Termin bei mir geben.«

Lena Breitenecker starrte ihn ungläubig an. Ihr war im Vorhinein klar gewesen, dass er für sie als kritische Gemeindebürgerin wenig Gehör würde aufbringen wollen.

Gerade deshalb ließ sie sich von ihm nicht so einfach abschasteln!

Unumwunden kam sie sofort auf »Chelopharm« und die kleine Janine zu sprechen: »Wie unverfroren muss man sein, für die eigene Habgier die Gesundheit anderer Menschen zu gefährden? Sie wissen, was ich meine! Den viel zu hohen Spritzmitteleinsatz, den Sie und Ihre Leute seit Jahren bei den Bauern zu verantworten haben. Die Verharmlosung der Pestizide, die die Erbmasse genetisch schädigen und nicht nur Unfruchtbarkeit, sondern auch Krebs bei der nächsten Generation auslösen können wie bei der armen Janine. Wie kann man so etwas dulden?«

»Was erzählen Sie da für Geschichten! Die Gebrauchsanleitung wird vom Konzern immer mitgeliefert. Jeder kann das nachlesen. Da braucht es mich nicht dazu. Alles andere ist Lüge! Und jetzt verlassen Sie das Rathaus. Wir haben bereits seit zehn Minuten geschlossen.«

Lena steigerte sich nun zu dramatischer Größe: »Sie, Herr Brunner, sorgen mit gezielter Falschinformation dafür, dass alle mehr verbrauchen, und decken das, weil Sie mehrfach daran verdienen! Und jetzt die scheinheilige Spendenaktion für die Familie Ehrengruber, die Sie zuvor geschädigt haben.«

»Gehen Sie!«

Lena ließ sich nicht einschüchtern. »Im Fall einer Klage der Familie gegen ›Chelopharm‹ würde man möglicherweise gewaltigen Schadenersatz leisten müssen! Da ist es natürlich günstiger, durch Direkthilfe die Familie milde zu stimmen. Und zugleich ist es Werbung für den Konzern. Nicht wahr?«

Brunner reichte es. Er wollte Lena Breitenecker nur noch loswerden: »Mach ich es nicht, macht's ein anderer! So läuft das. Einen wird's immer geben, der zwischen Menschen und Mächten vermittelt. Das sind Politiker wie ich. Da soll etwas herausspringen, sonst macht diesen Job niemand mehr. Sie sehen ja, welche Vollidioten als Politiker sonst in unserem Land tätig sind.« Süffisant ergänzte er: »Aber ich kann Sie beruhigen: Käme es im Fall Janine Ehrengruber zu einem Prozess, würde ich für den Konzern aussagen und auf die falsch verstandene Handhabe durch den jeweiligen Bauern verweisen. Anderes können Sie nicht beweisen! Also, lassen wir es lieber so, wie es ist. Janine wird von uns geholfen, und ich bleibe Bürgermeister.«

Lenas Augen begannen zu leuchten. Hatte sie das eben richtig verstanden und Brunner ein Geständnis für eine beabsichtigte Falschaussage vor Gericht formuliert? Und hatte er zuvor ein Plädoyer für seine eigene Korruption gehalten?

»Frau Breitenecker, Sie sehen: An Ihrer Stelle würde ich mich nicht mit mir anlegen! Sie würden den Kürzeren ziehen, glauben Sie mir. Grüß Sie und Mahlzeit!«

Lena blieb ruhig und ging weiter in die Offensive: »Ich weiß aus sicherer Quelle, dass Sie auch stiller Teilhaber bei ›Chelopharm‹ sind. Also würde ich mir an Ihrer Stelle langsam dort einen Job suchen und als Bürgermeister zurücktreten.«

»Wissen Sie, zum Prozess wird es nie kommen, weil die Ehrengrubers Geld für die Folgebehandlungen brauchen. Da ist einem das Hemd näher als die Hose, wie man so sagt. Das andere werden Sie nie beweisen können«, lachte Josef Brunner wissend.

Bingo, die dritte! Auch Lena Breitenecker lächelte zufrieden. So gut wie in diesem Moment hatten sich wohl beide, jeder auf seine Weise, schon lange nicht verstanden.

Josef Brunner würde sich bald wundern! Lena barst fast vor Freude.

All seine Aussagen hatte sie mit ihrem Handy-Diktiergerät aufgenommen! Sie hatte es vor seiner Willkür aus Eigenschutz mitlaufen lassen. Dass Brunner sich dann mit seinen Aussagen selbst belasten würde, damit hätte sie nie gerechnet – auch Walli würde Augen machen!

32. KAPITEL

Karin Reutner stand hinter der Theke und trocknete Gläser ab. Sie prüfte genau, ob sie gut genug poliert waren. Vor ihr saß Franz Steinrieder mit einem Viertel Grüner Veltliner vor sich. Er war frisch eingeschenkt, Perlen rannen am Glas entlang. Wortlos nahm er einen Schluck.

In der Wirtsstuben hielt sich der Andrang in Grenzen. Es war schließlich ein Wochentag und die meisten mussten arbeiten.

Nur am Stammtisch saßen immer welche, die frei hatten. Gesprochen wurde nicht viel. Heute verlief alles ruhig. Ab und zu erzählte einer, was er gestern gegessen hatte. Oder was seine Frau ihm heute noch kochen würde: natürlich das, was er sich gewünscht hatte. Ob er ihre Mahlzeit entsprechend schätzen würde, wenn er später bereits mächtig einen sitzen hatte, ging nicht aus dem Gespräch hervor.

Man wollte mit anderen beisammensitzen. Gemeinsam einen trinken. Nicht zu Hause sein. Denn dort gab es ständig etwas zu tun oder zu reparieren, da waren die Frauen dahinter. An so einem Haus mit Ställen war man eben durchgehend im Dienst. 24 Stunden lang. Da durften, ja *mussten* einige Stunden Wirtshausbesuch drin sein.

Wen man traf, war Zufall. Das machte auch den Reiz der Sache aus. Man plauderte mit jedem und erfuhr Neuigkeiten. Obwohl die Jungen nicht mehr hierherkamen. Zumindest nicht so viele wie früher.

Sie setzten heute eher auf Antialkoholisches durch diesen ganzen Biokram, den sie den Tag über machten. Außerdem fuhren sie lieber gemeinsam mit ihren Frauen ins Fitnessstudio und kamen nicht extra auf ein Bier.

»So ein Blödsinn!«, ärgerte sich einer der Männer über seinen Bruder und dessen aktuellen Biofimmel. »So etwas spaltet die ganze Familie! Die Großfamilie. Einige kommen sich plötzlich als ganz was Besseres vor. Quatsch!«

»Ernstl, ärgere dich nicht! Du hast ja uns!«, rief ein anderer vom Nebentisch her und hob sein Bierglas auf ihn.

»Na dann!« Ernstl lachte.

Franz Steinrieder war froh, nicht am Small Talk teilzunehmen. Er sah abwechselnd von seinem Glas auf zu Karin und wieder zurück. Auch seine Familie war gespalten und das belastete ihn. Der ewige Streit mit Robert. Und jetzt war Lana nicht nur seine Nichte, sondern auch noch seine Tochter. Er konnte es einfach nicht glauben, plötzlich eine große Tochter zu haben! Eine fast erwachsene. Und all die Jahre nichts davon gewusst zu haben!

Was Frauen einem manchmal für einen Streich spielten. Einen an der Nase herumführten. Ausgeliefert war man ihnen. Einfach ausgeliefert! Franz stützte seinen Kopf auf die Theke.

»Na, Franz, ist alles gut?«, fragte ihn Karin nach einiger Zeit leise.

»Nein. Gar nix is' gut«, antwortete er. »Die Lana is' wirklich meine Tochter. Das muss ich erst einmal verdauen.«

»Und wie is' es für 'n Robert?«

»Der glaubt's eh nicht. Für ihn bleibt Lana seine Tochter.«

»Und was will die Sabine?«

Franz nahm das Weinglas erneut in die Hand und trank dessen Inhalt zur Hälfte leer. Dann stellte er es zurück und schaute betroffen zur Seite auf den alten, geölten, dunkelbraunen Bretterboden. Vieles hatte der schon gehört und erlebt. In der Vergangenheit. Auch seine Zeit damals mit Sabine.

Oft waren sie gemeinsam mit Freunden als Jugendgruppe hierhergekommen. Lustig war's gewesen!

Und jetzt saß er da. Viele Jahre später. Aufgelöst. Verzweifelt. Erschöpft.

Ein wenig betrunken. Aber nur so war es auszuhalten.

Dieses Leben. *Sein* beschissenes, elendes Leben!

»Sie hält zu Robert, nicht? Wenn er bleiben will, natürlich nur.« Karin beantwortete sich ihre Frage selbst und sah nicht mehr zu Franz.

»Er verdient sie nicht!«, redete Franz abwesend vor sich hin.

»Franz, i hab immer was für di' übrig g'habt. Des Wirtshaus do würd an guatn Koch brauchen, sonst müssn ma über kurz oder lang zusperren. I mog di! Und des Saufen hüft dir so a net weiter. Überleg's dir!«

Die Tür ging auf und Florian Wagner kam mit Alfi Schlieringer und Sigi Neudeck herein. Sie waren gut drauf und setzten sich an einen der Tische.

Karin Reutner wandte sich noch einmal an Steinrieder und wiederholte: »Franz, überleg dir's!« Dann ging sie auf Florian zu, sprach ein paar Worte und nahm die

Bestellung von Karl Aichinger auf, der sich inzwischen an den Stammtisch gesetzt hatte.

Es war noch genug Zeit bis zum Mittagsessen, weshalb das alte Wirtshaus davor auch für Besprechungen herhielt.

»Wir planen für den hinteren Bereich der neuen Vinothek im Ort einen Garten, den man später für Feste benützen kann. Im Frühjahr beginnen die Bauarbeiten. Wir wollen, dass du den Garten planst und am Gebäude entlang einen kleinen, mit Weinblättern überwachsenen Laubengang anlegst.«

Florian zeigte sich erfreut und sprühte richtiggehend vor Ideen, die sie zwischendurch unter lautem Lachen diskutierten.

Da Karin Reutner um die Bedeutung des Wirtshauses wusste, hatte sie sich einen besonderen Brunch für ihre Gäste ausgedacht. Je nach Bedarf war es ein Waldviertler Frühstück mit einem kleinen Mohnzelten oder einem Croissant mit Mohnstreuseln darauf, Butter und echter, von Karin eingekochter Himbeer- oder Brombeermarmelade. Nicht nur Touristen freuten sich über das Angebot, sondern auch die Kamptaler selbst.

Als Alternative gab's einen Brunch mit Waldviertler Snacks wie luftgetrocknetem Rehschinken, Wildschweinpastete oder Beinschinken vom Mangalitzaschwein. Das Wirtshaus bot ebenso Lena Breiteneckers Ziegenkäse an: natur oder geräuchert. Karin Reutner hatte sofort zugeschlagen, nachdem ihr Lena aus aktuellem Anlass für die geräucherte Spezialität einen Sonderpreis geboten hatte.

Für die geräucherte Variante entschied sich Olga Karnikoff, die mit Robert und Mario Steinrieder auch ins Gasthaus gekommen war. Olga hatte sich diese örtliche Lokalität gewünscht. Sie wollte schließlich noch einiges wegen der eventuellen Beteiligung des Oligarchen Dimitri Olschiraska besprechen. Ein Tapetenwechsel bei so heiklen Gesprächen war durchaus auch in Roberts Sinn. Mario, den sein Vater jetzt mehr in den Weinvertrieb und -marketing einbeziehen wollte, sollte bei den Verhandlungen dabei sein, um zu lernen, wie man solche führt.

Nervös schaute Mario einige Male zum Tisch von Schlieringer und Neudeck. Sie warfen ihm böse Blicke zu. Gut, dass sein Vater mit dem Rücken zu ihnen saß und die Geheimkorrespondenz nicht sehen konnte.

Zum bunten Treiben stießen Walli Winzer, Sepp Grubinger, Harry Kain und Oberst Weichselbaumer. Als Grubinger den Raum betrat, winkte ihm der Stammtisch freundschaftlich zu. Während man sich bei den anderen doch lieber zurückhielt. Sie waren alle nicht von hier und diesbezügliche Unterscheidungen mussten im Waldviertel schon sein.

Fremde blieben Fremde. Bis sie irgendwann, nach mehreren Generationen, auch zu ihnen gehörten. Verwaldviertlerten. Denn so ein echter Waldviertler war aus anderem Holz geschnitzt. Hart im Nehmen. Den warf so schnell nichts um. Andere konnten es nicht so einfach mit ihnen aufnehmen. Sie mussten sich erst beweisen.

Mario wollte am liebsten im Erdboden versinken, als er die Polizisten hereinkommen sah. Die Ku-Klux-Klan-Aktion saß ihm noch im Nacken. Er war offensichtlich nicht stolz darauf und versuchte, sich erneut hinter seinem Vater zu verstecken.

Auch andere Gäste waren wegen des köstlichen Brunchs in die Wirtsstube gekommen. Der Lärmpegel war beträchtlich angeschwollen.

Einen Pegel anderer Art hatte sich Franz Steinrieder mittlerweile angetrunken. Er bekam daher nicht mit, dass Bruder Robert hereingekommen war.

Franz stierte ziellos vor sich hin. Niemand erwartete ihn. Jetzt erst fühlte er sich frei, in diesem Zustand. *Nur* in diesem Zustand. Der ihn gerade noch aufrecht sitzen ließ. Alles Leid von ihm nahm. Niemand durfte, ja sollte ihn jetzt schubsen, dann würde er …

»Hallo, Franz!« Einer vom Stammtisch war an die Theke gekommen. »Na, wie geht's? Wie's scheint, gibt's großes Familientreffen heut!« Er bestellte bei Karin eine Bierrunde für den Stammtisch und klopfte Franz jovial auf die Schulter. Da er zu schwanken begann, zog er ihn wieder in die aufrechte Lage zurück. Gerade noch rechtzeitig.

Langsam kapierte Franz Steinrieder, was der Typ gesagt hatte, und blickte sich um. Er sah das Grüppchen um Robert und Mario. Nein, nicht wirklich. Das konnte nicht sein! Der auch da?

Er kam aber nicht dazu, seinen Protest auszudrücken, weil eine andere Runde um Walli Winzer und Sepp Grubinger ebenso sein Augenmerk auf sich zog.

Walli Winzer mimte ziemlich glaubhaft eine Betrunkene, die laut von belastendem Schatulleninhalt sprach. Sie faselte von Papierkram mit alten Fotos. Morgen würde sie Grubinger Sämtliches in der Polizeistation vorbeibringen. Jetzt sei die kleine Kiste im Büro im Reiterhof eingesperrt. Der Inhalt würde den Täter auf jeden Fall schwer belasten.

»Na, das wird ja spannend!«, rief einer vom Stammtisch.

Mucksmäuschenstill war es geworden.

Sie gluckste sinnloses Zeug, das aber kaum jemand verstehen konnte.

»Jetzt muss ich eine kleine Runde schlafen!«, nuschelte Walli theaterwirksam und versuchte, ihren Kopf auf die Tischplatte zu legen.

»So, das ist sicher eine gute Idee von Ihnen! Aber nicht hier!« Polizeioberst Weichselbaumer stützte Walli, indem er sie seitlich unter den Achseln nahm und mit sich hochzog. Grubinger beobachtete sprachlos diese Szene. Letztlich schien er nicht ganz sicher zu sein, ob das alles gespielt oder doch echt war. Schließlich traute er ihr alles zu. Harry Kain übernahm Walli und schleppte sie nach draußen.

»Na, die verträgt net vül«, amüsierte sich Sigi Neudeck, nachdem er aus seinen Unterlagen hochgesehen hatte. Sein Gegenüber, Alfi Schlieringer, blieb ernst wie die meisten, die in der Stube saßen.

Etwas von Besorgnis schwang im Raum mit. Auch wenn's nicht ganz klar war, ob mehr wegen Wallis erbärmlichem Zustand oder doch dem, was sie gesagt hatte.

33. KAPITEL

Es war eine gute Idee gewesen, sich ein wenig aufs Ohr zu legen. Auch wenn Walli im Gasthaus alles nur gespielt hatte, überkam sie zu Hause doch ein wenig Müdigkeit. Nicht nur das ständige Nachdenken, sondern die Situation selbst und das frühe Aufstehen am Morgen hatten dazu beigetragen.

Dennoch wurde es nur ein kurzes Schläfchen, das sie sich gönnte. Die innere Unruhe, wer wohl heute Abend die Schatulle abholen würde, forderte sie bereits.

In der Küche merkte sie, dass Filou nicht nach Hause gekommen war. Gestern und heute nicht. Seine Futterschüssel war unangetastet geblieben. Auch vom Kätzchen fehlte wieder einmal jede Spur.

Eine so lange Extratour hatte ihr Kater noch nie gemacht. Sie hoffte, dass ihm nichts zugestoßen war! Es gab zwar viele Felder um ihr kleines Anwesen herum, aber eben auch Straßen. Walli beruhigte sich: Er war noch jung und wendig. Daher vielen unvorhersehbaren Situationen gewachsen. Hoffentlich!, betete sie insgeheim.

Ein Klopfen an der Haustür schreckte sie auf. Fast wie eine echte Waldviertlerin ging sie an eines ihrer Wohnzimmerfenster, schob den weißen Vorhang zur Seite und lugte dahinter vor.

Huch, es war Florian! Was wollte der schon wieder?

Sie griff nach ihrem Haar, um es augenblicklich in die richtige Position zu bringen, und nach ihrer Bluse, die sie im Eiltempo anzog.

Inzwischen hörte Walli, wie Florian die Türschnalle drückte. Gut, dass sie abgeschlossen hatte. Wie inzwischen meistens.

Früher blieben die Türen in der Region fast immer offen. Doch in letzter Zeit strapazierten ungebetene Gäste diesen freundlichen Waldviertler Brauch. Auch Florian Wagner wäre glatt ungefragt hereingekommen! Hätte sie nur in der Bluse und ohne weitere Bekleidung gesehen!

Gut, er kannte ja an ihr sowieso schon alles. Aber formal waren sie seit ihrer kurzen Annäherung fremde Leute geworden. Vor allem hielt Walli ihn nach seinem Techtelmechtel mit dieser jungen Frau auf Abstand. Sich so in aller Öffentlichkeit zu zeigen. Eine Schande war das für so ein Mannsbild, sich fast an einem Kind zu vergreifen!

Walli dachte sich in Rage, ging zur Tür und drehte den Schlüssel ein zweites Mal hörbar im Schloss um.

»Walli!«, rief Florian Wagner von draußen.

Sie stapfte daraufhin zum zweiten Fenster und ließ demonstrativ die Jalousie vor seiner Nase hinunter.

Um auf seine Zurufe nicht reagieren zu müssen, trottete sie in die Küche und legte eine Kaffeekapsel in die Maschine. Deren dumpfes Dröhnen gab akustisch so ziemlich alles wieder, was sich gerade in Wallis Kopf abspielte.

Mit dem Humpen in der Hand ging sie dann ins Schlafzimmer und machte das, was sie sonst nur widerwillig machte: Sie sortierte ihre schicke Kleidung nach veralteten Modellen aus.

Ja, genau danach war ihr jetzt!

Einige Stunden später saß Walli Winzer wenig romantisch in der Vorratskammer für Pferdekraftfutter ihres Reiterhofs. Die Situation war merkbar angespannt, nachdem vier Personen bereits drei Stunden lang auf engstem Raum miteinander verbracht hatten.

»Jetzt lass mich doch! Fummle nicht dauernd auf meinem Laptop herum. Ich kann das schon selbst, Lisa!«

»Beruhig dich wieder. Ich wollte doch nur das Bild am Schirm größer machen, damit wir alle gut sehen können.«

»Im Moment spielt sich sowieso noch nix Spannendes ab.«

»Aber jede Minute kann's losgehen!«

»Krieg dich wieder ein! Du steckst uns ja alle noch mit deiner Nervosität an.«

Sandra beugte sich wieder über den Laptop und tat, als hätte sie die Botschaft ihrer Freundin nicht gehört.

Lagerkoller breitete sich kurz unter den anderen Amateurdetektiven aus.

»Ich weiß nicht, Harry, ob das eine gute Idee war, so lange vorher da zu sein.« Walli Winzer seufzte vor Langeweile, stand auf und ging näher an den Monitor vom Laptop heran. Doch dort tat sich nichts.

Gar nichts.

Er zeigte das Büro im Reiterhof und man hoffte, dass der Täter sich bald, am besten mit dem Gesicht zur Minikamera, zeigen würde.

Nachmittags hatten die Mädchen eine fast unsichtbare, weil so kleine Kamera im Büro montiert. Sie war auf den

Schreibtisch ausgerichtet. Zur Sicherheitsüberwachung der eigenen vier Wände konnte man so etwas leicht in jedem besseren Elektrofachgeschäft kaufen, und Harry hatte sogar eine Kamera bei sich zu Hause gehabt.

Sandra verband diese mit ihrem Laptop und wartete seither, dass sich endlich etwas tat.

Stattdessen ging Mario in Reitermontur über den Hofplatz. Er kam vom Training fürs morgige Springturnier und begab sich in Richtung Umkleideräume. Robert Steinrieder kam plaudernd mit András über den Weg vom Pferdeübungsbereich. Sie blieben in der Mitte des Gestüts stehen und redeten weiter.

Durch die Lamellen der geschlossenen Jalousie, die sie mit einem Finger hochgezogen hatte, sah Walli Winzer durch das Restaurantfenster einen offensichtlich nüchternen Franz Steinrieder, der sich charmant mit Karin Reutner unterhielt, während Alfi Schlieringer, Sigi Neudeck und Karl Aichinger aus dem Hinterausgang des Restaurants traten.

Die Weinfunktionäre mit dem Rebellen? Wie ging das? Sie wirkten alle gut gelaunt. Von Spannung war nichts zu entdecken. Hatte man sich also doch geeinigt? Walli stand noch eine Zeit lang und beobachtete sie durch einen kleinen Spalt.

Der strenge Geruch des Trockenfutters setzte ihr allerdings langsam zu, weshalb sie geneigt war, das Fenster zu kippen. Auch die hohe Luftfeuchtigkeit durch vier Personen auf engstem Raum machte die Situation für sie nicht wirklich besser.

»Walli, sind Sie wahnsinnig geworden! Sie gefährden unser Vorhaben! Wenn uns jemand entdeckt, war alles umsonst, und wir stellen den Mörder nie mehr!« Harry bemühte sich, in seiner Aufgeregtheit nicht zu laut zu werden. Es war rechtzeitig, damit Walli Winzer vom Fenstergriff abließ. Die Mädchen wirkten verstört.

Walli setzte sich hin, machte die Augen zu und wartete gottergeben auf irgendetwas.

Sie wartete. Wartete. Und wartete. Wie die anderen auch.

Aber nichts geschah.

Der Platz hatte sich inzwischen geleert und auch im Restaurant von Hannes Lechner wurde es langsam dunkel. Die letzten Besucher verließen den Reiterhof und jemand schloss den Restaurantbereich.

Das Tor zum Gestüt blieb Tag und Nacht offen. Die letzten Reitbegeisterten verließen es zwischen 23.00 Uhr und 24.00 Uhr und die ersten kamen bereits um 4.00 Uhr morgens wieder.

Sandra und Lisa wirkten bereits müde, was Walli Winzer ihnen deutlich ansah.

Lisas Handy vibrierte lautlos. Jemand rief an. Sie hob ab und flüsterte: »Mama, ich bin noch am Reiterhof. Ja, ich komm bald!« Nachdem sie aufgelegt hatte, stützte sie ihren Kopf auf dem Tisch ab und wirkte benommen.

»So, Mädels, ihr geht jetzt nach Hause! Wer weiß, wie lange wir hier noch warten müssen. Helfen könnt ihr sowieso nichts mehr. Es ist alles montiert und am Laptop eingestellt. Es wird automatisch aufgenommen.«

Wider Erwarten legten die Mädchen kein Veto ein. Sie sahen einander an und griffen wortlos zu ihren Rucksäcken.

»Bis morgen!«, hauchten sie. Lisa drehte das Licht ab, öffnete die Tür leise, und beide huschten hinaus.

Walli genoss die frische Brise, die so in die Vorratskammer strömte. Doch Harry blieb konsequent und schloss die Tür sofort wieder.

Langsam fühlte Walli sich wie in Samuel Becketts Stück »Warten auf Godot«. Darin saßen auch zwei und warteten, dass endlich etwas geschah; ohne zu wissen, was, wann und ob.

»Uff, diese Hitze!«, stöhnte sie.

Harry antwortete nicht. Walli richtete sich auf und schaute, ob er aus Sauerstoffmangel vielleicht schon in Ohnmacht gefallen war. Doch er saß über den Bildschirm gebeugt und starrte hinein. »Ich glaube, es tut sich etwas! Kommen Sie schnell her!«

Auf dem Schwarz-Weiß-Bild bewegte sich eine Figur. Wendig zog sie an den Laden des Schreibtischs. Eine nach der anderen, bis sie die Schatulle in der Hand hielt. Sie stellte sie auf den Tisch und öffnete sie.

Die Enttäuschung war groß. Nichts befand sich drin außer einem weißen Zettel, auf dem »Das war's dann!« stand. Die Gestalt in hellgrauer Kapuzenjacke mit großer Sonnenbrille und schwarzen Jeans schlug erbost mit der Faust auf den Tisch. Man sah sie nur von der Seite. Sie überlegte kurz und schaute sich um. Durch die Drehung wurde eine blonde Strähne sichtbar. Und …

Nein! Das konnte Walli nicht glauben! Das war doch eine Armani-Sonnenbrille, die sie sofort am Design erkannte. Es war also eine Täter*in*!

Ohne zu wissen, dass sie gefilmt wurde, wandte sie sich von der Kamera ab in Richtung Ausgang und lief blitzschnell hinaus.

»Harry, spulen Sie nochmals zurück und stoppen Sie, wenn die Gestalt von vorne zu erkennen ist. Ich will das Gesicht nochmals sehen!«

»Was für ein Gesicht? Sie sehen doch nur eine große Sonnenbrille und eine Nase!« Harry Kain tat dennoch wie ihm gesagt. Beide starrten sie auf den Monitor.

»Dacht ich mir's doch. Olga Karnikoff! Sie *muss* es sein. Schnell. Speichern Sie ab!«

Walli Winzer fuchtelte nervös vor Harry Kains Augen herum, was ihn unerwartet irritierte. Im hysterischen Handgemenge drückte er auf eine Taste und – weg war das Bild.

Gelöscht! Einfach – gelöscht.

34. KAPITEL

Es war zwar schon 10.00 Uhr geworden und in einer Stunde müsste sie am Weingut der Steinrieders in Plankenstein sein. Doch heute ging bei ihr alles nur sehr langsam voran.

Denn in der restlichen noch verbleibenden Nacht hatte Walli Winzer kaum geschlafen. Ihre Gedanken waren unentwegt um Olga Karnikoff gekreist.

Um 9.00 Uhr war sie durch das Läuten ihres Telefons geweckt worden – es war Olga Karnikoff.

Sie hatten sich für 11.00 Uhr im Sonderkeller des Weinhofs verabredet. Karnikoff hätte einige Fragen an Walli, die diese bereits nur zu gut zu kennen glaubte. Es war bestimmt der fehlende Inhalt der Schatulle. Auch sie wollte die Russin befragen. Zu ihrem Motiv. Zum Mord an Steinrieder und dessen Frau Renate.

Warum das alles? Obwohl man eben dabei war, miteinander ins Geschäft zu kommen?

Walli packte die Schatulle ein und sortierte sämtliche Unterlagen. Sie hatte sie nach dem Treffen bei Lena mitgenommen und sicher im Haus verwahrt.

Etwas aus den Fotos und den Papieren würde die Mörderin überführen. Das hoffte sie zumindest.

Gedankenverloren blätterte Walli Winzer die Dokumente durch. Doch ohne passende Erklärung verstand sie derzeit nichts.

Schnell noch ein paar Bissen aus dem Eisschrank genommen. Als Unterlage für den Wein, den es gleich geben würde.

Grubinger! Ja, Sepp Grubinger musste sie auch noch anrufen. Unbedingt sollte er sich vorab im gebuchten Kellerraum verstecken.

Gesagt, getan.

Alles war geregelt.

Schnell in den Audi und ab nach Plankenstein!

Auf der Fahrt dachte sie wieder an Filou und daran, dass er und das Kätzchen noch immer nicht nach Hause gekommen waren. Sie, Walli, war eben doch nicht die geborene Tierpädagogin und hatte sicher etwas falsch gemacht. Katzen konnten ja ziemlich nachtragend sein, wie sie gehört hatte. Sie vergaßen nichts. Irgendetwas war vorgefallen, an das sie bereits nicht mehr dachte.

Zumindest Florian Wagner hatte sie nicht vergessen, was allerdings derzeit ihren Schmerz bezüglich des verlorenen Filous nicht mindern konnte. Auf dem Fensterbrett neben der Tür hatte sie nach ihrer morgendlichen Rückkehr einen gefalteten Zettel gefunden. Sie hatte ihn in ihre Hosentasche gesteckt. Ungelesen. Sie wusste daher noch nicht, was drinstand.

Olga Karnikoff erwartete Walli bereits. Sie wirkte entspannt wie meistens. Als könnte sie kein Wässerchen trüben. So abgeklärt war sie, dachte Walli Winzer und versuchte mit ruhigerer Atemtechnik ihre Aufregung in den Griff zu bekommen.

Franz Steinrieder trug eben Karin Reutner eine Kiste mit Weinflaschen zum Auto. Es stand im Innenhof geparkt. Walli suchte nach Grubingers Privatauto, fand es aber nicht. Sie hoffte nur, dass er sie am Telefon auch richtig verstanden hatte und nicht durch einen anderen Einsatz aufgehalten worden war.

Olga Karnikoff drängte sie, langsam Richtung Keller zu gehen. »Worum geht es?«, fragte Walli Winzer interessiert. »Sie hatten mir heute Morgen gar nicht gesagt, womit ich Ihnen helfen kann!«

Olga Karnikoff blieb ruhig: »Ach, es sind nur ein paar Auskünfte, die ich brauche, und ein paar Fragen, die ich an Sie habe.«

»Und das bei hellem Tag im Dunkeln? Sie wissen, Österreichs Keller sind mittlerweile international berühmt-berüchtigt geworden!«, versuchte Walli bizarr auf die Situation von jahrzehntelang gefangen gehaltenen Frauen in Niederösterreich zu erinnern.

»Ja, ich habe es damals in den Nachrichten in Moskau gehört.«

Sie hatten mittlerweile den Weinkeller erreicht, der von Kerzen hell beleuchtet war. Es sah fast gemütlich aus. Es war leichter, sensible und persönliche Gespräche in solch abgeschottetem Ambiente zu führen.

Befüllte Weinregale säumten die Wände. Ein alter Tisch, Stühle und ein Beistelltischchen standen in der Mitte. Zwei Gänge führten aus diesem Bereich hinaus.

Walli Winzer setzte sich mit Blick zur Tür, um aus ihrer Sicht die Situation unter Kontrolle haben zu können. Sie stellte ihre Handtasche und den Beutel mit der Schatulle auf den kalten Lehmboden. Walli hoffte, dass Sepp Grubinger hinter dem Weinregal, das den Raum in der Mitte unterteilte, stand. Trotzdem fühlte sie sich angespannt. Warum überkamen sie jetzt noch Zweifel?

Olga Karnikoff setzte sich.

In einer weitläufigen Silberschale lagen in einem Meer aus Eiswürfeln einige Wein- und Mineralwasserflaschen. Kleine pikante Häppchen standen auf Platten daneben.

»Bitte Mineralwasser vorher!«, orderte Walli. »Sonst steigt mir alles gleich zu Kopf. Sagen Sie mir, wie kann ich Ihnen helfen?«

Olga Karnikoff zögerte: »Sie sprachen vorher von den gefangen gehaltenen Frauen. Ich war auch einmal gefangen. In Sowjetzeiten. Vom damaligen Regime.«

»Aha. Ich glaube, Sie erzählten mir davon. In der Galerie.«

»Von meiner gescheiterten Flucht, meiner Gefangennahme und meiner Tochter, die man mir wegnahm und die heute nichts von mir wissen will.«

»Ja, eine üble Geschichte.« Walli hielt sich weiterhin bedeckt, weil sie noch mehr über die Beweggründe zur Tat erfahren wollte. Olga wusste ja nicht, dass sie während ihres Einbruchs ins Reiterbüro überwacht worden war und daher als Täterin unter Verdacht stand.

»Ich habe viele Jahre gebraucht, um mich seelisch aufzurichten.«

»Kann ich mir vorstellen. Bei so einem Schicksalsschlag braucht man sicher professionelle psychologische Hilfe.«

»Sicher. Nur in einem System, das noch immer überall versteckte Funktionäre aus der Sowjetzeit in wichtigen Funktionen hält, ist Vertrauen kein wirkliches Thema. Politische Gegner wurden in Psychiatrien inhaftiert. Sie waren Teil des Gulag-Systems. Operative Psychologie, also professionelles Manipulieren von Menschen im großen Stil, stand und steht weiterhin auf der Tagesordnung. Du weißt nicht, welcher Psychiater mehr oder weniger auf solches spezialisiert ist. Bis alles einmal anders funktioniert, fließt noch viel Wasser die Wolga hinunter – bei uns ein geflügeltes Wort. Daher ist Wodka- oder Weintrinken bei uns weiterhin der beste Psychiater. Die durchschnittliche Lebenserwartung von Russen liegt nicht hoch.«

Olga hielt inne, als müsste sie sich konzentrieren. Sie stockte ein wenig, dann schien sie wieder weitersprechen zu können.

»Und wie haben Sie das gemeistert? Ich meine, so ein Gefängnisaufenthalt im Sowjetregime war sicher kein Honiglecken.«

Olga Karnikoffs Augen wurden fahl, ihre Körperhaltung schlaff. »Sie wissen nichts. Gar nichts. Wie es dort zuging!« Erinnerungen schienen sie bewegungsunfähig zu machen. »Sie raubten einem nicht nur das Leben, sondern auch die Persönlichkeit. Das war das Ziel. Demütigungen und Entwürdigungen. Auch körperlich spürst du irgendwann nichts mehr. Weder die Schläge noch die schweren, stinkenden Körper des Wachpersonals, wenn sie sich betrunken eine aussuchten und sich über dich warfen. Ich war irgendwann seelisch am Ende. Tot. Ein lebender Leichnam.«

Walli Winzer wagte nicht zu sprechen. Sie sah die noch immer schöne Frau schweigend an.

»Ich hätte nie gedacht, dass ich dort noch einmal rauskäme. Und alles nur, weil ich ausreisen wollte. Weg! Aus Liebe!«

Walli Winzer hatte keine Ahnung, wovon Olga da sprach.

»Sie wollen wissen, wie ich es geschafft habe, alles doch noch zu überstehen?«

Walli nickte bejahend.

»Ich wollte den Mann, der mich damals verraten hatte, damit konfrontieren. Meine russischen Peiniger waren längst abgetaucht, dahin, wo ich sie nicht finden konnte, oder waren Politiker geblieben, die sich – wenig erstaunlich – an nichts von damals erinnern konnten. Von der neuen Politführung unseres Landes wurden sie bis heute nicht belangt. Sie spielten mit, im neuen politischen Spiel der Unterdrückung. Sie wechselten bloß die Seite. Alte Weine in neuen Schläuchen, wie man so sagt. Von vielen weiß ich bis heute keine Namen. Sie führten Spitznamen. Die meisten von ihnen jedenfalls. Anonym. Diese namenlose Brut!«

Olga Karnikoff nahm jetzt auch einen Schluck Mineralwasser, ohne aufzusehen. Sie wirkte aufgewühlt. Schien in ihrer Gefühlswelt gefangen zu sein. Einer düsteren. Einer für sie noch immer nicht vergangenen …

»Aber *seinen* Namen kenne ich. Habe ich nie vergessen. Der mit ihnen zusammenarbeitete. Korrupt, wie ich später erfuhr. Doch damals war er für mich der faszinierende, schöne Mann aus dem Westen, in den ich mich unsterblich verliebte.«

Walli versuchte, Olga so wenig als möglich anzusehen, um nicht ihren Erzählfluss zu unterbrechen. Ganz leise und langsam fragte sie nach einer Weile: »Wer war er? Wer hat Ihnen das angetan? Der, den ich vermute? Warum?«

Frau Karnikoff sah hoch und blickte Walli Winzer tief in die Augen. »Ich war damals so jung, noch keine 20. Kam aus einer völlig unpolitischen Familie. War Übersetzerin. Dachte mir bei allem nichts.«

»Wobei?«

»Mich mit ihm zu treffen. Mich in ihn zu verlieben. Er wollte mich mit nach Österreich nehmen. Ins Land der Kunst, der Musik, der Freiheit, der Neutralität. Die Aussicht, aus der Sowjetunion zu kommen – mit ihm! –, machte mich überglücklich. Wir wollten uns an dem Platz treffen, an dem wir uns das erste Mal geküsst hatten. Ich war schon vor der vereinbarten Zeit dort. Damit nichts passieren konnte. Voller Erwartung. Zehn Minuten nach der Zeit fuhr endlich ein Auto vor. Ich freute mich, dass er endlich da war. Winkte. Die hintere Wagentür ging auf. Ich trat heran, doch es war nicht er. Jemand zog mich hinein. Ich war vor dem sowjetischen Geheimdienst aufgeflogen.«

Olga Karnikoff sah Walli grimmig an und nahm einen weiteren Schluck Wasser.

Walli Winzer ließ nicht ab: »Olga, sagen Sie mir, wer war es? Wer hat Sie verraten und Ihnen das angetan?«

»Alois Steinrieder«, antwortete sie kraftlos.

Walli Winzer schloss ihre Augen.

»Wie schlimm es für mich danach kommen würde, davon hatte ich keine Ahnung.« Olga schluckte einige Male hintereinander. Sie ging an die Weinschale und nahm eine Flasche heraus. »Gemütliches Gespräch, nicht?«, sagte sie zynisch.

»Wie man's nimmt. Eher erschütternd«, entgegnete Walli Winzer.

»Aber man muss sich damit abfinden. Musste …«, ergänzte Olga Karnikoff. »Wollen Sie einen Riesling oder einen Pinot noir, beide Reserve 2014?«

»Suchen Sie aus. Vormittags überlasse ich Entscheidungen gerne anderen.«

Olga Karnikoff wählte den Riesling. »Es ist wirklich ein schönes Land, Ihr Österreich. Gerne hätte ich mit Alois hier gelebt. Ich hätte mich wohlgefühlt. Aber er meinte es nicht ernst. Er war bereits verheiratet, hatte Kinder, wie ich später erfuhr. Mir alles nur vorgegaukelt! Er hatte mich damals bloß als Russenschlampe, wie ihr uns manchmal nennt, benützt. Eine aus dem Osten, mit der man alles machen kann. Er hat den Funktionären meinen Namen genannt. Ohne zu zögern. Damals.«

Olga öffnete die Weinflasche und schenkte beiden ein.

Wallis Intuition riet ihr, die Gläser zu tauschen. Olga lachte. »Sie sind ganz schön misstrauisch! Aber natürlich. Nehmen Sie meines. Ich hätte es Ihnen sogar von mir aus angeboten.«

Sie nahmen beide einen Schluck des teuren Weins.

»Sie fragen sich vielleicht, warum beide der gleiche Jahrgang sind? Ich sag's Ihnen: weil ich in diesem Jahr endlich meine Tochter gefunden habe. Nach so vielen Jahren! Doch sie wollte weder damals noch heute etwas von mir wissen. Ich schickte ihr viele Briefe, in denen ich alles erklärte. Schickte ihr Geld. Viel Geld. Aber zwecklos. Ich bin eine Fremde, eine Volksfeindin für sie. Heute noch. Sie wohnt verwahrlost in einem dieser Moskauer Plattenbauten. Nicht nur mich haben sie zur Strecke gebracht, auch meine Tochter. Sie fühlt sich als ungebrauchtes Stück Scheiße in dieser Welt.«

»Olga«, fragte Walli Winzer eindringlich, »warum haben Sie mich hierherbestellt?«

»Die Schatulle. Sie war gestern leer. Ich nehme an, dass Sie wissen, was ich suche, da Sie deren Inhalt heute mitgenommen haben. Nichts soll mehr an damals erinnern können. Keine Fotos. Keine Geheimverträge. Aber trinken Sie doch noch einmal!«

Walli nahm einen großen Schluck und beugte sich zu ihrer Tasche hinunter, um danach die Fotos und die anderen Dokumente auf den Tisch zu legen.

Olga Karnikoff blätterte sie im Schnelllauf durch. Ein Hauch Wehmut lag trotz allem in ihrem gramzerfurchten Gesicht. Erlösung, die keine Erlösung war. Sie musste diesen Steinrieder wirklich geliebt haben. Eine große Liebe. Ihre Lebensliebe, die ihr zugleich den Glauben an die Liebe genommen hatte. Doch die würde sie wohl weiterhin nicht finden. Auch nicht, nachdem ihre Rache vollstreckt war. Leere. Große Leere würde sie ihr Leben lang begleiten. Sie hatte sich genommen, was sie einst begehrte, was sie in schwierigen Zeiten als Rachemotor psychisch am Leben hielt. Das war jetzt weg!

Er war weg!

»Ich nehme das mit. Sie haben jetzt keine Beweise mehr, die Sie mir anlasten könnten.« Sie steckte alles in eine Gürteltasche, die sie trug.

»Ich werde zur Polizei gehen und sagen, dass Sie Alois Steinrieder und seine Frau getötet haben!«

»Steinrieder ja, seine Frau nicht!«

Walli Winzer war mehr als überrascht.

»Und leider werden auch Sie den Weg zur Polizei nicht mehr schaffen. Es bleiben Ihnen genau zehn Minuten. Ich habe Ihnen wie Alois verdünnte Blausäure in den Wein getan.«

»Aber Sie haben den Wein doch genauso getrunken wie ich. Wir hatten sogar noch die Gläser getauscht!«

»Ich hatte damit gerechnet. Sie sind eine clevere Frau. Ich nahm vorher ein Schutzmittel, werde das Zeug gleich rauskotzen und sofort ein Gegenmittel einnehmen. Ein Vorteil als Pharmazeutin. Bei Ihnen geht das leider nicht mehr. Ihre körperliche Zerstörung ist zu weit fortgeschritten. Schade, dass wir einander nicht unter anderen Umständen begegnet sind. Ich mag Sie gerne. Doch

Sentimentalität bringt im Leben leider nichts. Sie waren zu gut in Ihren Ermittlungen! Wir sehen einander – in einem anderen Leben!«

»Grubinger, schnell, kommen Sie! Nehmen Sie sie fest!«

Olga Karnikoff erschrak. Sepp Grubinger hatte nicht auf ihren Befehl gewartet und stand bereits hinter Olga. Diese wand ihre Schultern reflexartig aus Grubingers Umklammerung.

Sie stürzte und Sepp Grubinger mit ihr.

Mist! Offenbar hatte Grubinger auch jetzt seine Pistole im Waffenkasten gelassen!

Er überwältigte Olga Karnikoff erneut, hielt sie fest und griff mit der anderen Hand nach den Handschellen. Im gleichen Moment entzog sich Olga Karnikoff dem Polizisten mit einem Ruck und robbte nach vorne. Sie stand auf und lief einen der Gänge entlang.

Grubinger ihr hinterher.

Keuchend kam er wenig später zurück. »Sie ist weg! Spurlos in einer der Verzweigungen verschwunden. Egal. Frau Winzer, was machen wir denn jetzt? Sie werden sterben. Gleich!« Er kniete sich verzweifelt vor sie hin und krümmte sich ratlos.

Walli Winzer saß stoisch auf ihrem Platz und starrte auf ihr Handy, mit dem sie das Gespräch zuvor aufgenommen hatte. Sie spielte eben die Schlusspassage ab.

»Hören Sie denn nicht: Sie werden streben!«

Walli sah jetzt auf den verzweifelten Polizisten, der zu ihren Füßen kauerte. »Grubinger, Unkraut vergeht nicht! Ich bleibe Ihnen erhalten.«

»Sie haben doch den Wein ausgetrunken!«

»… aber als ich die Unterlagen aus meiner Tasche holte,

spuckte ich den Inhalt unbemerkt auf den Boden aus. Ich habe ihn die ganze Zeit zuvor im Mund behalten.«

Walli zeigte sich fast ein wenig gerührt von der Sorge, die der doch manchmal recht bockige Dorfpolizist aus Großlichten eben um sie hatte. »Ich habe nicht einen Tropfen geschluckt.« Demonstrativ spuckte sie noch einmal ziemlich deutlich in die Ecke des Weinregals.

Grubinger verzog das Gesicht.

Das Mobiltelefon hielt Walli Winzer weiter in der Hand. »Schauen Sie her. Da ist sogar noch Ihr mutiger Einsatz darauf zu sehen. Ich hatte in der Aufregung vergessen, es abzustellen.«

Sepp Grubinger nahm das Gerät an sich und verfolgte die Aufnahme. Er stoppte sie.

»Was werden Sie jetzt tun, Grubinger?«

»Die Informationen natürlich gleich an die Zentrale weitergeben und das Polizeisuchkommando einschalten. Die Karnikoff hat doch den Mord gestanden. Eindeutig. Nachzuhören auf Ihrer Aufnahme. Da, hören Sie!«

Der Dorfpolizist ließ Walli Winzers Diktiergerät ein wenig zurücklaufen, als würde er sich selbst vergewissern wollen.

»Grubinger, lassen Sie das. Es ist alles aufgezeichnet. Sicher!«

Er stoppte und drückte das Play-Zeichen. Die Aufnahme klang etwas verzerrt. Man hörte beide Frauen nur undeutlich. Daher führte Sepp Grubinger das Gerät ans Ohr.

Walli Winzer wurde ungeduldig. »Geben Sie endlich her, Grubinger! Hören Sie nicht?«, polterte sie.

Als er keine Anstalten machte, ihrer Forderung nachzukommen, wurde sie zornig und versuchte, ihm das Handy aus der Hand zu nehmen.

Instinktgesteuert riss er es vom Ohr, behielt es in der Hand und suchte nach der Stopp-Taste. Sein Finger umkreiste dabei das fremde Display. »Wenn Sie nur nicht schon wieder so lästig wären! Nichts kann man in Ruhe neben Ihnen machen. Dabei sind Sie doch selbst gerade noch dem Totengräber von der Schaufel gesprungen!«, ärgerte er sich.

Walli Winzer ließ nicht locker. Griff erneut danach, was Sepp Grubinger einen falschen Befehl ans Display geben ließ, und – die Aufnahme war gelöscht!

»Nein! Das gibt's doch nicht!« Der Dorfpolizist war am Rande der Verzweiflung. »Alles weg! Kein Geständnis mehr!«

Er ließ sich verzweifelt zurück auf den Lehmboden fallen. Der Stöckelschuh von Olga Karnikoff, den diese im Handgemenge verloren hatte, drückte ihn. Er griff nervös danach.

Sepp Grubinger war aufgelöst: »Frau Winzer, was machen wir jetzt?«

Walli Winzer blieb cool: »Ja, dann gibt es eben offiziell keine Täterin. Polizeioberst Weichselbaumer wird froh darüber sein, dass es kein Anschlag auf den Landesrat war und niemand aus Plankenstein seine Finger im Spiel hatte. Wir haben nichts mehr in der Hand gegen sie, außer Ihrer und meiner Zeugenaussage.«

»... und den vergifteten Wein!«

Walli Winzer stand auf, nahm die halbvolle Flasche aus der Kühlschale und ließ sie fallen. »Schwupps!«

»Frau Winzer, was machen Sie denn da?!«

»Oh, das tut mir aber leid, Herr Inspektor Grubinger! So ein Versehen!«

Sepp Grubinger hielt sich die Stirn und senkte seinen Blick.

»Sie sehen, wie ungeschickt ungelernte Ermittlerinnen sein können. Besser ist es daher, wenn so etwas die Polizei selbst übernimmt, nicht wahr?«

Sepp Grubinger starrte sie sprachlos an.

»Ich werde Polizeioberst Weichselbaumer alles wahrheitsgetreu mitteilen. Meine Ungeschicklichkeit, und dass Sie sich todesmutig in den Kampf geworfen haben. Ich muss ihm ja nicht extra auf die Nase binden, dass Sie keine Schusswaffe dabeihatten …«

Walli wusste, dass sie Sepp Grubinger dadurch in der Hand hatte. Die Dienstwaffe müsste er als Polizist stets mit sich mitführen, was er aus Überzeugung allerdings nie tat.

»Einen Menschen umzubringen, ist kein Ausweg. Das Leid, das man Olga Karnikoff zugefügt hat – genauso nicht. Alois Steinrieder ist tot. Sie muss weiterleben. Aber wie? Er war ihre große Liebe. Ihm hatte sie vertraut. Er sie verraten. Steinrieder wusste, was mit ihr passieren würde. Seine Geschäfte waren ihm aber wichtiger. Wie bis vor Kurzem.«

Sepp Grubinger hatte sich inzwischen beruhigt. Er verstand. »Die Karnikoff hat im Gulag genug gelitten. Ja, und das mit ihrer Tochter …! Puh!«

Walli Winzer war erleichtert, dass auch der Polizist den Fall ähnlich bewertete wie sie. Keine leichte Sache, vor allem nicht bei Mord.

»Doch mit diesem Mord, ihrer Rache und den Erinnerungen an die unvorstellbare Gefangenschaft leben zu müssen, ist Strafe genug. Sie ist einmal seelisch gestorben. Ein zweites Mal überlebt sie so etwas nicht mehr. Nicht einmal in einem österreichischen Gefängnis.«

Sie schwiegen beide.

Sepp Grubinger saß immer noch auf dem Boden. Mit der Hand klopfte er gedankenverloren auf Karnikoffs Schuh.

Walli Winzer beobachtete ihn eine Weile, dann sagte sie: »Grubinger! Wenn Sie so mit dem Schuh in der Hand nachdenken, hoffe ich, dass Sie nicht auf die Idee kommen, weiterzuermitteln und nach unserem Dornröschen zu suchen!«

Sepp Grubinger sah zu ihr hoch und ließ den Schuh augenblicklich fallen.

35. KAPITEL

Es war Nachmittag und ein sonniger Tag. Harry Kain hatte in seine alte Mühle eingeladen. Sie lag direkt am Fluss Krems, der einzelne landschaftliche Abschnitte des Waldviertels miteinander verband.

Harry liebte es spartanisch. Für seine Gäste hieß das: Bitte alles selbst mitnehmen, ich stelle den Kaffee zur Verfügung.

Als Walli Winzer eintraf, waren die übrigen bereits da. Neben Harry waren das noch Lena Breitenecker, Mizzi Troger und Sepp Grubinger. Sie hatten den Tisch vor der Mühle für den Nachmittagskaffee gedeckt. Neben frischem Mohngugelhupf und Sachertorte von Mizzi gab es kalte Häppchen von Lena und selbst geräucherten Bauernspeck mit frischem Brot von Sepp Grubinger.

Walli hatte mehrere Flaschen gekühlten Weißweins und Nussbrot mitgebracht. Harry stellte neben Kaffee auch Mineralwasser und einige Brezen zur Verfügung.

Es war also mehr als genug für alle da.

Harry war am Vortag mit Renovierungsarbeiten an der Eingangstür beschäftigt gewesen und daher nicht ganz auf dem neuesten Stand der Ermittlungen.

Im Schnellverfahren erzählte Walli die Szene im Keller, den Mordanschlag auf sie, Grubingers couragierten

Einsatz und das Entkommen Olga Karnikoffs. Auch die Geschichte Alois Steinrieders in Russland, ihre gemeinsame Tochter und die alten Funktionäre, mit denen Steinrieder damals wie heute ungebrochen Geschäfte betrieb, gab sie zum Besten. Diese waren jetzt natürlich alle im elitären Weinsegment tätig.

»Wie wird es mit ihr weitergehen?«, interessierte sich Lena.

»Vermutlich wird sie ihre Identität wechseln, ein paar kleinere kosmetische Eingriffe im Gesicht vornehmen lassen und unter neuem Namen in Russland bleiben.«

»Und was sagt Dr. Weichselbaumer dazu?«, fragte Harry. Sepp Grubinger spitzte die Ohren.

»Ich habe ihm alles erzählt. Er schien seltsamerweise nicht erstaunt. Vom selbstlosen Einsatz unseres Dorfpolizisten war er überaus angetan. Vor allem, weil Sie zur richtigen Zeit am richtigen Ort waren, was er von der Polizeitruppe in Plankenstein nicht behaupten konnte. So eine Blamage für die! Ursache war eine durch das Unwetter vom Vortag defekte Funkleitung gewesen. Die hatte die gesamte Polizeistation lahmgelegt. Fasziniert war er auch von Ihrer Idee der Täterüberführung.« Walli zwinkerte Grubinger zu. »Adi Platzer wird zwar von allem nichts erfahren, weil die Ermittlungen ja geheim waren, aber Weichselbaumer hat mit Ihnen eine kleine Beförderung vor.«

Sepp Grubinger wurde bleich. »Solange er mi net nach Gföhl in die dortige Inspektionsdienststelle versetzt … Jeden Tag dann den Platzer sehen müssen, das fehlte mir noch! Lieber mehr gefährliche Fälle wie den mit der Karnikoff lösen, als nur einen Tag dort verbringen zu müssen. Das würd i net überleben!«, war er sich sicher.

»Er möchte Sie in sein Team für Sonderermittlungen aufnehmen. Ein Ad-hoc-Team zur Lösung besonderer Aufgaben. Dafür gibt's eine Gehaltserhöhung! Was sagen Sie jetzt?«

Sepp Grubinger war baff! Dass die Winzer sich so für ihn ins Zeug legen würde, hatte er offenbar nicht erwartet. Ja, manchmal konnte man sich in Menschen gehörig täuschen.

»Ja, da müss ma ja drauf anstoßen!«, schlug Harry Kain vor.

»Na, mit dem Kaffee passt das jetzt net guat zamm, aber wir freuen uns für di'!« Mizzi Troger schnitt daraufhin ein kleines Stück Gugelhupf ab. »Will noch jemand?«

Während sie auch den anderen austeilte, nützte Lena Breitenecker die Gelegenheit, von ihrer Aussprache mit Bürgermeister Brunner und der kleinen Janine zu erzählen.

»Endlich wird deine Bürgermeisterkanditatur ernst. Auch darauf müssen wir später anstoßen.«

»Sagen Sie, Grubinger, und was war jetzt mit der Renate Steinrieder? Wieso starb die plötzlich?«

»Also, die Obduktion hat bewiesen, dass sie wirklich an einem Herzinfarkt gestorben ist. Beim Alois Steinrieder geht die Polizei aus Mangel an Beweisen jetzt von Selbstmord aus. Angst vor der Russenmafia, glauben sie. Offiziell soll die Todesursache weiterhin Herzinfarkt bleiben. Aus Freude über den prämierten Wein. Politik, Weinverband und Tourismus wollen keine Verunsicherung der Gäste. Und ändern konnte man eh nix mehr. Tot bleibt tot!« Sepp Grubinger wandte sich Walli zu, da es ihre Worte waren, die er wiederholte.

Sie reagierte nicht darauf, sondern wechselte das Thema: »Also wisst ihr, unser Rocky ist *die* neue Attraktion am

Reiterhof ›Sonnblick‹. Hätte mir nicht gedacht, dass alle so auf ihn abfahren. Sogar Restaurantbesucher vom Hannes Lechner kommen extra und wollen ihn sehen.«

»Ist ja ein tolles Tier, das bei den nächsten internationalen Springwettbewerben starten wird. Die werden im Fernsehen übertragen. Manche können dann sagen, dass sie Rocky schon in Wirklichkeit gesehen haben.« Lena lehnte sich zufrieden zurück.

Harry Kain brachte jetzt aus dem Haus eine Karaffe kaltes Leitungswasser und stellte sie mitten auf den Tisch. »So, für alle, die wollen!«

Mizzi Troger meldete sich. Harry schenkte ein. »Übrigens, ich wollte dich noch was zur Maserung der Tür fragen. Beim Streichen. Kannst du dir das dann anschauen? Vielleicht gibt's da ein paar Tipps, damit das Farbzeug net so deppert runterrinnt. Des schaut ja nix gleich!«

»Mach ma. Aber jetzt ess' ma amal fertig.«

Während die Jause voll im Gange war, kam Robert Steinrieder unerwartet mit seinem Auto vorbei. Links und rechts mit Taschen bepackt, kam er auf die Gäste zu. »Na, bei euch geht's ja hoch her! Da, ich hab noch a bissl an Nachschub gebracht. Für später.«

Er ging auf Harry Kain zu und begrüßte ihn mit weit ausholendem, mächtigem Männerhandschlag. Er wirkte dabei gelöst und heiter.

Dann kam Walli Winzer an die Reihe. Zuvor noch holte Robert eine Flasche aus dem Sechserkarton, den er in seiner großen Tasche beließ: »Frau Winzer, ich möchte Ihnen und dem Sepp Grubinger für die diskrete Ermittlung danken. Mitbekommen hat die bei uns niemand. Eher unsere Familientroubles.«

Dann ging Robert auf Grubinger zu und drückte ihm

ebenso eine Flasche samt dazugehörigem Karton in die Hand. Dieser freute sich riesig.

»Gehen S', setzen Sie sich her zu uns!«, forderte ihn Harry auf.

Robert Steinrieder rutschte neben Walli auf die Bank.

»Wollen Sie auch einen Kaffee?«, fragte sie und griff diesmal selbst zur Kanne.

»Ja, gerne!«

»Erleichterung bei Ihnen, kann ich mir vorstellen.«

»Allerdings. Danke, dass Sie mir die Wahrheit gesagt haben. Über Olga Karnikoff und meinen Vater. Unfassbar! Auch, dass wir eine Halbschwester haben. Suchen wollen wir sie selbst nicht, aber einen Privatdetektiv beauftragen, ihre Adresse herauszufinden, und ihr den Teil des gesetzlich vorgeschriebenen Erbes zukommen lassen. Franz ist ebenso dafür. Wir wollen die Ungerechtigkeit unseres Vaters nicht fortsetzen.«

»Das sind ja ganz neue Töne, die ich da höre?«

»Ich habe mir überlegt: Ein Biobetrieb hat etwas mit Fairness und Gerechtigkeit zu tun. Zur Natur und zu den Menschen. Das wollen wir jetzt auch als Firmenkultur in neuer Form leben.«

»Klingt großartig!«, freute sich die PR-Expertin nicht zuletzt wegen des nun auch für sie schlüssigen Vermarktungsansatzes. »Und wie werden Sie jetzt das Gut finanzieren?«

»Ich hole Olschiraska für den Vertriebsaufbau in Russland mit an Bord, aber nur mit 20 Prozent. Mit 28 Prozent bleibt Franz an der Firma beteiligt und ich mit 52 als Mehrheitseigentümer. Den Rest des Erbes wird mein Bruder für das Wirtshaus in Plankenstein aufwenden, das er neu übernehmen und ausbauen möchte, natürlich mit unseren Spitzenweinen. Karin Reutner wird ihn dabei unterstützen.«

»Das ist eine tolle Idee! Wie kam dieser Sinneswandel plötzlich?«

Robert Steinrieder lachte: »Von unserer Seite her kam das überhaupt nicht. Aber meine Frau Sabine hat Franz und mich einen Tag lang ins Wohnzimmer eingesperrt. Es blieb uns daher nichts anderes übrig, als uns auszusprechen. Die ganzen Ungerechtigkeiten, die Franz aus seiner Sicht erlebt hatte – inzwischen gebe ich ihm in vielen Punkten recht. Meine und seine Liebe zu Sabine. Das Weingut. Das Erbe. Und unsere gemeinsame Tochter. Durch Lana wussten wir, dass wir zusammen Verantwortung übernehmen mussten und das beide auch ihr zuliebe wollen.«

»Was sagt Mario dazu?«

»Diese Weinbrüder-Geschichte war für ihn recht heilsam. Er weiß zumindest jetzt, was er *nicht* will. Für einen jungen Menschen ist das immerhin schon etwas«, freute sich Robert über den Rückzug seines Sohnes. »Und dem Schlieringer und dem Neudeck werden wir schon noch auf die Finger schauen. Übrigens: Ich soll nach meinem Vater auch neuer Obmann unseres Weinverbands im Kamptal werden. Eine ehrenvolle Aufgabe. Im Gegensatz zu meinem Vater will ich die Bauern nicht übergehen, sondern ihre Wünsche und ihre individuelle Situation berücksichtigen. Sie unterstützen. Das stelle ich mir unter Nachhaltigkeit, Vertretung und Demokratie vor.«

»Robert, ein spannender und meiner Meinung nach richtiger Ansatz, den Sie da haben. Ich wünsche Ihnen und Ihrer Familie viel Erfolg!«

»Sag i doch! Jetzt mach ma eine von die guaten Flaschen auf und stoß ma gemeinsam an. Ende gut, alles gut!«, flötete Lena im echten Waldviertlerischen.

Sepp Grubinger holte seinen Räucherspeck hervor und begann dünne Scheiben davon abzuschneiden. Harry holte noch kleine Gemüsesnacks aus der Küche und stellte ein Glas Essiggurkerl auf den Tisch. Lena legte ihren Käse dazu und fertig waren die Häppchen zum Kamptaler Wein.

Als Walli Winzer später die Tür zu ihrem alten Schulhaus aufsperrte, war sie vom Wein bereits leicht benebelt. Aber nicht so sehr, um nicht sofort zu bemerken, dass Filou noch immer nicht im Haus gewesen war. Ohne ihn waren es für sie bloß Wände ohne Leben.

Sie vermisste ihn. So etwas hatte er noch nie gemacht.

Blieb er einmal über Nacht weg, kam er zumindest am Morgen wieder und kuschelte sich den übrigen Tag in die flauschige Naturfaserdecke am Sofa.

Walli ärgerte sich zwar über die vielen Haare, die er darauf hinterließ. Doch was wog dagegen der Umstand, dass er nicht da war? Sie hielt sein Lieblingsstück in der Hand, führte es an ihr Gesicht und atmete den eigenen, gepflegten Katzengeruch an ihr ein.

Ihr Herz wurde schwer.

Walli setzte sich in den Ohrensessel und stützte sich auf dessen Armlehne. Sie war vom Tag geschafft und froh, kurz zu verschnaufen.

Die Haustür stand allerdings noch offen und jene vom Kofferraum draußen auch. Sie wollte den Weinkarton gleich hereintragen, war aber durch ihre Suche im Haus nach Filou daran gehindert worden.

Mein Filou!, schmerzte es sie unentwegt.

Wie ferngesteuert, ging sie schließlich nach draußen, hob den Karton hoch und trug ihn den Gang entlang in die Vorratskammer neben der Küche.

Als sie sich umdrehte, erschrak sie heftig!

Wie ein Gespenst stand überraschend Nachbarin Sybille Karner vor ihr.

»Oh Gott! Was machen Sie denn da?«, zeigte sich Walli gar nicht erfreut.

»Ich wollte anklopfen, aber die Tür stand offen und da bin ich hinein.«

»Schon gut. Was gibt's?«

»Ich sag lieber gar nix«, gab sich die Nachbarin geheimnisvoll. »Am besten, Sie schauen sich das selbst an! Kommen Sie mit zu mir rüber.«

Da Walli Winzer erschöpft war, verspürte sie keine Lust, sich unnötig auf eine Konfrontation mit ihrer Nachbarin einzulassen. Sie begleitete sie also widerstandslos ins Nebenhaus.

Den gesamten Weg über sprachen sie kein Wort miteinander, was Walli beim sonstigen Redeschwall von Frau Karner etwas seltsam vorkam.

Sybille Karner ging direkt auf die Kellertür zu und öffnete sie. »Bitte, nach Ihnen!«, wies sie Walli den Weg die Stiege hinunter.

Walli Winzer stockte. Für heute hatte sie wirklich genug von dramatischen Kellererlebnissen. Sie wollte keine Probe aufs Exempel und bat Sybille Karner voranzugehen. So eigenartig, wie die sich benahm, war besser Vorsicht geboten.

»Wie Sie meinen!« Frau Karner lief behänd die Stufen hinunter und wartete auf ihre Nachbarin.

»Oh, nein!« Wallis Augen begannen augenblicklich zu leuchten. »Ich glaub's nicht. Filou, mein Schatz!«

Mit aufgestelltem Schwänzchen trippelte ihr Kater erfreut auf Frauchen zu und umschmeichelte ihre Beine. Walli beugte sich und nahm ihn hoch. Erleichtert liebkoste er mit seinem Köpfchen ihr Kinn, was diese innig erwiderte. »Du kleiner Ausreißer, da bist du also abgeblieben!«

»Heute Nachmittag hörte ich Miauen und suchte überall, fand vorerst aber nichts. Später erst kam ich auf die Idee, auch im Keller zu schauen. Ich hatte nach dem Gewitter vor zwei Tagen die Kellertür geschlossen, dadurch habe ich sie versehentlich eingeschlossen.«

»Was heißt *sie*?«

»Schauen Sie mal«, leitete die Karner Walli in eine Ecke mit altem Gerümpel.

Da lag das Kätzchen – mit zwei Babys!

»Ist das putzig!«, freute sich Walli. Sie ging in die Hocke und streichelte mit einem Finger über die kleinen Fellknäuel. »Deshalb bist du fort, weil du in Ruhe deine Jungen zur Welt bringen wolltest! Und du, Filou, bist ihr nach.«

Der Kater saß aufrecht neben Walli und hörte ihr stolz zu.

»Ich hole meinen Weidenkorb und nehme die Kätzchen auch mit zu mir«, beschloss sie.

Sybille Karner schien erleichtert, Walli nicht erst darauf hinweisen zu müssen, und zeigte sich mehr als kooperationsbereit.

Nach dem Abendessen setzte sich Walli wieder in ihren Ohrensessel und knipste die Kaminfeuer-DVD ein. Das echte Feuer würde sie länger nicht entfachen, damit die Kittys nicht hineinfallen könnten.

Es waren nur zwei. Offensichtlich hatte ihre Mutter die übrigen aufgrund der Hundeattacke verloren.

Das immer noch namenlose Kätzchen lag jetzt entspannt im Katzenzelt, während ihre Kleinen über den Holzboden kullerten.

Filou saß neben ihnen und knuffte sie abwechselnd vom nahen Tischbein weg, damit sie sich nicht daran stießen. Seine gesamte Aufmerksamkeit galt ihnen.

So klein und unschuldig. Ein süßer Haufen, dachte Walli. Fast eine kleine Familie. Aber … vielleicht waren sie eine? Vielleicht war Filou ihr Vater? Sogar ihr biologischer!

Also, rein rechnerisch ging sich das von den wenigen Tagen her nicht aus, aber vielleicht von früher einmal? Plankenstein wäre für einen Kater ja nicht aus der Welt.

Zwar blieben Katzen meist nicht mit ihren Katern zusammen. Sie zogen ihre Kittys allein groß und verstießen oft den Vater. Filou aber durfte bleiben. Ja, er half sogar mit! Offensichtlich mochte ihn die kleine Namenlose. Was Walli verstehen konnte. Doch niemand hatte bisher nach ihr gesucht, niemandem war die Kleine abgegangen. Eine Streunerin?

Walli Winzer beobachtete das muntere Katzentreiben einige Zeit lang. Dann fiel ihr wieder Lana ein. Sie wünschte, dass sich für das Mädchen alles weiter gut fügen würde, was ganz danach aussah.

Auf einmal kam Walli ein Gedanke, und sie traf eine Entscheidung: »So, ihr bleibt einfach alle da!«

Filou hob sein Köpfchen und blickte zu ihr. Walli glaubte, in seinem Gesicht so etwas wie ein leichtes Lächeln erkennen zu können.

»Klar doch!«, schien ihr der Kater zu signalisieren.

Gut gelaunt stand sie auf.

Wie jeden Abend wollte Walli Winzer auf der Terrasse noch ein bisschen frische Abendluft einatmen. Dazu legte sie sich auf die Liege. »Ach, da war ja noch der Zettel von Florian, den er ans Fensterbrett geklemmt hatte!«, erinnerte sie das Rascheln in ihrer Gesäßtasche. Sie holte ihn hervor und las.

Schmunzelnd legte sie ihn schließlich beiseite: *Er bedankte sich für den schönsten Löwenzahn, den er in seinem Leben je gesehen hätte. Auch seiner Tochter hätte er gefallen, die sie, Walli, übrigens gerne kennenlernen möchte.*

Walli war baff. Seine Tochter! All ihre Bedenken waren also umsonst gewesen. Shit! So eine Blamage.

Doch wie behutsam er ihr aus der Misere half. Florian.

Ach! Plötzlich fiel ihr auch ein Name für das Kätzchen, das hierbleiben würde, ein: Fanny.

Fanny, die Mutige. Ihre kleine Retterin!

Walli lächelte.

Florian und die kleine Fanny – schön, dass es sie gab.

DANK

Natürlich entsteht für mich ein Buch in erster Linie aus Eingebung, Erfahrung und Beobachtung. Wichtig ist mir neben unabhängiger Recherche aber auch direkte Information von Fachpersonen. Wenn dann eine Autorin wie ich während der Traubenernte und -verarbeitung bei der herzlichen Familie Fischer in deren Kapellenhof in Walkersdorf/a. Kamp im Kamptal eher mehr herumsteht und durch das viele Nachfragen manchmal sogar die Partie aufhält, möchte ich das auch erwähnt haben. Genauso die anregenden Gespräche mit dem Biowinzer und Weinbibliothekar Johannes Friedberger in Klosterneuburg und in Bisamberg sowie speziellen Informationen von H. S. Mein Dank gilt ebenso Marlies und Elisabeth Steindl für den Geheimtipp der alten Kellergasse in Oberkreuzstetten mit fossilen Ausgrabungen und den schönen Gesprächen mit Felix, Stella, Janine, Joana, Anatol – alle stellvertretend auch für viele andere. Last but not least: gilt mein Dank meiner Lektorin Teresa Storkenmaier für ihren scharfen Blick, aber vor allem meiner engsten Familie – the best ever!